JN109970

転生義経は静かに暮らしたい　弐

田井ノエル

角川文庫
23378

目次

幕開け　普通にはなれないけれど

烏夜《うや》が、すべてを呑《の》み込みそうだった。

されど、闇は呑まれるものにあらず。潜み、紛れ、欺くためのもの。と、戦場《いくさば》であったら言うのだろう。

しかしながら、あいにく現代日本は戦乱の世ではない。

だから、このように太刀を佩《は》いて駆け回る行為は、〝普通ではなかった〟。

「………………」

五感を研ぎ澄ませた状態で、牛渕和歌子《うしぶちわかこ》は刀の柄《つか》に手を添えた。近づいてくる気配を確実に感じとり、その瞬間をじっくり待つ。

風が吹くたび、周囲の木々が揺れ、ざわざわと雑音があふれた。だが、頼りになるのは聴覚だけではない。闇によって視覚も当てにはならないが、それも大した問題ではなかった。

直感し、和歌子は柄をにぎった。二尺七寸の太刀。鞘《さや》から抜き放つ速度は、常人には視認できないものだろう。

刀身が露《あわ》になった瞬間、闇が退けられる。抜き身の刃《やいば》を包み込むように、金色《こんじき》の光が宿っていた。

『ぃ……だぃ……』

地獄の底から響くような声がする。否、地獄のほうがマシかもしれない。

和歌子は手にした太刀を両手でにぎりなおし、正眼の位置に構えた。足運びも意識して、乱れぬよう整える。

金色に輝く太刀――薄緑《うすみどり》。

源 満仲《みなもとのみつなか》の命で作られ、源氏《げんじ》に重代受け継がれてきた名刀だ。膝丸《ひざまる》、蜘蛛切《くもきり》、吼丸《ほえまる》と名前を変えていったが、源義経の手に渡った際、薄緑と改められた。

源頼光《よりみつ》が土蜘蛛《つちぐも》を斬った太刀である。悪に堕《お》ちた魂をも、浄土へと導く力を有していると、所有者たちに口承されていた。

牛渕和歌子には、この薄緑を所有した者の記憶がある。

源義経《よしつね》。平安《へいあん》末期を生きた武将だ。鎌倉《かまくら》幕府を開いた源頼朝《よりとも》の弟として、源平《げんぺい》合戦で活躍した功労者。和歌子には生まれつき、彼の記憶が受け継がれている。

「楽にしてあげるから」

「来た」

和歌子は目の前でもがく存在に言葉をかけた。

落ち窪《くぼ》んだ眼窩《がんか》の中心で、瞳《ひとみ》が紅《あか》く光っている。

地面を這《は》い回る四肢は異様であった。本来、人間の関節が存在しない位置で、腕や足が曲がっている。

和歌子たちが悪鬼と呼ぶ存在だ。憎悪や後悔を抱えた魂が世に留《とど》まり、長い年月をかけて鬼と化す。彼らは苦しみを逃れるために、生者から力を奪うのだ。

人に憑《つ》いたり、場所に憑いたり、悪鬼の形態も様々。この悪鬼は、鎌倉市の化粧坂《けわいざか》に隠れ、訪れた人々の生気を吸っていた。

和歌子は悪鬼に薄緑の切っ先を向ける。

『あ……づ……』

しかし、悪鬼は和歌子から逃げるように、後方へと飛び退いた。距離を置かれてしまうと、和歌子の刃は届かない。

「先生、そっち行きました！」

和歌子は瞬時に叫びつつ、地面を蹴《け》った。勾配《こうばい》の強い山道が邪魔をするが、軽やかな身のこなしで、悪鬼との間合いを詰める。が、悪鬼も簡単には斬られない。身体をぐにゃぐにゃと、ありえない方向に曲げながら、和歌子の一撃を避ける。

まるで、ゴムかスライムとでも戦っている気分だ。

「は……ッ」

いつの間にか、悪鬼の背後にもう一つ影が現れる。闇に紛れた者の姿をはっきりと視認する前に、和歌子は本能的に一歩さがった。巻き込まれたら、こちらだって危ない。

予感通り、闇から悪鬼に突き出される白木の金剛杖《づえ》。修験《しゅげん》者や巡礼者が使用する八角の杖である。その人物は、あたかも自らの一部のように、杖を華麗な捌《さば》きでふるっていた。

蔵慶武嗣《くらよしたけつぐ》。和歌子が通う高校の担任教師だ。

「牛渕、怪我はないか」

「ありません」

和歌子が素っ気なく返答すると、武嗣は切れ長の目を柔和に緩める。

「無理するなよ」

暗闇なのに顔立ちがはっきりわかるのは、距離がそれなりに近いからだろう。スッと通った鼻梁《びりょう》や、血色のいい唇は気を抜くと見入ってしまいそうだ。端的に言って、目の毒だった。

あいかわらず、顔がいいんだよなぁ……と、和歌子はぼんやりと考えていた。

「先生、うしろ――」

武嗣の背後で悪鬼が蠢《うごめ》いていた。和歌子はとっさに身構える。

だが、武嗣の動きは鮮やかであった。和歌子に指摘されなくとも気づいていたと言わんばかりに、金剛杖を後方に向けて回す。適確に悪鬼の喉元《のどもと》を突き、そのままくるりと身を翻しながら地面に押しつけていた。

スラリと細長い体軀《たいく》からは、想像もできない手慣れた業だった。

彼は武蔵坊弁慶《むさしぼうべんけい》という名で、前世を生きていた。源義経とともに、源平の争乱を駆け抜けた従者である。怪力を誇る巨漢で、各地に様々な伝説を残す英傑だ。

今世でも、その力は健在だった。武嗣は杖で悪鬼を押さえつけ、動きを止めている。杖の先が地面にめり込み、撓《しな》った。非力な和歌子には、到底できない芸当だ。

「あ」

けれども、ほどなくして奇妙な音がする。ミシリ、と。

間を置かずに、武嗣が押さえ込んでいた杖が大きく歪《ゆが》み、ボキリと折れた。

「やっぱり、ネット通販のセール品は駄目だな」

武嗣が事もなげに息をつくので、和歌子は頭を抱えた。

「なにケチってるんですか。自分の怪力考えて選んでくださいよ」

「セールは迷ったら負けだよ。決断の早さは、九郎《くろう》様も認めた俺の長所だし」

「だから、それ現代では褒められないんですってば」

とはいえ、武嗣のおかげで悪鬼の動きが鈍っている。これなら、すぐに止《とど》めが刺せそうだった。

和歌子は薄緑をふりあげる。

「…………ッ！」

しかし、踏み込んだ和歌子の足に、なにかが絡みつく。悪鬼の曲がった腕が、和歌子の足首をつかんでいた。

わずかな隙をつき、悪鬼が和歌子に牙《きば》を剝《む》く。

武嗣が動き、和歌子の肩をつかむ。

和歌子も冷静に、悪鬼から目をそらさない。

そのとき、木々のざわめきの中から一筋、ヒュンッと、風を裂く音を耳が捉《とら》えた。

一拍置いて、悪鬼の後頭部に矢が刺さる。次いで、二本目の矢が正面から額も貫いた。

一時的に悪鬼の動きが停止する。

「よし」

和歌子は息を整え、薄緑を一気にふりおろす。袈裟《けさ》斬りを受け、悪鬼は力なく後方へと倒れていった。

『……あ……り……』

悪鬼の口から、うめくような声が漏れる。けれども、その表情はどこか穏やかで、飢餓と渇きから解放されていた。悪鬼の身体は砂塵《さじん》のごとく崩れ、風に溶けていく。

薄緑は悪鬼を浄土へと導く力がある。長い年月をかけて苦しんできた彼らに救済を与える刃だ。

和歌子は……悪鬼たちを救いたい。

この身に受け継がれた記憶は、悲惨なものだ。義経は平家《へいけ》打倒を掲げて挙兵した源氏の中でも、抜きん出た活躍をした。しかし、その後は兄の頼朝と対立し、追われる身となってしまう。義経に味方する者は少なく、朝廷からも掌《てのひら》を返された。逃げた先の奥《おう》州《しゅう》でも裏切られ、最後は妻子を伴い自刃。そういう人生の記憶だ。

誰からも見捨てられるなんて、悲しい。義経の記憶があるから、和歌子は誰かに手を差し伸べたかった。たとえそれが、人に害為《な》す悪鬼であったとしても。

「牛渕、大丈夫だったか」

悪鬼の最期を見届ける和歌子の身体を、武嗣が心配そうに観察する。どこにも怪我をしていないか、手足の先まで入念に。

「もう……そんなに確認しなくていいですよ。問題ないです。息切れもしてないでしょ」

ちょっと過保護が過ぎるのではないか。和歌子は腰に手を当ててむくれた。

それでも武嗣の心配は消えないらしい。薄緑をにぎる和歌子の手に、そっと自らの手を重ねた。

「お前を守ると決めているからな」

武嗣は瞬《まばた》きもせず、和歌子の顔をのぞき込んだ。

整った唇から、守るという言葉が出るたびに、心臓がうるさく騒ぐ。武嗣と出会って、一年が経とうとしているのに、まったく慣れなかった。

「…………ッ！」

しかし、和歌子は別の気配を察知する。いや、これは……殺気かな。本気で殺すと言わんばかりの鋭い感情に、背筋がぞわりと粟《あわ》立った。

こんなに冷静でいられるのは、それを向けられた相手が自分ではないからだ。

武嗣が素早く動き、半分に折れた杖でなにかを叩《たた》き落とす。遅れて残骸《ざんがい》となった矢が、足元に転がった。

「由比《ゆい》、人を射るなって言ったろ！」

武嗣が叫ぶと、木々の陰から人が歩み出てくる。長い和弓を携え、二本目の矢を番《つが》えようとしていた。

「先生はいいんですよ。人じゃなくて、怪物のカテゴリーだから」

サラリと言ってのけたのは、由比静流《しずる》だった。和歌子のクラスメイトで、高校生ながら男子フィギュアスケート選手として活躍中だ。

同時に、彼は静《しずか》御前の記憶を有している。義経の愛妾《あいしょう》で、現代にも逸話が伝わる悲運の女性だ。平安末期の世において、稀代《きたい》の白拍子と評され、美しい舞を披露していた。

舞一つで雨を降らせた静と同じく、彼にも天候や風を操る能力がある。その力を使い、さきほどは矢の軌道を操作して悪鬼に当てていた。通常の矢と異なり、追跡ミサイルのような使い方ができる。

弓道をはじめて一年未満なので、純粋な腕前は初心者の域だ。しかし、実戦に使えるよう工夫しており、彼らしいスタイルとも言える。

「静流君、ナイスアシストだったよ。でも、今は弓を仕舞ってほしいなー？」

和歌子は静流を宥《なだ》めるように笑ってみせたけれども、一方の武嗣は、唇を曲げて腕組みしている。

「俺だけでも対処できたよ。牛渕のことはまかせて、お前はスケートに専念しなさい」

「教師の面《つら》で言わないでください。和歌子は僕のヒモにするんです。邪魔しないでもらえますか？」

勝手に言い争いはじめた二人を前に、和歌子は項垂《うなだ》れた。

二人とも、前世の記憶で繋《つな》がりのある人間だ。そして、面倒くさいことに……本当に面倒くさいことに、それぞれ和歌子と「結婚したい」とかなんとか主張している。

「勝手に言い争わないで、わたしの意思も尊重してくださいー！」

毎度毎度、いくらツッコんでも足りない。そろそろ疲れてきた。目的も果たしたし、置いて帰ってもいいだろうか。

「ほんとほんと、勝手なこと言いやがって。和歌子ちゃんが欲しけりゃ、オレを倒してからにしなさいって、言ってんだけどなぁ……あーあ、パパは悲しいですよ」

背後から飄々《ひょうひょう》とした口調で近寄られて、和歌子は肩をビクリと震わせる。気配がまったくしなかった。

「圭仁《よしと》さん、いきなり話しかけないでくださいよ」

和歌子がふり返ると、思いのほか近くに顔があり、目を剝きながら後退した。

そんな和歌子の反応を楽しむように、黒鵜《くろう》圭仁はニコリと笑う。黒縁眼鏡の下に作った表情はどこか軽薄で、なにを考えているのかわかりにくい。

「ごめんごめん。驚かせるつもりはなくってさー」

圭仁は右手に持った小型ビデオカメラを示す。

彼は大学部の学生にして、人気のホラー動画チャンネルを開設するYouTuberでもある。

和歌子の悪鬼退治は顔出しに配慮したうえで、ネット上に公開されている。

悪鬼は霊感のある人間にしか見えないが、派手なアクションとコスチュームで人気が出て、そこそこの収益らしい……和歌子としては、テロッテロのセーラー服を着せられて、大変不本意なのだが。今も恥ずかしい。

「あと、妙なパパ面やめてください……今、別に親子とかじゃないですし」

牛渕和歌子は源義経の記憶を持っている。

しかし、実際には義経の生まれ変わりではない。義経の正妻である郷《さと》御前が身籠《みご》もったまま、産むことができなかった子だ。泰平の世で幸せにという母のねがいにより、和歌子が生まれ変わった。

圭仁こそが、義経本人なのだ。

前世の関係で言うところの親子なのは間違いない。だが、それはそれ、これはこれだ。今世で血縁関係はないし、五つほどしか歳の違わぬ相手が「パパだよー」とか言ってくるのは、面倒くさい以外の何物でもなかった。

「いいじゃん、楽しいよ」

「圭仁さんが楽しくても、わたしは楽しくないんです」

絶対、遊ばれている。武嗣や静流と違って、圭仁はそこまで本気ではない。

「さぁて、さっさと撤収すっかなー」

圭仁は飽きたのか、欠伸《あくび》をしながら歩き出す。静流と武嗣も、ずっとくだらない口論をしていたが、さすがに圭仁が帰ろうとすると、ピタリと黙った。和歌子が言っても聞かないくせに。

「圭仁さん、機材お持ちしますよ。まかせてください！」

圭仁を、静流が追いかけていく。

「やだよ。キミは弓だけ持って帰ればいいでしょ。パシリみたいなわけわからんことは、和歌子ちゃんにだけ言っててよ。いや、それはそれでムカつくからやめてほしいけど」

「僕はヒモが一人になっても二人になっても、甘やかしてみせる自信があります！」

「そのヒモって言い方、なんとかならねぇの？」

「ヒモがお嫌なら、自宅警備員はいかがでしょうか」

「いかがでしょうか、じゃないんだわ。オレにその気がないんだよなー。甘やかされるんなら、女の子がいいの。なんで、男に生まれてきちゃったの。もったいない」

「それは、きっと和歌子と圭仁さんの両方を養うためじゃないでしょうか」

「照れ顔で言うなよ……オレ、それなりに稼いでるし、間にあってます」

静流は、静の無念を引きずって、義経を探し続けてきた。そのため、和歌子とは別に、圭仁にも「ヒモにしたい」とアピールしている。

静流の中では、和歌子は和歌子。圭仁は圭仁。別々の人間として、どちらも養いたいと本気で言っている。迷惑な話だけれど、本人は大真面目だ。

「はあ……」

和歌子は薄緑を鞘《さや》におさめ、辺りを見回す。

夜の化粧坂は昏《くら》く、黄泉《よみ》へ通ずる門のようだ。風にあわせてざわりざわりと、木々が囁《ささや》きあっている。

鎌倉は、人の多い観光地だ。しかしそれも、夜になると静寂に包まれる。ここ化粧坂も例外ではなかった。昼間は切通しを見ようと、多くの観光客が訪れるが、夕刻を過ぎればこの有様だ。

長い歴史を持つ地は、怨念《おんねん》の類《たぐい》も引き寄せやすい。この化粧坂は鎌倉防衛の要所だった。新田義貞《にったよしさだ》の鎌倉攻めの際は、激戦地となったと伝わっている。ゆえに、ここを彷徨《さまよ》う亡霊は絶えない。

数々の合戦で散り、鎌倉に留《とど》まる亡者。あるいは、怨《うら》みを抱いて流れついた者ども。さきほどの悪鬼も、例外ではない。

鎌倉は、そういう魂が集まりやすい土地なのだ。京都なども同じだった。

和歌子のやっていることは、無意味かもしれない。多少の魂を救ったところで、自己満足と言われれば、それまでだ。

でも……この目に映る人が、せめて安らかであってほしい。

生きたいように生きてやる。和歌子の中にあるのは他人の前世の記憶だけれど、これは和歌子の本心であり信念だ。自分の正体を知ったときから、そう決めていた。

その決意ができたのは——。

「牛渕、送っていくよ」

不意打ちのようなタイミングで、武嗣が和歌子に手を出した。とっさのことで、和歌子は固まってしまう。

「新車のバイク買ったんだ。去年潰《つぶ》したからな……二人のりできるぞ」

屈託なく笑う武嗣の顔が爽やかすぎて、反射的にうなずきそうになる。が、和歌子はぷるぷると、首を横にふった。

「結構です。自転車で来たので」

置いて帰ると、回収が面倒くさい。それに、和歌子は体力をつけなければならないのだ。休めば、去年みたいに、すぐバテてヘロヘロになってしまうだろう。

「というか、先生。ヘルメットは二つ用意してるんですか？」

「あ」

ほら、また計画性がない……和歌子は、はあっと息をついた。

「じゃあ、今度。迎えにいくのはどうだ？」

「嫌ですよ。鍛えてるから、バイクにはのりませんって。筋トレしろって言ったの誰ですか」

「……俺だな」

「おわかりいただけて、よかったです」

懲りない武嗣に、和歌子は勢いよくノーと答える。

普通とはほど遠い。

しかし、これが牛渕和歌子の日常であった。

今日は現地解散。

家まで送ろうとする武嗣を振り切り、静流を圭仁に押しつけ、和歌子は夜の海岸沿いを自転車で走っていた。衣装のうえから着たスプリングコートの裾《すそ》が、風を受けてはためく。

美しい砂浜が続く海岸には、サーファーがたくさん訪れる。けれども、夜になると、それらの影もすっかり消えていた。ただただ静かな闇に、波音が響くのみ。海風にのって漂う潮の香りも心地よい。

和歌子は海岸線から離れ、長い坂を自転車でのぼる。近ごろは持久力がついたので、息切れも最小限になってきた。それでも、今世でずっと鍛えてきた武嗣たちと比べると、やはり力の差がある。もっと、体力をつけたい。

和歌子の自宅は七里《しちり》ガ浜《はま》にある。源氏重代の太刀である薄緑を祀《まつ》る神社の娘だ。

兄・頼朝との復縁を祈願して、義経は箱根《はこね》権現《ごんげん》に薄緑を奉納している。義経の死後、頼朝が太刀を移し、祀るよう命じた。というのが実家の牛渕神社に伝わる話だ。しかし、京都や箱根にも、同様の逸話を有する太刀が存在するため、世間的には牛渕の太刀は眉唾《まゆつば》な扱いを受けている。いいのか悪いのか、神社を訪れる観光客は少なく、閑散としているのが常だった。

薄緑は牛渕神社のご神体だ。勝手に持ち出しているので、誰にも見つからないよう注意が必要だった。

和歌子は竹刀袋に入れた薄緑を、そっと本殿に持ち込む。セキュリティの切り方は、掃除のときに教わっているのでなんとかなる。すぐにはバレないよう、ダミーの模造刀を代わりに安置していた。

素早く太刀を入れ替え、セキュリティを戻して……一仕事終えた和歌子は、肩の力を抜きながら本殿から離れる。

「こんな時間に、どこへ行っていた」

唐突に声をかけられて、和歌子は跳びあがりそうになる。

「あ……お父さん」

和歌子の父親の牛渕聡史《さとし》だ。深夜なのに、神社の仕事をしていたのだろうか。袴《はかま》を穿《は》いたままの姿だった。

和歌子はとっさに、空っぽの竹刀袋を身体のうしろに隠す。本殿に出入りしたのを見られていなければいいが……。

「答えなさい」

その言い方が、責め立てられている気がして、和歌子は身を小さくした。そして脳内に、昔のセリフがフラッシュバックする。

――和歌子。お前は、普通じゃない。


和歌子は普通の子供ではなかった。

顕著だったのは小学校にあがってすぐ、和歌子が高校生たちと喧嘩《けんか》をしたときだ。正義感からの行動だった。和歌子は決して手を出さず、逃げ回っていただけだったけれど、結果、相手に怪我をさせてしまった。

現代の価値観ではない。人助けのはずだったが、和歌子はやり過ぎたのだ。

その事件をきっかけに、和歌子は千葉の小学校へ転校になっている。親戚《しんせき》に預けられ、鎌倉へは長期休暇中に帰るのみ。流罪みたいだと、あのときは思っていた。

普通に生きよう。自分は普通じゃないから。あれから、和歌子は〝普通〟を目指してきた。

結局、今は記憶との折り合いもついて、同じような境遇の武嗣たちとも、楽しく過ごせている。無理に普通を目指すのもやめた。

だけど、やっぱり……聡史の声を聞くと、あのころを思い出してしまう。

「ごめんなさい。ちょっと散歩したくなって」

嘘をつきたいわけではないが、まさか「ご神体の薄緑を持ち出して、悪鬼退治をしていました」と言えるはずがない。

「二時だぞ。こんな時間に？」

和歌子の言い訳を聞いて、聡史は息をついた。まったく信じていない様子だ。しかし、聡史の言い方から、和歌子が薄緑を戻しに本殿へ入った現場は見られていないとわかった。それだけは不幸中の幸いだ。

「……………」

聡史は和歌子を責めているというより……得体の知れぬ者を見る目であった。自分の娘に向ける視線ではない。

昔と、なにも変わっていなかった。

和歌子が鎌倉の高校に合格し、帰ってきてから約一年。ぎこちない家族の距離は埋まっていなかった。

母親とは少しずつ話せているけれど……聡史には避けられている。未《いま》だに、和歌子を腫《は》れ物のように扱っていた。だから和歌子も、どう接すればいいのかわからない。

普通の親子って、どうやって会話してるんだろう？

幼いころから、今までずっと、和歌子にはわからなかった。

「……早く家にあがりなさい」

　黙って遣り過ごしていると、聡史が短く言い捨てる。あきらめられているのだと、理解するのは容易《たやす》かった。

「はい……」

　和歌子はうつむきながら、境内を横切って自宅へと向かう。

　他の家庭では……もっと怒られるのだろうか。テレビや漫画の常識しか、和歌子は知らない。物語の中では、家族は暖かくて優しくて、とにかく大事にしろというメッセージが刷り込まれている。

　こういうとき、義経の記憶はあまり役立たないのも皮肉だ。彼は物心つく前に家族を亡くし、寺に入っていた。胸の内にあるのは、平治《へいじ》の乱で父を殺した平家への復讐《ふくしゅう》心だけ。ロクに顔も覚えてない兄たちと協力して、いつか平家を倒すことを夢想していた。

　やっと会えた肉親だって――。

　考えないほうがいい。和歌子は義経ではないし、そもそも役立たないものを思い出す意味がなかった。

一幕目　歌詠む鳥の囀《さえず》り

1

春の鎌倉は美しい。

桜の花びらが舞う中、和歌子の足どりは軽かった。満開には早いが、充分に見応《みごた》えがある。

鶴岡八幡宮《つるがおかはちまんぐう》は、鎌倉観光の中心地だ。鎌倉八幡宮とも呼ばれ、源氏の世、そして鎌倉幕府を支えてきた。現代においても、鎌倉の象徴的な神社と言える。

いつもは制服なので、私服だと観光客気分だ。まだ時間に余裕があるので、せっかくだから、本宮にお参りしていこう。

和歌子はルーズなデザインのオーバーオールのポケットに、両手を入れた。歩調にあわせて、うなじでポニーテールの先が、ぴょんぴょん跳ねる。

学校は春休み中だが、今日は弓道部の強化練習に呼ばれていた。

和歌子の役に立ちたいと、静流は弓道部に入部している。彼の力と相性がよかったのもあるが、武嗣が顧問なので都合がいいのだ。

強化練習は雪《ゆき》ノ下《した》高校弓道部の恒例行事で、合宿に近いものだった。学校に泊まるわけではないが、春休みを利用して朝から夕まで練習するらしい。部内でトーナメントバトルもするという話だ。他の友達からも、「和歌子ちゃんも来てよ」と誘われている。せっかくだから、顔を見せることにした。

平安末期の武士にとって、主力の武器は弓だ。あの時代を生きた記憶があると、弓は馴染《なじ》み深い。和歌子も楽しみであった。

「ちょっと練習したら、わたしも引ける気がするんだよねー……」

和歌子はつぶやきながら、なんとなく腕を伸ばして矢を番《つが》えるふりをする。エア弓道。

「わ……」

グッと弦を引く動作をしたところで、和歌子は立ち止まる。

鶴岡八幡宮の本宮へ続く長い石段。風にのってやってきた桜の花びらが降り注いでいる。雅《みやび》に和歌でも詠みたくなる光景だ。

景色に見惚《みと》れていると、石段からおりてくる人影があった。観光地のど真ん中で、人なんてほかにもたくさんいるのに、和歌子の視線は、その人物に釘《くぎ》づけになる。

黒いブレザーに、黒いタイツ。知らない高校の制服だった。とはいえ、鎌倉は修学旅行や研修に訪れる学生も多い街である。珍しくはない。

ただ、肩までストンと落ちるような艶《つや》やかな黒髪が綺麗《きれい》だった。髪が太陽光を跳ね返して天使の輪を作っており、切りそろえた毛先がまっすぐだった。目鼻立ちがはっきりとしているせいか、視線が鋭く感じる。

女の子なのに凜々《りり》しくて力強くて、そして、ため息が出るほど麗しい。和歌子はすっかり、呆《ほう》けてしまっていた。

「君は」

女の子がこちらに気づき、凝視する。和歌子は、急いで両手をおろした。ずっと、エア弓道の姿勢を保ったままで、恥ずかしい。

「君は、弓道部かい？」

制服を着ていなかったら、声の高い男の子と間違えそうなくらい落ちついた声音だった。

「いえ、弓道部じゃないです……」

「そうなのか。構えが熟《こな》れていたから、経験者だと思ってしまったよ」

よくよく見ると、女の子は弓袋《ゆぶくろ》とスポーツバッグを肩から下げている。だから、和歌子に興味を持ったのだろう。

「あなたは、弓道部なんですね？」

「そうだよ」

女の子は弓袋を示して、爽《さわ》やかに笑った。歯が真っ白で、輝いている。

「でも、弱ったな。雪ノ下高校へ行きたいんだが……引っ越してきたばかりで、土地勘がなくてね」

女の子は腰に手を当てながら、大袈裟《おおげさ》に息をつく。

「わたし、雪ノ下の生徒です……よかったら、ご案内しましょうか？」

和歌子は高校の方向を指さした。和歌子の通う雪ノ下高校は、鶴岡八幡宮の東側にある。参道を通っていくのが近道だ。

「それは助かるな」

女の子は切れ長の目を細めて笑顔を作った。動作がどことなく優雅で、足運びもゆったりとしている。なのに、気がつくと、すぐ近くまで距離が縮まっていた。

「へ？」

突然、女の子が和歌子の手をにぎったので、変な声が出た。ポカンとしていると、女の子はクスリと笑う。

「女同士だ。そう身構えないでくれよ、小鳥ちゃん」

「こ、こと……小鳥ちゃん……？」

それは和歌子のことなのだろうか。びっくりして目を瞬《まばた》かせていると、女の子は和歌子の手に指を絡めていく。自然すぎて拒む余地がない。

「こんなに可憐《かれん》な声で囀《さえず》る乙女を、なんと呼べばいいかわからなくてね。よかったら、名前を教えておくれ」

歯が浮くようなセリフなのに、なぜか板についている。こういうことを言い慣れている様子であった。理知的で知性の見える話し方も、言葉に説得力をプラスしている。

不思議な人……。

「牛渕和歌子、です」

名を聞き、女の子はふっと目を細める。

「和歌子か。歌とは、雅な名だな。君のように可愛く歌う小鳥には似つかわしいよ」

そんな褒め方をされたことがないので、和歌子は再び居心地が悪くなってくる。しかも、こんなに綺麗な女の子から。目をあわせるだけで、ドキドキした。

「あなたは――」

「和歌子は、何年生なんだ？」

名前を聞こうとしたら、相手の質問とタイミングが重なってしまった。和歌子はとっさに言葉を引っ込める。

「一年生……春休みが明けたら、二年生です」

「なるほど。じゃあ、私が一つ先輩なのか。よろしく」

クールビューティーな見た目に反して、よく笑うし、話しやすい空気をまとっている。口調は少しボーイッシュだけれど、嫌な感じはしなかった。

「春休み明けから、雪ノ下に転校するんだ。後輩でも、友人がいるのは心強い」

「そうなんですね」

「弓道部に入る予定でね。今日は強化練習と聞いたから、早めに参加させてもらうことにしたんだ。総体までに馴染《なじ》んでおきたい」

なるほど、納得がいった。総体を目指しているということは、前の学校でもそれなりの成績を残していたのか。和歌子の構えだけを見て、「熟れている」と評価したのも、合点がいった。

と言っても、和歌子のは現代の弓道と違う。経験者からすれば、基礎から外れたものだろう……まあ、エア弓道だけど。

「そうなんですね……わたしは友達に誘われて練習を見学に来ただけなので。よかったら、ご紹介しますよ。早く部に馴染めるかもしれないし」

「それは嬉《うれ》しいな。できれば、可愛い子を頼む」

男の子より、女の子の紹介が嬉しいってことかな？　和歌子は快く、コクコクとうなずいた。静流以外にも、弓道部に所属するクラスメイトはいる。顧問が武嗣なので、その辺りは上手《うま》くやってくれるだろう。

「弓道は、長いんですか？」

和歌子は繋《つな》いだ手から、なんとなくそう感じた。女の子の手はすべすべとしているけれど、指の皮が厚くて筋肉がしっかりついている。弓をずっと引いている証拠だ。

「弓は得意だよ。前の学校じゃ、〝与一《よいち》〟なんて呼ばれていた」

「与一……？　那須《なすの》与一？　そんな仇名《あだな》がつくなんて、すごいんですね」

「そうでもない。まだまだ鍛錬が足りないよ」

那須与一は義経と同時代に活躍した弓の名手だ。屋島《やしま》の合戦における「扇の的」が有名である。

海に平家、陸に源氏。双方停戦している間に、平家の小舟が進み出て、扇を掲げてみせたのだ。「射てみよ」という意味だった。戦いとは関係のない、いわゆる余興である。波で揺れる舟に掲げられた扇を射るのは至難の業だ。しかし断るのも恥、外すのも恥。義経は那須与一に命じて、その的を見事射させた。

的を射た与一の姿は、簡単に思い出せる。そういえば、与一も妙に色男で、女性に優しかった。

話している間に、二人は鶴岡八幡宮の参道を通って、高校に到着する。すると、校庭をランニングする弓道部員たちの姿が見えた。

「それじゃあ、私は事務室に寄ってから練習に参加するよ。またあとで……応援してくれると、嬉しいな」

通称与一さんは、そう言って和歌子から離れる。

「あ……あの」

和歌子は思わず呼び止めようとする。転校生の与一さんが、事務室の場所がわかるのだろうか。しかし、彼女が迷いのない足どりで事務室のほうへと向かっていくので、和歌子は声を引っ込める。

「またあとで。小鳥ちゃん」

手をふられて、和歌子も軽く返すが、とうとう名前を聞きそびれてしまった。でも、練習に参加するらしいので、あとでわかるだろう。

なんだか……つかみどころのない人だ。

2

和歌子が学校の弓道場に入るのは、初めてであった。

二階建ての体育館。その一階にあるのは知っていたが、いかんせん、部員以外は用事がない。

「和歌子ちゃんも、弓道部に入ったらよかったのに」

そう笑ったのは、同じクラスの吉沢明日華《よしざわあすか》だった。おっとりとした雰囲気の女の子で、和歌子と違って可愛らしい。そういう空気は、弓道の道着姿でも変わっていなかった。しかしながら、弓道部よりも、文芸部や手芸部のほうが似つかわしい。

「わたしはいいや……部活は興味ないから」

和歌子は適当に誤魔化しておく。

入学当初、和歌子には「普通に暮らしたい」という目標があった。目立たず、驕《おご》らず、穏便に平和な生活がしたい……そのため、部活動の勧誘はすべて断っていた。覚えのある弓道など、もってのほかだ。

今はそこまで強い願望ではないし、やりたいように生きようと思っている。しかし、弓道をしたいという希望もないので、入部の理由はなかった。

「初心者でも大丈夫だよ。むしろ、武嗣先生から手取り足取り指導してもらえるチャンスだし！」

事情を知らない明日華は、元気よくガッツポーズをした。というより、明日華の目的は弓道ではなく、顧問なのだ。隠しもしていない。

こうやって和歌子たちが話している間も、武嗣は何人かの生徒に囲まれて楽しげに指導していた。あいかわらず、女子人気が高いこと。顔のせいもあるが、面倒見がいい性分なので、男女ともに慕う生徒が多い。

和歌子はチラリと、武嗣の指導を横目で確認した。

ジャージ姿だが、部員たちの前で綺麗《きれい》に弓を引いてみせている。

武蔵坊弁慶は怪力に関する逸話が残っているが、弓だって引けた。しかし、義経が生きていたころと異なって、現代の弓道には流派が存在し、勝手も違っている。武嗣の構えは完璧《かんぺき》に現代のものだ。

武嗣の場合、弁慶の記憶があり、人並み以上の怪力も受け継いでいる。だが、弁慶の怪力に身体が追いつけず、学生時代までは頻繁に骨折したり、他人に怪我をさせていたりしたらしい。そのため、身体の強度をあげて制御しなければならず、鍛錬を欠かしていない。戦い方も、身体にあうようにカスタマイズして、現代の武道を一通り修めたと聞いている。つまり、彼がああやって普通に生活できるのは、今世での努力の賜物だ。

和歌子も、記憶に悩まされた。でもそれは、前世の記憶がある他の人間だって同じだ。気づかせてくれたのは武嗣だった。

「和歌子、僕を見てよ」

ぼんやりしていた。はっと気づくと、隣に静流が立っている。

「し、静流くん！」

「やっと、見てくれた」

和歌子と目をあわせながら、静流は満足げにする。

「びっくりしてふり向いただけだからね」

「ずっと僕を視界に入れていたら、そのうち僕しか見えなくなるでしょ？」

「ならないってば」

静流が和歌子の肩に手を回そうとするので、スッと一歩引き、さり気なくかわした。

やや距離を置くと、静流の出《い》で立ちが確認できる。白と紺の道着に、胸当てをつけていた。ほっそりとしたラインはあまり見えないのに、四肢の長さや均整のとれた身体つきがよくわかる。さすがは、フィギュアスケート選手だ。立ち姿が美しい。

「そういえば、由比君。世界選手権は惜しかったね」

明日華がいつもの調子でニコニコと静流にも話しかける。

「……まあまあかな。ブランクがあったにしては、いい成績だったんじゃない？」

静流は冷静に自己分析して、愛想笑いする。

高校入学当初、静流はフィギュアスケートをジュニアで引退しようとしていた。彼が評価されているのは、静御前の記憶があり、他の選手よりも得をしているからだと考えていたのだ。

しかし、和歌子と出会ってから考えを改め、好きなことをやろうと決めた。その結果、スケートの練習を再開して今年の世界選手権に出場している。ジャンプにミスがあり、表彰台を逃して四位で終わったものの、十代の日本人選手としては、充分な快挙である。世界選手権の遠征から帰ってきたばかりでの部活動だ。今日は軽く流す程度の練習をするらしい。

「部活やるくらいなら、アイスショーに出ろって言われるんだけど……和歌子と一緒にいられないだろう？」

さり気なく手をにぎられそうになって、和歌子は苦笑いする。

「由比君のアイスショー見たいなぁ。今年のエキシビジョン、すっごく綺麗だったよ」

明日華は素直で、まっすぐな言葉を向けた。彼女以外のファンも、同じことを考えているはずだ。それなのに、静流はやや複雑そうな顔をする。

「……エキシビジョンより、フリー演技のほうが評価されたかったんだけどな」

静流の演じたエキシビジョンは、世界中の話題となっていた。

平安時代の服装である水干《すいかん》をまとったまま氷上で演じたのである。その技術だけでなく、姿が美し過ぎて、彼の演技は「現代の静御前」と大々的に報じられた。

彼としては……失敗してしまったフリースケーティングのほうが本命だった。源義経を題材にした映像作品の主題歌を採用し、軽やかで力強いスケートを目指したと聞いている。

「わたしは、どっちも好きだったよ。スケートはよくわからないから、ただの感想になっちゃうけど。連続バレエジャンプとか、八艘《はっそう》飛びって感じだった」

和歌子が言うと、静流は嬉《うれ》しそうに表情を明るくする。

「基礎点は高くない技だけど、和歌子が気に入ってくれたなら嬉しいな。審査員のクソ採点なんかより、何倍も価値があるよ」

「く、クソ採点って……」

和歌子の感想なんて、素人の意見だ。そこまで喜ばれるほどのものではない。

「また同じ曲で、来年挑戦するよ。悔しいからさ」

静流の表情は前向きだ。

「今度は表彰台の一番上を獲《と》って、和歌子をいっぱい甘やかすからね」

「前半はすごく応援してるけど、後半はノット・フォー・ミーだよ」

和歌子は顔の前でバッテンマークを作った。

「由比！　あとで校庭三周追加！」

会話が聞こえていたのか、野性の勘か。武嗣が静流に叫んできた。理不尽な指導に、静流はすこぶる嫌そうな顔をする。

「由比君と先生、本当に仲がいいよね」

明日華は慣れているのか、のんきに笑う。あれを仲がいいと評するのは、すさまじい心の広さだ。この子は菩薩《ぼさつ》か。

「そうだ。今日、転校生が来るって聞いてる？」

和歌子はさっきの女の子を思い出した。

「あ、二年生でしょ？　知ってるよ。まだいないねー？」

転校生について、明日華も知っていたようだ。静流も、「そういえば」とうなずく。

「静岡の学校からだって。去年の高校総体で優勝してる有名人だよ。強い人が入ってきてくれて、先輩たちが喜んでた……大会に出ないあたしたちには関係ないけど、興味はあるかな」

明日華や静流は、大会には出ない部員だ。一方で、大会での優勝を目指す部員たちもいる。顧問も二人いて、それぞれの生徒にあわせて指導をしているらしい。今日の強化練習は、大会を目指す部員たちのためにあるようなものだった。

「与一って、呼ばれてるって聞いたんだけど」

「そうそう。すごいらしいよ。和歌子ちゃんでも知ってるんだね……あ。あの人かな？」

話しているうちに、明日華の目つきがパッと変わる。おっとりとしているけれど、案外ミーハーでアクティブだ。なんと言っても、顧問の顔目的で入部したゆる部員である。

噂の凄腕《すごうで》転校生に、もとから興味があったのだろう。

けれども、それだけではない。

その人物が現れただけで、空気が明らかに一変した。

雪ノ下の弓道部員とは異なる意匠の道着なので、すぐにわかる。

さきほど、鶴岡八幡宮で会った通称与一さんだ。

「なんか……」

明日華がなにかを言いかけて止める。放心しているようだ。和歌子にも、その気持ちがわかった。

周囲の部員たちが、みんな転校生を見ている。それは物珍しいからではない。彼女のまとう雰囲気がそうさせているのだ。

闘志とは違う。もっと静かで、凪《な》いでいて、されど炎のごとく苛烈な側面がある。覇気とでも言えばいいだろうか。

武士《もののふ》だ。和歌子は無意識に慄《おのの》いていた。戦場で相対する荒武者……というよりも、それらを束ねる大将の風格だ。

転校生は、キリリと涼やかな目で、周囲を一瞥《いちべつ》する。その一挙一動に無駄がなく、不用意に近寄れば射殺されそうな圧があった。

とても普通の高校生とは思えない。学校へ案内したときも妙な女の子だと感じたが、練習場に入ると、さらに印象が変わる。

「湊本朝妃《みなもとあさひ》だ。みなさん、よろしく」

　ほぼ全員の注目が集まったタイミングで、与一——いや、朝妃があいさつした。まとう空気は一切変わっていないのに、表情だけやわらかくなる。友好的な雰囲気で、みんなと仲よくしたいという意志が伝わった。その途端に、部員たちの緊張も解《ほぐ》れる。

「湊本さんは、伊豆《いず》の高校から転校してきました。本来なら四月からの入部ですが、大会を目指すため、今日から練習に入ってもらいます」

　顧問の佐伯《さえき》先生が説明をする。顧問二人のうち、大会組の部員は彼女が見ているらしい。武嗣は大会組以外を受け持つ。

「よろしくおねがいします」

　紹介に応じて、部員たちが頭をさげる。運動部らしく、よく響くあいさつであった。

　しかし、彼らの表情が一様に歓迎ばかりではないのを、和歌子は薄《うっす》ら感じとる。大会に出たい者にとって、他校在籍中に全国優勝を果たしている朝妃はライバルとなるのだから、当然だ。新学期前に練習へ参加するのだって、彼女が有力選手ゆえの特別措置で、面白く思わない者はいるだろう。

　出る杭《くい》は打たれる。今も昔も、変わらない。生き残れるのは強者のみだ。

「ふうん。あれが……」

　弓道の大会に興味がない静流は、和歌子の隣で冷めた反応だった。

湊本朝妃さんか……さきほどは名前が聞けなかったので、和歌子は声に出さずにくり返してみる。

「小鳥ちゃん！」

ぼんやりとしていると、不意に朝妃がこちらに視線を向ける。怜悧《れいり》な印象の表情が一変して、満面の笑みとなった。大きく手までふって駆け寄る様は、年相応の女子らしさがある。

「また会えて嬉しいよ」

「あ、うん……また会いましたね」

朝妃があまりに嬉しそうな声音で近づいてくるので、和歌子は後退《あとずさ》りする。

しかし、朝妃は和歌子に逃げる暇《いとま》を与えず、手をにぎった。両手でしっかりと。

「誓うよ。今日は、君のためにがんばろう」

女の子同士なのに、ぼーっと逆上《のぼ》せてしまいそうなセリフだった。明日華がニヤニヤしながら口元を押さえている。

「え……え？」

「見ていておくれ、私の小鳥」

和歌子が目を点にしていると、朝妃はグッと顔を近づけた。簡単にキスできてしまいそうな距離感に、和歌子は反応が遅れる。

「おい」

隣にいた静流が強い口調で朝妃に声をかける。一つうえの先輩だというのに、お構いなしだ。

「離れてよ。馴《な》れ馴れしく和歌子に触らないで。困ってるだろ」

朝妃から庇《かば》うように、静流は和歌子の前に立つ。

普段から粘着質な静流が「困ってるだろ」とかなんとか言う資格があるのかは、この際措《お》いて。和歌子は同意を示すため、首ふり人形みたいにうなずいた。

「私と彼女は、女の子同士だ。仲よくして、なにか問題でもあるのかい？　今じゃキスもあいさつのうちだろう？」

朝妃は平然と答えながら、胸に手を当てた。いやに挑発的な口調である。

「思いどおりにしたければ、その身で実力を示せ。私の前で、もう一度。君はそれができる人間だと知っているよ」

妙な言い回しに和歌子は引っかかりを覚えた。静流に目を向けると、信じられないものでも見るかのような表情で、朝妃を睨《にら》んでいる。

「……そうしようじゃないか」

静流の声が急に低くなり、明確な敵意が表出する。いつも武嗣と喧嘩《けんか》するときとも、雰囲気が違った。

「静流君？」

和歌子は心配になるが、静流は振り切るようにパッと歩き出した。

静流が迷わず手にしたのは弓だ。彼は大股《おおまた》で弓道場の真ん中へと向かっていく。

「そうこなくては」

望んでいた展開のようだ。朝妃は愉《たの》しげな面持ちで静流の隣に並んだ。

二人の前方二十八メートルには、円形の的がある。

「え？　なにする気？」

和歌子だけ、置いてけぼりにされた気分だった。なぜか、明日華はワクワクとした表情だ。

「二人とも、なにし――」

他の部員を指導していた武嗣も、二人の様子がおかしいことに気がついたらしい。けれども、止めようとする武嗣に、静流は掌《てのひら》を示した。来るなというサインだ。

「先生は邪魔しないでください。ただの練習ですよ」

練習と、静流は言い切った。二人同時に練習するだけ、と。

静流の表情がいつになく真剣だ。あんな顔は、氷上でしか見たことがない。

「え。由比君、なにしてるんだろう？」

「大丈夫……？」

ヒソヒソと囁《ささや》く部員たちの声が和歌子の耳に届く。朝妃は全国大会の覇者で、一方の静流は、弓道に関しては初心者だ。相手になるはずがない。

先に矢を番《つが》えたのは静流だった。ギリギリと弓を引き絞り、的を見据える。基本的な構えで、突出したところはない。

けれども、矢が放たれた瞬間、和歌子は思わず声をあげそうになる。

矢は的へ向かっていく。が、それは静流の射によるものではない。悪鬼退治のときと同じく、風を使って調整しているのだ。

真ん中に刺さった矢に向けて、パラパラと拍手が送られる。

「ふうん……なるほどな」

朝妃は冷静な視線で、静流の矢を観察していた——普通ならば、静流がどうやって的に当てたのか気づく者などいない。

「面白いじゃないか」

朝妃が弦に手をかける。細身の女の子だというのに、随分な強弓だ。それを軽々と引く様は、女でありながら戦場を駆けた巴《ともえ》御前にも重なるところがある。

ヒュッと、風を裂く音がして、矢は吸い込まれるように的の中心を射た。文句のつけどころのない弓に、拍手があがる。

それから交互に矢を射た。それぞれ的の真ん中を射続けて、一歩も譲らない。

「湊本さん、やっぱりすごい……さすがは、〝那須与一〟」

「いや、由比君もヤバいって。いつもより当ててるじゃん」

「自主練でもしたのかな？　あんなに当たる子じゃなかったよね？」

「ねえ、急に涼しくなった？　窓開いてる？」

静流が能力を使うのは悪鬼退治のときだけなので、周囲には奇妙な光景に映っているようだ。それでも、静流は懸命に弓を引き、矢を的に当て続けていた。必死な横顔に大粒の汗が伝い、キラリと輝く。

「肩がさがっているぞ」

朝妃は嘲笑《あざわら》うみたいに軽々と、次の矢を取り出そうとする。が、ふと思い至ったように動きを止めた。

朝妃は和弓を横向きに構える。そして、矢筒から矢を二本一気に抜いた。

驚く静流に目もくれず、朝妃は二本の矢を番えて、弓を引く。

和歌子は息を呑《の》み、拳《こぶし》をにぎりしめた。背筋に汗が流れるが、思考は冷静さを保っている。

朝妃が矢を番える姿が、義経の記憶と重なってしまう。

「あの人……」

二本の矢が放たれる。それぞれヒュンッと風を切り裂き、朝妃の的と、隣にある静流の的を射貫《いぬ》いてしまった。

滅多に見られぬ凄技《すごわざ》に、弓道部員たちが興奮して拍手をする。隣で明日華も、「すごいねー！」と、跳びあがっていた。

静流は黙って弓をおろし、息をついている。もう競う気はないらしい。いつの間にか、燃えるような闘志は消えていた。

「小鳥ちゃん」

朝妃が和歌子のもとへと歩いてくる。汗一つかかず、爽《さわ》やかな顔だった。

「あなたは……」

和歌子の全身に力が入る。思考は冷静なのに、身体が震えそうだった。恐怖というよりも、武者震いの類《たぐい》である。

朝妃は微笑みながら、和歌子に近づく。

「お見事」

しかし、和歌子と朝妃の間を割るように、武嗣が前に出た。いつものように、気さくに笑いながら朝妃に対して拍手をしている。

進路を塞《ふさ》がれて、朝妃が若干唇を曲げた。けれども、武嗣は素知らぬ顔で、和歌子を背に隠す。

「大会組の練習を邪魔して悪い。部員以外の見学はここまでにしておくよ。湊本は、佐伯先生のところで指導を受けてきなさい」

教師らしい言い方で、武嗣は朝妃の肩を軽く叩《たた》く。朝妃は面白くなさそうにしていたが、やがて、くるりと踵《きびす》を返した。

「またおいで、小鳥ちゃん」

朝妃は軽く手をふり、サラリと黒髪を左右に揺らす。

その背を、和歌子は無意識のうちに睨んでいた。

部員以外の見学は終わりという名目で、武嗣が和歌子を弓道場の外まで送ってくれた。庇ってくれたんだよね……和歌子は、さきほどの武嗣を思い浮かべた。

もしかすると、朝妃は和歌子にも弓を引かせたかったのかもしれない。

朝妃の構えが頭に焼きついている。弓は義経と同時代の武者たちにとって、基本的な嗜《たしな》みだ。得意とする者は片手で数えられない。

しかし、あれは……。

「先生」

前を歩く武嗣を呼び止めた。

湊本朝妃は——。

「とりあえず、あの方にも連絡入れておいてくれ。俺は、由比のほうを指導しとくから」

やっぱり、武嗣も気がついている。おそらく、静流も。二人は和歌子よりも早く察していたのだろう。

和歌子はすぐに、ポケットに仕舞い込んだスマホを取り出した。

3

「はー……終わったー……」

実習って正直、ったりーんだわ。

肩の関節を回しながら、圭仁は欠伸《あくび》を噛《か》みしめた。

春休みなのに、三コマ続きで古文書解読の実習だ。ノンストップで崩し文字を読まされて、学生たちはクタクタだった。前世の知識で楽をしているとはいえ、圭仁だって、ずっと汚い虫食い手紙やら書物やらの相手をするのは骨が折れる。

「黒鵜、ノート貸してくれよ」

教室を出ると、同じゼミの学生が頭をさげてきた。圭仁は面倒なので、口を曲げる。

男に優しくしてやる義理も趣味もない。

「やだよ。お前、この前丸写しで提出しやがって。なぜか、オレがパクったと疑われた
「そりゃあ、普段の行いが悪いからだろ。他の授業赤点だらけなのに、古文書学だけ満点じゃん」

「心外だなー。日本中世史も得意だからね、オレは」

つまり、前世で生きていた前後の時代が得意なのだ。大学で真面目に勉強する気がなかったため、楽ができそうな歴史学を専攻したのだが……思いのほか、得意な授業が少なくて、この評価である。

「黒鵜君、ノート貸してー！」

また別の学生が声をかけてきて、圭仁は足を止めた。化粧っ気が薄くて地味な女子だ

が、着飾ればそこそこかな。

「いいよー。好きに使って」

「やったー、いつもありがとうー！」

「ってめぇ、女子には貸すんかい」

男のツッコミなんて聞こえないふりをして、圭仁はニコニコと古文書訳のノートを差し出した。女の子には理由もなく優しくするもんだ。

「あ……っと」

スマホを確認すると、通知が溜《たま》っている。授業中、マナーモードにしていたので、気づかなかった。

通知の中に、和歌子の名前がある。いつもはメッセージに用件を残すのに、珍しく、

「大事な話があるので、折り返し電話をください」とある。

かけなおすか。和歌子が言うのだから、よほどの用事だろう。

「ねえ。黒鵜君もこのあと飲み会、一緒にどう？　みんな行くってさ」

さっきの女子がはにかみながら、お店の情報が表示されたスマホを見せてきた。学生がよく使う安い居酒屋だ。

「うーん……」

圭仁は和歌子へ電話を折り返そうとした指を止め、女の子を見る。

いかにも地味で真面目な雰囲気だが、清楚《せいそ》で顔に愛嬌《あいきょう》があるのが好ましい。やっぱ、

この子は、化けるタイプだと思うんだよね。

「行くよ。誘ってくれて、ありがとね」

まあ、あとでいいか。圭仁はスマホをポケットにしまって歩き出した。ゼミのみんなで行こうと言うのだ。一人だけ足並みを乱すのは、よろしくない。

あまり集団の輪から外れたくなかった。前世では、それで失敗した面もある。もっと、周りの武者たちと歩調をあわせて、意見も交換しておけば――そう考えそうになって、圭仁は首を横にふる。

和歌子から、「今生きたいように生きられない人間が、もう一回前世やり直したって一緒でしょうが！」と一喝された。圭仁だって、このままではいけないと理解している。前世についても、考えないよう努めてきた。

でも、ふとした瞬間に後悔が過《よぎ》るのだ。和歌子に殴られても、まだ足りていない。本当に、性根がどうしようもないのだと実感する。

「…………？」

大学のキャンパスを出ると、高等部の校門が見える。雪ノ下は、中学、高校、大学と系列の学校が隣接しており、学園とも称されていた。

この日は嫌に、視線が高等部に惹《ひ》きつけられた。正体のわからない胸騒ぎがする。

夕陽を反射させる校舎から出てくる一団は、部活生だろうか。みんな大きめのスポーツバッグと弓袋《ゆぶくろ》を担いでいる。

その中で、いっそう目を引く女の子がいた。

「あ……」

圭仁は思わず、足を止める。

目立っているのは、単に一人だけ制服が違うからだ。白いセーラー服ではなく、黒いブレザーを着ている。髪も黒くて艶《つや》やかで、怜悧《れいり》な視線が印象的だった。

かなり顔立ちがいいが、それ以外はどこにでもいる女子高生。ほかの女子生徒と、親しげに談笑している。

なのに、どういうわけか、視線が外せなかった。

不意に、女の子が圭仁に視線を向ける。ずっと見ていたので、気づかれてしまったのだろう。だが、すぐに何事もなかったかのように、歩き出してしまった。表情一つ変えずに。

「黒鵜君、どうしたの？」

圭仁が急に立ち止まったので、ゼミの女の子が不思議そうにしていた。

「いや……ちょっと眼鏡が汚れて」

下手な嘘をつきながら、圭仁は伊達《だて》眼鏡のレンズを拭《ふ》く。

横目で確認すると、高校生たちは楽しそうに歩き去っていった。

圭仁さん、なにしてるんだろう。

和歌子が送ったメッセージには既読マークがついたのに、圭仁からの折り返し電話はなかった。

＊＊＊

若宮大路《わかみやおおじ》沿いにあるカフェテラス。段葛《だんかずら》の桜をながめられるロケーションだ。店先のテーブルに、和歌子と武嗣、静流が顔をつきあわせて座っている。

「先生、なんで転校前に気づかなかったんですか。あんなのもう絶対普通の高校生じゃないってわかりませんか？　節穴ですか？」

静流が苛立《いらだ》ちで口を曲げていた。

「しょうがないだろ。大会組の指導は佐伯先生がやっていて、俺は転校生が来るってことくらいしか聞いてなかったんだよ」

武嗣は弁明しながら、六段重ねのパンケーキを食べていた。あいかわらず、量が多い。鬼のようにトッピングを頼んだので、皿のうえはちょっとしたテーマパーク状態だ。

「大会の優勝者なのに、視界に入ってなかったとか言うんですか……うちのコーチだったら、速攻でクビにしますよ」

「だから、大会の引率も佐伯先生がやってたんだよ」

「はー……使えないクソ教師」

「食べながらクソとか汚い言葉はやめておきなさい」

「役立たず」

「おまえなぁ……」

スマホの着信を待って嘆息する和歌子の前で、静流と武嗣がいつものごとく言いあいをしている。

もちろん、湊本朝妃についてだ。

彼女には前世の記憶がある。和歌子たちは、そう確信していた。

「二人とも、喧嘩《けんか》しないで。ケーキが美味《おい》しくなくなっちゃう」

桜クリームのケーキをいったん置き、和歌子はため息をつく。

「朝妃さん……やっぱり、あの方なんでしょうか」

和歌子が思い描いている人物と、二人の意見が一致しているか自信がなかった。なにせ、二人ほど当時の記憶が鮮明ではない。感覚も、義経とはズレてしまうので、直感で当てるという芸当もできなかった。

「源頼朝」

静流がハーブティーのカップを置き、静かにつぶやいた。その名を聞き、和歌子は肩が重くなっていく。

源頼朝。

鎌倉幕府の初代将軍。鎌倉殿。そして、源義経の追討を命じた異母兄だ。

平安末期において、弓の腕が優れていたのは、那須与一だけではない。

義経の兄・頼朝は、戦場《いくさば》に出ることはあまりなかった。しかし、石橋山《いしばしやま》の戦いでは、見事な弓捌《さば》きで、射た矢はすべて敵兵に当たったという。義経も、鎌倉にいた短い期間、稽古《けいこ》に同席したが、世辞抜きで兄には弓で敵《かな》わぬと思っていた。

朝妃の弓は、頼朝を彷彿《ほうふつ》とさせるものだ。

「僕の調べによると——湊本朝妃。十七歳、四月八日生まれ。牡羊座《おひつじざ》のA型。母親は八歳のときに病死。十四歳で父親を交通事故で亡くして、今は骨董《こっとう》商を営む男性のもとで暮らしているらしい。伊豆からの引っ越し理由は不明。住所は……」

静流は淡々とスマホを見ながら情報を読みあげていく。武嗣は「なるほど」とうなずいているが、和歌子は誤魔化されない。

「静流君、それいつ調べたの」

「練習中に、得意先の探偵社に連絡しておいたんだよ。最速で情報回してもらったから、大雑把でごめんね」

「違法手段は使ってないよね。盗聴とか、盗撮とか」

「さすがに、まだ使ってないよ。心外だね」

まだ使っていないだけで、そのうち使うつもりなのか。だんだん頭が痛くなってきた。和歌子のことも、いつの間にかGPSで追跡していた前科がある。暴走しないか心配しかなかった。

「そんなことより」

静流はスマホから顔をあげた。

「どうやって討ちとる？」

流れるようにダンッとテーブルを叩《たた》いたので、お洒落《しゃれ》なハーブティーの水面が揺れた。

「先手必勝、夜討ちだろ」

呼応して、武嗣が腕組みしながら息巻いた。

「ストップストップ。そういうの現代的じゃないんで、考えなおしましょう」

和歌子は急に意見が一致した二人を宥《なだ》めるため、制止するように両手を前に出した。すると、武嗣が両手をポンと叩く。

「なるほど、牛渕は夜討ちじゃなくて正々堂々と正面から打ち倒したいんだな？」

「だから、急に暴力の話をしないでもらえます？　今、西暦何年だと思ってるんですか！」

和歌子は頭が痛くなり、項垂《うなだ》れる。ときどき、何百年も前の倫理観が見え隠れするのが危うい。現代で普通に生きているくせに、抜け切っていないのだろう。

「圭仁さんとも、まだ連絡がつかないんです。物騒な算段はやめておきましょう」

義経の生まれ変わりである圭仁は……もしも、頼朝が転生していたら、会いたいと思っている。口では白々しく誤魔化しているが、和歌子には理解できてしまう。

「それに……もしかすると、圭仁さんと同じように、朝妃さんも義経に会いたいと思っていたり、しませんかね……？」

「和歌子がそう思いたい気持ちは、わかるけど……」

和歌子の意見に、静流は言葉を濁す。

言いたいことは察した。和歌子が述べたのは、都合のいい願望だ。前世の時代、頼朝と義経の関係は破綻《はたん》し、追討命令まで出されている。頼朝が殺したも同然だった。圭仁が恨んでいなくとも、朝妃がどう思っているのかは、不明である。

「牛渕はいつも変わらなくて、安心するよ」

コーヒーカップから口を離しながら、武嗣が微笑んでくれた。その顔を見ると、なんだか認められた気がして、和歌子はほっとする。

「あ、悪い。佐伯先生から電話」

けれども、武嗣のスマホが騒がしく鳴動する。武嗣は短く断りを入れると、スマホを持って席を外した。

和歌子はティーカップの紅茶を飲みきってしまう。ぬるくなっても紅茶は美味しい。底に、溶け残った砂糖の結晶が沈んでいた。

とにかく、圭仁に連絡がついたら、二人を引きあわせよう。少なくとも、圭仁は頼朝に会いたいと思っているのだ。朝妃が嫌がったら、そのときはそのときで、成り行きにまかせるしかない。

「……和歌子？」

聞き覚えのある声に、和歌子は肩を震わせて背筋を伸ばす。目の前に座る静流のものではなかった。

「……お父さん」

テラスに隣接する歩道に立っていたのは、和歌子の父・聡史だった。白髪交じりの眉《まゆ》根《ね》を寄せて、険しい表情で和歌子を見ている。

「なにをしているんだ」

聡史の声には批難の色が込められていた。和歌子を睨《にら》みつけたあと、静流にも視線を移す。

「あの……」

「夜中にこそこそしていると思っていたが、まさか、いつも男と出歩いているのか」

和歌子は唇をギュッと引き結んだ。聡史の言っていることは間違っていないが、彼の想像しているようなことではない。けれども、和歌子の状況を説明するわけにもいかなかった。

和歌子は言葉を発せられないまま、うつむいてしまう。和歌子の境遇は理解されにくい。昔から、こうやって黙ってやり過ごすことが多かった。

「こっちへ帰ってきて、少しはマトモになったと思ったんだが」

聡史はやがて、和歌子を睨むのをやめる。深いため息をつき、目をそらしてしまった。

和歌子とはなにを話しても無駄だと、突き放された気分になる。

「そんな言い方、ないじゃないですか。和歌子の父親なんですよね?」

会話に割って入ったのは、静流だった。立ちあがり、聡史の前に歩み出る。

「君になにが――」

「わかりませんよ。僕は和歌子から、本当の父親の話を聞いたことがないので」

静流は事もなげに言ってのけた。たしかに、和歌子は静流に家族の話をあまりしていない。

「クラスメイトとお茶をしているだけで、夜遊びしていると決めつける親の話なんて、進んでしたがるわけがありませんから」

たしかにこの状況から、静流と夜遊びしていると結びつけるのは早計だ。

聡史は指摘され、とっさに言葉が出ない様子だった。

「静流君、いいから……」

和歌子は喧嘩《けんか》腰の静流を落ちつかせようとする。このままだと、言い争いにもなりかねない。「ヒモ」とか「自宅警備員」なんて言葉が出てきたら終わりだ。

聡史はしばらく、むずかしい顔で静流を凝視している。

「君はテレビでよく見る顔だな。スケート選手の……」

静流がフィギュアスケートの選手だと気づいたらしい。その途端、聡史はますます嫌悪感を露《あら》わにした。

「そんな有名人と歩いているのが報道されでもしたら、迷惑するのは、うちなんだぞ」

聡史は頭が痛そうに顔をしかめる。それを見て、和歌子の顔からサアッと血の気が引いていく。

「そんなもの、僕はアイドルじゃないんだから結婚してしまえばどうとでも――」

「静流君。もういい、黙って」

一度引いた血が、スッと頭に駆けあがっていく感覚。一気に沸騰して、なにかがブッリと切れる音がした。

「お父さんが心配してるのは、結局、わたしじゃなくて世間体なんでしょ。小学校のときから、ずっとそう！　変わってない！」

気がついたら怒鳴っていた。こんなに大きな声なんて、滅多に出したことがない。これだけで喉《のど》が嗄《か》れてしまいそうだった。

聡史はなにも言い返せないままだ。

異形の化け物でも見るかのような目である。和歌子はこの目が、ずっと嫌いだった。

和歌子は勢いにまかせて、静流の手をつかむ。逃げるように、カフェの会計へ向かった。途中で、席へ戻ろうとする武嗣も捕まえて、無理やり連れていく。

会計を済ませて、和歌子は再びテラス席をふり返る。

聡史の姿は、もうなくなっていた。

頭に血がのぼりすぎた……。

　とっさに逃げてしまったのを後悔して、和歌子は項垂れる。

「静流君の名前バレたし、学校に連絡とかされたらどうしよう……」

　和歌子は「やってしまった……」と、電柱に額をこすりつける。

「和歌子、いいんだよ。僕のほうこそ、勝手なこと言ったから。でも、約束通り、きちんと養ってあげる。熱愛報道なんて、させておけばいいんだ。僕と和歌子の仲を世間に知らしめるいい機会だよ」

「養われる約束もしてないし、報道されるような仲でもないんだよね……」

「自宅警備員でも、ニートでもいいよ」

「なにもよくない。バリエーション増やせばいいって話じゃないから」

　そこは、きっちりと否定と訂正をしておく。

　大方の事情を聞いた武嗣は、苦笑いしながら頭を掻《か》いた。

「俺がいたら、部活の指導だって言ってやれたんだが」

　珍しく、気の利く嘘を思いついているではないか。いいタイミングで、あの場にいなかったのが悔やまれる。

「でも、和歌子。ありがとう……僕のために怒ってくれたんじゃないの？」

　静流に言われて、和歌子は両の目をぱちくりさせる。

「いや、むしろ静流君がわたしのために……」

「その僕を悪く言われて、怒ってくれたように見えたんだけど」

和歌子が否定しても、静流は嬉《うれ》しそうだった。

たしかに。聡史から静流が悪く言われた瞬間、和歌子は冷静でなくなっていた。対象が武嗣でも、圭仁でも、同じように怒ったかもしれない。

いつも我慢しているのに、どうしても許せなかった。怒ってしまった理由がはっきりしなかったけれど、そう考えると、妙に心がストンと落ちついてくる。

「とりあえず、今日は帰ろうか。家まで送るよ」

「由比の家は学校の近くだろ。あとは俺が送るから、まっすぐ帰りなさい」

「とか言いながら、先生はまた和歌子を連れ去る気でしょう。騙《だま》されませんから」

「どっちも結構ですから、さっさと帰りますよ」

隙あらば、すぐに喧嘩がはじまる。いちいち宥《なだ》める和歌子の身にもなってほしい。

なんだかんだと、三人でＪＲ鎌倉駅に向かって歩く。あいかわらず、武嗣と静流は言いあっているが、逆に普段通りで落ちついた。

駅の三角屋根が見えてきた頃合いで、和歌子のスマホが鳴動する。

「あ、圭仁さんから」

圭仁からの折り返し連絡だ。和歌子は急いで通話をスピーカーで繋《つな》げる。武嗣や静流にも聞こえるようにしたかった。

「もしもし」

『ごめんね、和歌子ちゃん。やっと、連絡できた。あのさ、聞いてほしいことがあるんだけど』

電話の向こうがやけに騒がしい。人がたくさんいる……楽しそうに遊んでいるところだったのか。ちょっと呆《あき》れつつも、事故などではなくてよかったと安心する。

『和歌子ちゃんの高校に……兄上――』

「歩きスマホはよくないよ、小鳥ちゃん」

圭仁との電話を遮るように、背後から突然、声がした。和歌子はとっさに身構えながらふり返るが、その拍子に手から、通話中のスマホが飛び出す。

湊本朝妃だった。

和歌子が落としたスマホを拾いながら、クスリと笑っている。

「ほら、落としものだよ」

朝妃は平然と、スマホの通話を切ってから、和歌子に差し出した。和歌子はそのままの距離を保って、朝妃を見つめる。

「なにかご用ですか？」

「用がないと話しかけちゃ駄目なのかい？　私と君の仲だろう？」

「今日会ったばかりで、大して親交が深いわけでもないと思うんですけど」

「水くさいなぁ。でも、身持ちが堅いのは好ましいよ。誰にでも尻尾《しっぽ》をふる娘は、つまらない」

からかうような口調だ。

即座に、武嗣が二人の間に入った。静流も、和歌子の肩に手を置く。しかし、駅前の雑踏だ。観光客も行き交う場所で、派手に動くわけにもいかない。朝妃もそれを織り込み済みで、ここで声をかけたのだろう。

「二人とも、大丈夫だと思うのでさがってください」

和歌子は武嗣と静流に告げる。人が多くて、大きな動きができないのは、朝妃も同じだ。だったら、和歌子に危害を加える気はないはず。頼朝は源氏の棟梁《とうりょう》であったが、血気盛んなタイプではない。むしろ、冷静に状況を見極め、慎重に事を運ぶ。

武嗣と静流は、納得がいかないようだったが、最終的には一歩さがってくれる。

「まるで、お姫様じゃないか。いいなぁ、私もそこに交ぜてくれよ」

和歌子は朝妃との距離を縮め、スマホを受けとった。

「朝妃さんは……前世の記憶をお持ちですよね」

単刀直入に問うが、朝妃の表情は変わらなかった。動揺もせず、ただ涼しい顔で胸に手を当てる。

「いかにも。我が名は――と、名乗りをあげてもいいのだが、ラフに行こう。源頼朝だ。今はこの通り、か弱い美少女だから安心してほしい」

「あの――美少女って、自分で言うんですか……？」

源頼朝と聞いて緊張しているのに、どうしても、そこで引っかかってしまった。朝妃は臆面《おくめん》もなく胸を張る。

「無論さ。この顔は、他人なら妾《めかけ》にしたいくらい好みだよ。毎日、スキンケアも欠かしていない。欲を言えば、Dカップは欲しかったかな」

「身も蓋もないこと言わないでくださいよ。中身オジサンじゃないですか……」

「可愛い顔に免じて許してくれ」

ウィンクすると、本当に美少女過ぎて困った。

「もちろん、小鳥ちゃんの顔も好きだよ」

「それ、今この場で言うことなんですか⁉」

緊張感が台無しになっている。おまけに、静流と武嗣が朝妃を睨《にら》みはじめてしまった。コレは駄目だ。

「こ、小鳥ちゃんって……ふざけないでくださいよ」

「顔が赤いぞ。正直者だな、小鳥ちゃんは」

頼朝の周囲には、常に女性がいた。こうやって口説いていたのだろうか。それにしたって、前世の言動と乖離《かいり》している。頼朝は物静かな雰囲気で穏やかな話し方をしており、荒くれ者の武者たちとは違う雰囲気をまとっていた。公家のように和歌や蹴鞠《けまり》を好んではいたが、絶対に「小鳥ちゃん」などと口にするタイプではない。

「こういうのが、女子にはモテるのだろう？　前の学校では、ファンクラブなるものまであって、気持ちがよかった。教養はいつの時代も大事だな」

「女になってまで、女性にモテようとしないでくれますか」

「女になったからこそ、じゃないか。女同士なら、何人手をつけても友情で済まされる。素晴らしいよ」

この言い草だと、前世も女性の気を惹《ひ》くために教養を身につけていた部分がありそうだ。実際、京から離れた坂東《ばんどう》の地では、雅《みやび》な文化に憧《あこが》れる女が多かったのは事実だった。

朝妃は清々《すがすが》しい笑みで、和歌子の肩に手を回す。ずいぶんと今世を満喫しているようだ。結構なことだが、和歌子を巻き込まないでほしい。

「ああ、そうだ。君らの名も聞いておこうか。安心しろ、男に興味はない」

朝妃に問われたので、和歌子は簡単に説明する。

「まったく似ていませんが、武嗣先生は武蔵坊弁慶の生まれ変わりです。あと」

「静と呼ばれておりました。その節は、どうも」

和歌子が説明する前に、静流が名乗る。口調も、静御前を意識しているようだ。

静御前は義経の没落後、鎌倉に捕らわれていた。そして、頼朝の命令によって鶴岡八幡宮で舞をさせられている。その舞が評価され、静は命を助けられた。ただし、彼女が産んだ義経の子は男児であったため、由比ヶ浜《ゆいがはま》に沈められ殺されている。

「やはり、静なんだな……しかし、今世は男なのか。いい女だったのに、もったいない」

静流に対する評価が圭仁と同じで、和歌子は苦笑いする。

「今、僕は男に生まれたのを感謝していますよ。鶴岡八幡宮で舞わせたあと、図々《ずうずう》しくも妾になれと言い寄ってきたクソ野郎にガッカリしていただけて」

あくまでも表情はにこやかだが、静流の目は笑っていなかった。和歌子があまり見ないタイプの怒り方をしている。それよりも、頼朝は傷心の静にそんなことを言っていたのか。純粋にドン引きだ。

「美しい女子《おなご》に、手をつけぬ理由がない。あとで、妻に殴られたがね」

この「妻」とは、北条政子《ほうじょうまさこ》を指す。頼朝の正妻で、鎌倉幕府の御台所《みだいどころ》だ。義経は数しか会わなかったが……大変に嫉妬《しっと》深いという話は耳にしていた。現代まで伝わる逸話も数多い。それなのに頼朝の周りには、常に妾が絶えなかったのだから、なにも堪えていないらしい。

「それで、小鳥ちゃんは？」

最後に朝妃が和歌子に問う。この流れなので、和歌子だけ名乗らないのは不自然だ。けれども、どう説明しようか言葉に詰まる。

「わたしは、源義経の記憶を持って――」

源義経の記憶を持って生まれた、彼の子です。そう言おうと唇を動かした。だが、途中で阻まれてしまった。

「やはり、九郎なんだな……！」

和歌子が最後まで言い切る前に、朝妃が前に出ていた。朝妃は、和歌子の細い身体を包むように、両腕で抱きつく。和歌子が言葉の続きを言えず、ポカンとしている間に、

かった。

朝妃は肩に顔を埋めた。

「ああ、九郎」

肩越しに、温かい感覚がある。朝妃が涙を流していると気づくのに、時間はかからなかった。

「いや、その……わたしは」

「ずっと……お前に会いたかったんだよ、九郎」

朝妃の声が震えている。さきほどまでの余裕などない。ただただ、泣き崩れる一人の少女にしか見えなかった。

和歌子は混乱しながらも、朝妃の背に手を回した。筋肉はついているが、女の子らしい細い身体つきだ。それが余計に心許《こころもと》なくて、どうすればいいのかわからなくなる。

ずっと抑えていた感情が洪水のようにあふれ出したかのようだった。

「九郎」

そう泣きながら義経を呼ぶ腕を、和歌子は拒めない。朝妃がきつく抱きしめるので、されるがままに立ち尽くした。

和歌子は返事をしないまま、されど、否定もできず。この状態の朝妃に、別人ですとは言えなかった。

落ちついたら話そう。幸い、朝妃は義経に会いたかったと言っているのだ。圭仁を連れてきて、みんなで話しあえばいい。

和歌子は無言で、朝妃の背中を擦《さす》った。

4

新しい学校も、なかなかだった。

スマホで部員からのメッセージを確認しながら、湊本朝妃はマンションの敷居を跨《また》いだ。雪ノ下の弓道部員たちは可愛いもので、みんな「わからないことがあったら言ってください！」と早速尽くしてくれる。

エントランスの大理石が照明を反射して光っている。暗証番号を入れてポストを開けると、手紙がいくつか入っていた。静岡の学校で世話をした後輩の名前だ。引っ越して間もないというのに、もう寂しくなったとは可愛いではないか。自然と唇が弧を描いた。やはり、顔がいい女というのは得だな。人生が楽しい。朝妃は改めて、今世の素晴らしさを実感する。

マンションのエレベーターにのって、五階の部屋へ向かう。その間に、他の郵便物にも目を通すが、どれも同居人宛《あて》であった。

エレベーターからおりて、朝妃はカードキーで住居の扉を開ける。表札代わりの仏像ステッカーは、同居人が貼ったのだろう。信心深いのは構わないけれど、これは趣味が悪い。

「おかえり。今、ごはん作ってるよ」

住居に入ると、リビングから優しげな男の声が聞こえる。食材が焼ける音と、食欲をそそるいい香りが漂っていた。引っ越してから、同居人は鎌倉野菜にご執心のようだ。

「魚も食べたいんだが」

「鎌倉野菜と釜揚《かまあ》げしらすのサラダがあるよ」

声だけで返答されて、朝妃はムッとする。

「小魚じゃないか。私にまで老人食を強要するな」

「まだ三十代だよ。鎌倉のしらすは美味《おい》しいし、カルシウムが豊富なんだから。それに、朝妃は魚は好きだけど、骨をとるのが苦手じゃないか」

「う、うるさいな。刺身で出せばいい話だろ。小うるさい男はモテないぞ」

朝妃は口を尖《とが》らせながら、リビングへは行かずに自室の扉に手をかける。小骨をとるのが苦手なだけだ。それでも、魚自体は好きだった。

「僕は女性にモテたいわけではないんだよ。朝妃みたいに、節操なく手をつけていないからね」

節操がないなんて、失敬な。いくらなんでも、勘違いするような馬鹿女には手を出さないし、可愛げがないのも嫌いだ。

「で。九郎には会えたの？」

同居人に問われて、朝妃はピクリと動きを止めた。

今日の出来事を思い出し、朝妃は目を伏せる。唇が自然と緩んでしまう。

「ああ、会えたよ」

それだけ言って、朝妃は自室へ入った。

同居人がいると言っても、扉を閉めれば自分だけの空間となる。家族というより、ルームシェアのようなものだと思っていた。

荷ほどきは昨日のうちに終わらせてある。朝妃は自室の照明をつけた。

参考書の積みあがった机に、朝妃宛の手紙を置き、脱いだブレザーを放り投げた。ベッドに散らばっているハンドグリップや、室内用のトレーニングゴムバンドが覆い隠される。

姿見をふり返ると、そろそろ見慣れてきた女の顔があった。以前に生きていたのと同じ土地のはずなのに、文化も生活様式もまったく違う。このように姿形をはっきりと映す鏡も存在しなかった。

すっかり様変わりした世界に、朝妃は順応している。周囲からの評価は、文武両道、容姿端麗。転校しても、こうして手紙をくれる後輩《ファン》だっている。部活でも学業でも成績を残した。

けれども、全部最初から完璧《かんぺき》だったわけではない。残念ながら、朝妃は天才ではなかった。前世も、今世も。

「牛渕和歌子、か」

ふと、今日知りあった少女の名をつぶやく。

鏡に映る朝妃の顔は、まだ目が赤く腫《は》れていた。

「九郎……」

鏡から視線を外し、朝妃はクローゼットを開ける。

クローゼットの隅に立てかけてあるのは、白い鞘《さや》におさまった太刀。鞘からは金色の光が漏れており、触れなくとも、あれがなにに反応しているのかは、なんとなくわかる。

柄《つか》に手を伸ばしながら、朝妃は表情を引き締めた。

懸念材料は、すべて取り除かねば——。

二幕目　母を呼ぶ海

1

「……やだ」

じっくり考えを待った結果の返事は簡潔だった。

湊本朝妃が源頼朝の生まれ変わりだと判明したその日、和歌子は圭仁と連絡をとった。

大学の友人と居酒屋にいたらしいが、朝妃について話すと、圭仁はすぐに飛んでくる。

朝妃は義経と会いたかったと言っているのだ。きちんと正体を明かして話しあえばいい。和歌子は圭仁に経緯を説明して、朝妃との再会を持ちかけた。

その結果が、どうして否なのだ。和歌子には理解ができない。

「オレはいいや。会わない」

圭仁は和歌子と視線をあわせず、頭を掻《か》いた。

「どうしてですか。圭仁さん、会いたがってたんじゃないですか」

「オレがいつ、会いたいなんて言ったの。やだよ、めんどくせー……」

顔が赤いのはお酒のためだ。しかし、酔って判断力が鈍っている様子ではなかった。

「だって、圭仁さん頼朝公のことお好きじゃないですか。わざわざ鎌倉の大学を受験したのも、帰ってきたかったからなんですよね？」

「偏差値と学費がちょうどよかったからさ」

「あの大学、鎌倉時代研究の第一人者が教員として在籍してますよね……？」

「関係ないって。勉強しなくても単位がとれて楽勝なだけ。オレは努力したくないの」

「圭仁さん、レポートで『吾妻鏡《あづまかがみ》』と北条氏の批判してましたけど」

「な……なんで、和歌子ちゃんが知ってんだよ!?」

「この前、レポート書きながら昼寝してたじゃないですか。脇が甘いんですよ」

吾妻鏡は鎌倉幕府成立初期の史料として有用とされている。しかし、内容は源氏に代わって執権の座に就いた北条氏を正当化する記述も多い。そのため、頼朝を批判するような意図を持って記された箇所があった。勝者が歴史を作るというわけだ。

さすがにここまで持ち出すと、圭仁は恥ずかしそうに顔を隠した。

「向こうも会いたかったと言っているんですから。相思相愛じゃないですか」

「ばっか、男が好きみたいな言い方しないでよ」

「今は女の子です。美少女ですよ！　女の子のほうがお好きですよね？」

「それはちょっと興味あるんだけどさぁ！」

「あるんですね……」

　頼朝に限らず、義経もそういうところあったよね……正妻の他に愛妾《あいしょう》がいても咎《とが》められなかった時代。それにしたって、兄弟そろって女性関係はいささか派手だった。いや、父・義朝《よしとも》にも妻が複数人いたので血筋だ。頼朝と義経も、それぞれ母親が異なる。

「とにかく、オレは会いませんー。和歌子ちゃん、しばらくオレのふりしといてよ」

「ここにきて、なに日和《ひよ》ってんですか」

「日和ってねーし、ちょっと様子見したいだけだよ」

　いくらなんでも、ビビりすぎでは？　和歌子は訝《いぶか》しげに圭仁を見あげた。けれども、圭仁の表情はどこか冷めている。恥ずかしがる素振りも、もう消えていた。

「兄上がオレに会いたいなんて、そんなはずがないんだわ」

　達観しているような、あきらめているような。視線は現世を見ているのに、思いは遠くへ向けられている気がする。

　和歌子はそれ以上の言葉を返せなかった。


　数日前の遣《や》り取りを思い起こし、和歌子は首を横にふった。雑念はトレーニングに支障を来す。集中力を高めるのも、鍛錬のうちだ。

　朝の砂浜は美しい。

　海から昇ったばかりの朝陽が波に煌《きら》めいている。寄せては返すたびに、浜の砂がサラサラと流れていった。遠くまで続く景色の向こうには、富士山《ふじさん》が浮かんでいる。

砂の一粒一粒がキラキラと輝く浜を、和歌子は走っていた。やわらかい砂浜は、決して足場がよくない。ゆえに、体力づくりには適しているのだ。体幹のトレーニングにもなる。

「牛渕、そろそろ切りあげよう」

和歌子に併走しているのは、武嗣だ。ランニングなら一人でもできるのだが、休日はいつもついてくる。

「わかりました」

和歌子はうなずき、速度を緩めた。

さすがに息が切れている。足も重くて、身体中から汗が噴き出ていた。和歌子はランニングポーチからスポーツドリンクを取り出す。

「はあ……先生、なんで平気なんですか」

相応に疲れている和歌子に対して、武嗣は涼しい顔だった。汗はかいているものの、ほとんど息を乱していない。

「フルマラソンくらいは余裕だよ」

「すご……伊達《だて》に脳筋じゃないですね」

武嗣は誇らしげに胸を張っているが、和歌子の言葉には皮肉もこもっている。まあ、気がつかないなら、それでいいか。

「そうだ。牛渕、手を出して」

「はい？」

水分補給を済ませ、落ちついた頃合い。和歌子の前に、武嗣がなにかを示す。和歌子は首を傾げながら、両手を前に出した。

武嗣が和歌子の手に置いたのは、小箱だ。紺色で、シンプルなつくり。なんだか、指輪でも入っていそう……と、考えたところで、和歌子は顔が熱くなってきた。

「なんですかこれ！」

いつも結婚したいと言われていたが、まさか指輪を持ち出すなんて。しかも、こんなトレーニング中の浜辺で。不意打ち過ぎて、なにがなんだかわからない。とりあえず、朝陽に輝く海は綺麗《きれい》だ。

慌てる和歌子に、武嗣は首を傾げながら小箱を開ける。

「スマートウォッチ。便利だからな」

「はい？」

小箱に入っていたのは、シンプルな時計だった。液晶画面があり、紺色のベルトがついている。武嗣がいつもつけている時計とおそろいのようだ。走行距離、消費カロリー、歩数、活動時間、心拍数、血圧などなど、簡単に確認できる優れものだった。

「牛渕、何キロ走ったかよくわかってないだろ。効率的に鍛えたほうがいいから。アプリで履歴も見られるし、グラフになってるとモチベーションもあがるよ」

「は、はあ……」

おそらく、武嗣には和歌子にペアの時計を渡したという感覚はない。純粋な言葉通りに「便利だから」プレゼントしたに過ぎなかった。

たしかに、これがあると便利だ。走っている最中はスマホを確認するのも面倒だったので、時計の形だとありがたい。

「ありがとうございます」

これくらいなら、もらってもいいかな。なにより、実用性がある。一人でもトレーニングしやすくなるのは悪くない。

和歌子は笑顔でスマートウォッチを受けとった。つけてみると、手首によく馴染《なじ》んでいる。表示も見やすくて、これから重宝しそうだ。

「さて、撤収するか」

「そうですね」

武嗣が伸びをするので、和歌子も同意した。

二人は軽くストレッチをして浜から撤収する。武嗣は新車のバイクにのり、和歌子は自転車に跨《また》がった。

「牛渕のヘルメットも買ったから、今度うしろにのれよ」

「嫌ですって。そんなの人に見られたら恥ずかしいです」

「そうか？」

「そうです。もうちょっと自分の立場と顔を考えてください」

和歌子は言い切って、自転車を漕《こ》いだ。しばらくすると、うしろからバイクのエンジン音が聞こえたので、あきらめてくれたようだ。

武嗣は教師なのだから、立場を考えてほしい。いっつも、いっっつも、考えなしに……和歌子は自転車を漕ぎながら嘆息する。

同時に、脳裏を聡史の顔が過《よぎ》った。

カフェテラスで和歌子が怒鳴った日を思い出す。世間体を気にして、聡史は静流を悪く言った。

あの日、和歌子が帰宅しても聡史はなにも言わなかった。数日間、明らかに和歌子と話すのを避けている。不思議なことに学校にも連絡していないようだ。いや、あきらめているのか。

圭仁に、日和ってるなんて言ってしまったけれど……そのまま和歌子に返ってくる言葉でもあった。他人のことなど言えない。

「あれ……えっと……あ……」

和歌子が神社まで帰ると、珍しく参拝者の姿が目に留まった。

参拝者は本殿の前でリュックサックをおろし、あたふたとしている。荷物を何度も出し入れして、挙動不審だ。和歌子がいるのも気づかないほど必死そうで、顔が少し青い。

「どうされたんですか？」

「………ッ！」

和歌子が声をかけると、参拝者が肩を震わせる。

顔は……よく見えなかった。じっとりと長い前髪が、目の下までおりていたからだ。肌は不健康に白くて、手足も細っこい。Tシャツとジーンズもよれており、まるで部屋着だった。

和歌子と同じくらいの年頃だ。

「お賽銭《さいせん》、忘れたんですか？」

問うと、男の子はコクコクとうなずいた。恥ずかしそうに「ごめんなさい……」と、か細い声で謝罪する。

「謝る必要なんてないですよ。うちに拝観料はないから。お賽銭は、また今度入れてください」

「うち……？　あ、神社の人……？」

「一応、神社の娘です」

一応と言ったのは、和歌子がほとんど神社の業務に関わっていないからだ。普段は掃除を少々手伝う程度である。

「観光ですか？」

「いや、ううん……近くに引っ越してきたから、お、お参りに……新しい学校で、友達できますように、って……ごめんなさい」

いちいち謝罪するのは、彼の癖《しき》のようだ。男の子は頻りに謝りながら、和歌子と目をあわそうとしなかった。

「うちは源氏の太刀をお祀《まつ》りしてるから……基本的には、武芸・芸能・学問の神様なんです」

たぶん、調べずに来たのだろう。男の子は顔を押さえながら、「知らなかった……」とうつむいた。

「げ、げんじって……」

「主祭神は白旗《しらはた》神社と同じで、源頼朝公。祀ってある太刀は薄緑です。源義経が持った刀で……って、ごめん。歴史は得意？　鎌倉時代は、わかりますか？」

男の子が青い顔をしながら、歯をガチガチと鳴らしているので、和歌子は不安になってしまった。牛渕神社も鎌倉市内のため、基本的に観光客は頼朝の名前を出せば一発で理解してくれる。けれども、彼は引っ越してきたばかりで右も左もわからない様子だ。加えて歴史が不得意だと、とっつきにくいだろう。

「そ、それは、わかる……けど、ごめん。鎌倉、怖くって」

「怖い……？　ごめんなさい。なにか、嫌な思い出とかあったんですね」

「そ、そうじゃない……けど……武士とか、合戦とか、あんまり見たくなくて」

男の子の説明に、和歌子は納得した。

「あー、現代とは全然価値観が違う時代だもんね。野蛮で怖いっていうイメージがあるのは、しょうがないですよ」

鎌倉の世は混沌《こんとん》の時代だ。一言で端的に表すと、「ナメられたら殺す」の社会である。対立すれば一族郎党皆殺し。彼らにとっての最良の解決方法は、相手が滅ぶまで戦うことだ。

源氏は身内同士で殺しあったと言われている。頼朝と義経の対立が有名だが、それだけではない。平家を倒すために勢力を競った木曽《きそ》義仲《よしなか》も、頼朝と同じく源氏の嫡流に当たる。同盟を結ぼうと、義仲の嫡男が人質として鎌倉へやってきたが、関係は続かなかった。義仲は討たれ、嫡男も頼朝の命で殺される。

義経の兄・範頼《のりより》も、謀反の疑いで流罪の後に誅殺《ちゅうさつ》された。頼朝の死後、将軍に就いた頼家《よりいえ》は暗殺。三代将軍実朝《さねとも》は、実の甥《おい》に討ちとられ、源氏の嫡流は絶えた。大まかに列挙しただけでも、ずいぶんと悲惨なものだ。源氏の世が終わったあとは、北条氏を中心に御家人たちが権力を争った。

そんな陰惨な歴史もあり、「この時代は恐ろしい」なんて言う人間も少なくはない。和歌子もそう思う。

「ちょっと落ちつくまで、話を変えましょうか。引っ越してきたんですよね。学校は、どこですか？　わたし、雪ノ下高校の一年生……あ、新学期からは、二年生です」

和歌子は話題を変えようと、男の子の前に手を差し出した。男の子は、ポカンと口を半開きにしながら、和歌子を見つめている。

「あ……雪ノ下高校、春から通うよ……ぼくも二年生に、なる……」

ボソボソとつぶやく声を拾って、和歌子は満面の笑みを作った。

「そっか。じゃあ、お参りしなくても成就したね」

同い年で、同じ学校。敬語は使わなくていいだろう。和歌子は膝《ひざ》をついて、戸惑っている男の子の手を両手でにぎった。

「わたしは、牛渕和歌子。名前を聞いてもいい？」

力強くにぎりしめていると、男の子の手から震えが消えていく。男の子がおそるおそる視線をあげた。前髪の間から、榛色《はしばみいろ》の大きな瞳《ひとみ》がのぞく。

「言浪安貴《ことなみあき》……」

「安貴君か、よろしく」

ニコリとすると、安貴もぎこちない笑みを返してくれる。

噛《か》みしめるような安貴の声が本当に嬉《うれ》しそうで、和歌子も心が穏やかになった。

「友達……」

2

制服に袖《そで》を通すのは久しぶりだ。

春休みは昨日で終わり。髪を頭のうえで一束に結い、白いリボンで飾る。鏡の前で軽くジャンプすると、うなじで毛先がぴょんぴょんっと跳ねた。身体をひねれば、セーラー服の襟とプリーツがひらりと揺れる。

和歌子は革鞄《かわかばん》を持ち、自室を出た。

「おはよう」

階段を降りて、母に声をかける。

「和歌子、おはよう。朝ごはんできてるわよ」

「うん、ありがとう」

和歌子は返事をしながら、ダイニングへ入る。テーブルには、目玉焼きとトーストが並べてあった。時計を見ると、もう少しで、静流と明日華が迎えに来るころだ。さすがに、トーストをかじりながら登校などという真似はしたくない。

席につき、和歌子はパンの表面にたっぷりとバターを塗る。そして、少々行儀は悪いが、皿にのった目玉焼きをトーストにのせた。こうすれば、サクサクもちもちのトーストと、目玉焼きが一緒に食べられてお得だ。黄身が濃厚なソースの代わりになる。

「…………」

和歌子が朝食を堪能《たんのう》していると、背後に視線を感じた。和歌子は思わずトーストを皿に戻す。

ふり返ると、聡史が新聞を片手にリビングのソファーに座るところだった。

一連の動作を見届けてから、和歌子は再びトーストに口をつける。さっきまでよりも、大きな口を開けて、呑《の》み込むように野菜ジュースで流し込む。

やっぱり、なにも言わないんだ……。

「ごちそうさま」

無言の聡史から意識を外し、和歌子は両手をあわせた。床に置きっぱなしの鞄を手に、玄関へ向かう。

「いってきます」

和歌子は家を出る前に一言つぶやく。しかし、聡史からの返答はなかった。

この家に、和歌子の居場所などないのかもしれない。


電車に揺られていると、いろいろ考えてしまう。

今朝のことを思い出し、和歌子は若干視線を落とす。江《え》ノ島電鉄《しまでんてつ》の車窓からのながめも、そろそろ馴染《なじ》んできた。一年前は心を弾ませながら見ていた相模《さがみ》湾や富士山も、日常の一部となっている。

「和歌子ちゃん」

隣の座席で、明日華がツンツンと和歌子の肩を突《つつ》く。電車内なので、声量を抑えながら、和歌子にスマホの画面を見せる。

「今度、ここ行こうよ。由比君も」

カフェのホームページだった。古民家をリノベーションしたお洒落《しゃれ》な店で、レトロな雰囲気が魅力的だ。薬膳《やくぜん》カレーや美容茶など、メニューも健康が考えられている。

和歌子がしばらく千葉に住んでいたので、明日華はいろんなお店へ連れていって鎌倉を案内してくれた。

「いいんじゃないかな」

一緒に座っていた静流も同意した。二人はいつも和歌子の家まで迎えにきて、こうして電車で登校している。とくに静流については、家が高校の近くなのに、わざわざ出向いていた。

この生活も約一年だ。最初は戸惑ったが、慣れてしまうと当たり前の日常である。

今日から新学期。一年生では、みんな同じクラスだったけれど、今年はどうなるだろう。少しばかり不安になった。

「和歌子……」

不意に、静流が真剣な表情で呼びかけるので、和歌子は首を傾げた。声は小さいが、鬼気迫る様子であった。

「その時計」

静流が示したのは、和歌子の左手首についたスマートウォッチだった。先日、トレーニング後に武嗣からもらったもの……嫌な予感がした。

「先生のと同じ時計じゃないの、それ？」

言い当てられてしまい、和歌子は顔を引きつらせた。これは、不味《まず》いパターンだ。迂《う》闊《かっ》だった。武嗣がいないところでまで、張りあおうとしないでほしい。

「え……えー……自分で買ったの。先生のが便利そうだったから」

苦しい言い訳をしながら、和歌子は目をそらす。静流は疑いの眼差《まなざ》しで和歌子を凝視していた。やりにくい。面倒くさい。時計なんて家に置いてくればよかった……。

「僕に言ってくれれば、もっといいやつ買ってあげるのに」

「それは、悪いからいいよ」

「全然余裕だよ。気にしないで。こんな安物じゃなくて、和歌子のためにオーダーメイドしてあげる。とりあえず、位置情報が僕の時計に飛ぶようにしておくね」

「その機能が一番要らないから！　必要最低限の機能で満足！」

「じゃあ、常時、僕に通話が繋《つな》がってる機能」

「盗聴器だよね、それ」

お金に物を言わせて、ヤバいブツを作ろうとしないでほしい。

「あ、ほら。駅につくよ」

車窓の景色が変わったので、和歌子は慌てて指さした。和歌子たちがのる江ノ電は、緩やかに速度を落としながら、終点に到着する。

駅で止まった途端に、周りの乗客たちが一斉にドアへ向かっていった。和歌子も、流れにのって降車する。

江ノ島電鉄鎌倉駅を出ると、すぐにＪＲ鎌倉駅だ。ここから若宮大路を通って、高校へ行くのがいつものパターンである。

「九郎！」

改札を出てすぐに、嬉しげな声がする。人が多すぎるせいか、気配が掻《か》き消されていた。それに、自分の名前ではないので反応が遅れてしまった。

「う」

唐突にガバリと抱きつかれながら、うしろから腕をホールドされた。簡単に抜け出せそうになくて、和歌子は顔を歪《ゆが》める。静流の追及をやり過ごしたと思ったら、今度はこれだ。朝から忙《せわ》しない。

「あ、朝妃さん……」

「おはよう、九郎」

和歌子の腕に抱きついたまま、朝妃がニコリと笑った。春休みと違い、和歌子と同じ雪ノ下のセーラー服姿だ。

「この日を待ちくたびれたよ、九郎。私も一緒に登校させてくれ」

朝妃は自然な動作で、和歌子の手に自分の指を絡めていく。恋人繋ぎに持ち込まれそうになって、和歌子は距離をとろうとした。

「わたしの呼び方は、なんとかなりませんか……九郎は……ちょっと不都合が……」

和歌子は「九郎」ではない。義経のふりを続けろと圭仁に頼まれてしまったが、さすがに、ボロが出そうなのでやめてほしかった。

「小鳥ちゃんでいいかな」

「やっぱり、その呼び方になるんですね……」

九郎よりはマシだが、できれば名前がいい。しかし、贅沢《ぜいたく》は言えなかった。

「私のことは気軽に呼び捨て――いや」

朝妃は和歌子の頬に手を添えた。なでるみたいな手つきがくすぐったくて、背筋がぞわりと粟立《あわだ》つ。魔法のように身体が痺《しび》れて、とっさに動けなかった。

「お姉様と呼んでくれてもいいのだぞ」

額と額が重なって、吐息が肌にかかる。切れ長の目は間近で見ると、黒曜石みたいな深い色を湛《たた》えていた。和歌子は息をするのも忘れて、その場に立ち尽くす。

「駅前のど真ん中で立ち止まるのは他人の迷惑です。和歌子から離れてください、先輩」

妙な雰囲気に割って入ったのは、静流だった。平坦《へいたん》な声で言いながら、和歌子を朝妃から引き剝《は》がす。

「固いことを言うな。姉妹が道の真ん中でイチャイチャするなんて、よくある光景じゃないか？」

そもそも姉妹ではないし、迷惑は迷惑だ。朝妃の言い分が意味不明すぎて、和歌子の顔から苦笑いすら消失する。

「だいたいだな。女同士が肌をあわせているところへ入ろうなどと、無粋にもほどがある。百合《ゆり》の間に挟まる男は嫌われると知らないのかな？　あーあ……君も女だったらよかったのに。本当にもったいないよ」

「なにを言っているのか、まったくわかりませんよ、先輩。そんなに気になるなら、今から僕も女子の制服を着てさしあげますが」

「朝妃さんも静流君も、意味わかんないから。二人とも落ちついて」

謎の次元で展開される会話に、和歌子は困り果てた。武嗣と静流の仲だけでも、ずいぶんと面倒くさいのに、そこに朝妃が加わるとますます混沌《こんとん》とする。第一、事情をまったく知らない明日華の前だというのを、二人とも忘れていないだろうか。

「和歌子ちゃん。湊本先輩まで落とすなんて、さすがだよ」

しかし、和歌子の懸念など関係ない顔で、明日華はにっこりとしていた。なんか大丈夫そうで安心する。いや、安心できる状況ではない。明日華の懐が広すぎるだけだ。ときどき、この子は壺《つぼ》を買わされるタイプではないかと不安になる。

「吉沢さんだったかな。君のことは部活で目をつけていたよ。花びらの妖精《ようせい》ちゃん。和歌子と三人で、週末デートでもしようじゃないか」

「見境なく口説くのやめてくれませんか!?」

言っているそばから、朝妃が明日華の手もとるので、和歌子は急いでツッコミを入れた。花びらの妖精ちゃんって、なに。いちいち女の子の呼び方を変えているようだ。明日華はポワッとした表情で顔を赤らめながら、朝妃を見つめている。おかしい。なにこの状況。

「新学期……大丈夫かな……」

　和歌子は疲れた顔で、肩を落とした。

＊　＊　＊

　高校生って、こんなに早起きしてたんだっけか。とにかく、眠いんですけど。ありえねーわ。

　気休めに缶コーヒーを舐《な》めながら、圭仁は遠くをながめていた。眼鏡をかけているが、伊達《だて》である。本来の視力は人並み以上にいい。

　高校の校門へと、生徒たちが吸い寄せられるように向かっている。その中に、和歌子の姿を認めて、圭仁はさらに目を凝らした。

「物陰から女子高生の観察なんて、不審者として通報されても知りませんよ」

　いきなりうしろから話しかけられるが、圭仁はとくに驚かなかった。生け垣に隠れて座り込む圭仁の背後で、ため息が聞こえる。

「オレが女子高生を見てるなんて証拠、ないっしょ。一応、大学の敷地内なんで、落としたカラコン探してるってことにしといてよ」

　ふり返ると、武嗣が困った表情を浮かべていた。その顔が「またこの人は、屁理屈《へりくつ》を捏《こ》ねて」と言いたげである。お互いに違う人生を歩んでいるが、つきあいだけは長いので、理解はできてしまう。

「そんなに気がかりなら、お会いになればいいではありませんか」

誰に、と言わなくともわかる。和歌子の隣を歩く少女。今世では、湊本朝妃という名らしい。前世の顔とは似ても似つかぬ美少女であった。

「お前は、兄上にお目通りしなかったから、わかんねぇんだよ」

「はい？」

圭仁がボソリとつぶやくと、武嗣は不思議そうに顔をしかめた。

九郎義経が兄の挙兵を聞きつけ馳《は》せ参じ、鎌倉に滞在したのは、たったの三年程度だ。物心つく前に別れ別れとなった義経にとっては、その三年だけが頼朝との接点である。

頼朝はすでに関東を中心に勢力を拡大し、多くの兵と御家人を従えていた。血をわけた兄弟と言えど、気軽に語りあう暇などない。従者である弁慶は、ほとんど頼朝と会話していなかった。

朝妃を見ている圭仁は、自分でも意外なほどに冷静だ。和歌子に指摘されるまでもなく、たしかに「会ってみたい」と思っていたはずなのに――。

「兄上が打算なしで誰かと距離を詰めるなんて、ありえないんだよ」

「そうでしょうか……」

「そうなんだよ」

いまいち理解できていない武嗣だが、圭仁は強めに言い切った。

「いいんだ、別に。そうやって生きてきた人だからさ……オレと違って」

平治の乱で源氏が敗れたあと、頼朝は伊豆に流罪となった。十四歳のことである。元服を済ませ、官位も受けていたが……その年齢から知らぬ土地で、罪人として監視されながら暮らしていたのだ。

おそらく、誰も信じていなかった。常に周りの顔色をうかがい、溶け込み、しかし、どのように利用できるか考えていたのだろう。人の心をつかむための術《すべ》を、少しずつ培って生きてきた。そのような人間は、自然と他人を喜ばせる表情も身につくのだ。

荒くれ者だらけの坂東武者たちを、頼朝は見事にまとめあげている。ときには直接手をとり、「お前だけが頼りだ」と一人ひとりを口説き、ときには酒を酌み交わして親睦《しんぼく》を深め、ときには御家人を粛清し見せしめとした。彼の政治感覚は、本質的に誰も信じず、決して馴染《なじ》まないゆえに身についたものだ。

笑顔で酒を共にしても、決して心の奥には踏み入らせない。実の兄弟にも――。

「あのくらい強《したた》かなほうが、世間を上手《うま》く渡れるってのは、今も昔も変わってないよな。オレは学習したけど、九郎にはできなかったんだ」

「……お言葉ですが、その白々しくて嘘くさい態度。世渡り上手にはとても見えません」

「はー？　お前、マジでそういうとこ無駄に正直なのな。いいんだよ、これで。言っとくけど、オレは静流君ほどは稼いでないけど、教師の年収は余裕で超えてまーす」

「年収は……関係……な……」

武嗣の声がどんどん小さくなっていく。無駄に顔のいい男が落ち込む様は、清々《すがすが》しい気分になった。

「でも、私――武蔵坊弁慶は、まっすぐな九郎様をお慕いしていましたよ」

真剣な面持ちで言われると、居心地が悪くなる。

「……知ってるよ」

知ってる。自分についてきた奴らは、みんなそうだった。ありがたいと思っているし、懐かしくもある。だから、未練もあった。

しかし、それで身を滅ぼしたのも事実なのだ。幼少期から平家への復讐《ふくしゅう》に燃え、会ったこともない兄に焦がれていた。平家を討ちたい一心で鞍馬《くらま》寺を飛び出し、自ら元服して奥州《おうしゅう》へと行った。

奥州では藤原秀衡《ふじわらのひでひら》に認められ、留《とど》まるよう請われたが、頼朝の挙兵を聞きつけ鎌倉へ向かった。そして、平家を滅ぼすまで戦った。

けれども……九郎義経には、それしかなかった。

平家討伐後、後白河《ごしらかわ》法皇は、鎌倉に権力を持たせすぎぬよう画策していた。源氏が第二の平家となるのを恐れたのだ。法皇は義経に官位を与えて引き立て、頼朝との対立を煽《あお》った。

一方の頼朝は、戦さで功をあげた義経の存在を危険視していた。六条堀川《ろくじょうほりかわ》の屋敷に刺客を放って襲撃し――義経は抵抗せざるを得なかった。もう、二人の破局はここまで進んでいたのだ。義経は後白河法皇に頼朝追討の院宣《いんぜん》を賜り、挙兵に追い込まれる。翻弄《ほんろう》されたのだろう。義経はそのとき正しいと思った選択をしたつもりだった……だが、政において〝正しい選択〟は求められていないのだ。兄や法皇のように、周囲を見て強かに立ち回れなかった。それがすべてである。

「変わる必要がないものも、あると思いますよ」

武嗣の言葉に、圭仁は視線を落とす。残りのコーヒーを一気に飲み干すと、口の中が苦味で染まった。

「顔も中身も変わって、そこそこ上手くやってる奴に言われたくないんだわ」

圭仁は冗談っぽく笑いながら、踵《きびす》を返した。武嗣の表情は確認しなかったが、返答に困っていることだろう。

「いいところを伸ばすのが、今の仕事なんで。そこは変わっていないつもりですよ」

なのに、背中越しの声は誇らしげだった。自信に満ちあふれていて、まぶしい。

弁慶も、義経のやりたいことを汲《く》んで、調整の役目をしていた。感覚派で次々に思いつきを口にする義経を支える存在だ。

こいつには、教師が向いてんのかもな……そう思わされてしまった段階で、癪《しゃく》だが圭仁の負けのような気がした。

3

新しいクラスは、ピロティの掲示板に貼り出されていた。

学校について、和歌子たちはまず自分のクラスを確認する。周りには、同じクラスになって喜んだり、離ればなれになって嘆いたりしている同級生の姿が散見された。

A組から順に和歌子は自分の名前を探す。次いで、クラスメイトの確認もしておいた。

「これって、引きがいいのか悪いのか……」

新クラスを大方把握して、和歌子は頭を抱えたくなった。

「あたしは、嬉《うれ》しいなぁ」

明日華が隣で、ふんわりと笑った。彼女も同じクラスだ。

「僕も嬉しいよ、担任以外」

静流も続けてうなずく。彼も引き続き、共に二年生を過ごす。ついでに、担任も武嗣のままだった。

「二年生になっても、静流君と武嗣先生のコント止めなきゃいけないとか……」

「和歌子、僕は本気なんだから。決闘だよ。コントなんかじゃない」

「決闘とか怖いんだけど」

コントのほうが、幾らかマシだ。訂正する静流の顔は笑っているが、目だけは真顔であった。怖い。顔が近い。和歌子は身体を反らして静流から離れようとする。

「私は、小鳥ちゃんと離ればなれになって寂しいよ」

どさくさに紛れて、朝妃が背後から忍び寄っていた。抱きつかれそうになるのを察知して、和歌子は急いで逃げる。

「朝妃さんは、そもそも三年生でしょ！」

「冷たいじゃないか」

隙あらば、どいつもこいつも……敵が増えた。気を抜けば攻め滅ぼされる。そういう状況であった。

「先輩は、ご自分の教室へ行ってくださーい。和歌子は僕のものですよ」

和歌子と朝妃の間に、静流が割って入る。が、主張を承服するわけにはいかない。

「静流君のものじゃないからねー。みんな落ちついてくださいよー」

犬にでも言い聞かせるつもりで、和歌子は睨《にら》みあう静流と朝妃を宥《なだ》めた。こんな生徒だらけの目立つ場所で、なにをやっているのだ。さっさと教室へ行ってしまいたかった。

「和歌子ちゃんは、本当に人気者だね」

この状況でも、ニコニコとしていられる明日華は、ある意味大物だ。

「あ……」

困っている和歌子の視界に、見覚えのある人物が映る。じっとりと長い前髪、猫背で歩く姿勢。おどおどと、周囲を見回す挙動は、神社で会ったときのままだ。

「安貴君！」

声を張って呼ぶと、言浪安貴がビクリと肩を震わせた。先日、出会った転校生だ。この春から二年生だと話していたが、掲示板で同じクラスなのは確認していた。

安貴は和歌子に軽く会釈したあと、居心地悪そうに長めの前髪を指でいじる。

「同じクラスだったね」

声をかけると、安貴はコクコクとうなずいた。そばかすの散った顔は前髪でよく見えなかったが、口元は嬉しそうだ。

「よ、よかった……」

安貴は心底安堵《あんど》して胸をなでおろしている。引っ越してきたばかりで心細かったのだろう。和歌子を見た途端に、まとう空気が明るくなった。

「和歌子、誰？」

静流の声は冷たかった。まるで、品定めでもするような目つきで、安貴をながめている。正直、感じがよろしくない。突然現れた安貴を警戒しているのが伝わってきた。和歌子に友達ができるたびに、これではかなわない。安貴も怯《おび》えて小さくなっている。

「静流君、あんまり威嚇しないであげて。同じクラスになった言浪安貴君、引っ越してきたんだって。えーっと、安貴君。前はどこの学校にいたの？」

友達になろうと言ったものの、安貴とはまだあまり話していない。和歌子はみんなと打ち解けてもらおうと、安貴に聞く。

和歌子の問いに、安貴はうつむいた。

「え……っと。最初は京都にいて……次は神戸《こうべ》で……香川。この春までは、山口に……」

指折り数えながら、これまでいた都道府県を答えるので、和歌子はびっくりしてしまう。和歌子も千葉に転校していたが、安貴はそれ以上に各地を転々としていた。

「大変だね。ご両親のお仕事？」

明日華が聞くと、安貴は困ったように目をそらした。

「親戚《しんせき》の……家を……順番に」

なにか事情がありそうだ。これ以上は、安貴も話したくない様子なので、深掘りしないほうがいいだろう。

なのに、静流の目つきは、あいかわらず冷ややかだ。安貴と和歌子の間に立ち、壁みたいになっている。

「なるほど、そんなに転校が多いと友達づくりも大変だろうね。それで、和歌子に懐いちゃったのか。君は友達がほしいだけなんだろ？」

「静流君、そんな言い方しなくても……」

おそらく、静流の言う通りだ。安貴は牛渕神社にも、「友達ができますように」とお参りに来ていた。鎌倉も初めてで、右も左もわからない。今、和歌子以外に頼る人間がいないのだ。

「僕の和歌子に尻尾《しっぽ》ふるなよ」

静流は、安貴の肩に手を置く。

「友達なら僕がなってやるから、まずは連絡先の交換だ。必要以上に和歌子とばかり仲よくしないでほしい。これ以上、和歌子に面倒な虫がつくのは真っ平だよ」

高圧的な態度だが、要するに……。

「由比君もお友達になってくれるって。あたしもよろしくね。吉沢明日華です」

明日華が上手にまとめて、安貴に握手を求めた。静流も不服そうに、「由比静流。よろしく」とあいさつする。

安貴は静流と明日華を見あげてポカンとしていたが、やがて唇に笑みを描く。前髪からのぞく瞳《ひとみ》がキラキラとしていた。

「いいの……？」

戸惑う声に、和歌子も力強くうなずいた。安貴の顔から不安がとれていく。無垢《むく》な子犬みたいで可愛らしい。こんな風に笑えるのだから、きっと仲よくやっていけるだろう。

逆に、今まであまり上手《うま》くいかなかった理由が少し引っかかる。

「ほら、わかったらスマホ出して。友達登録するよ」

「静流君、もうちょっと優しく言おうね」

連絡先の交換という雰囲気ではない。とはいえ、和歌子も安貴の連絡先を知らなかったので、その場でスマホを出す。

「か、鎌倉は、怖かったから……友達ができて、嬉しい」

友達登録の完了したスマホを両手でにぎって、安貴が目を輝かせる。

この間も、同じことを言っていた。歴史が陰惨だというのは理解できるけれど、安貴の言い方だと、鎌倉そのものを怖がっているようだ。

「いやいや、鎌倉は怖いところだよー？」

すかさず、明日華が楽しげに笑った。

「心霊スポット、結構多くてね。落ち武者の幽霊、いっぱい出るんだよ」

明日華はこの手の噂話が好きである。彼女はスマホをいじりながら、得意げに心霊話を披露した。

「吉沢さんは……み、見えるの？」

安貴が青い顔で聞き返している。ガタガタと歯を鳴らし、顔が青ざめていた。その反応が面白かったのか、明日華はますます声を弾ませた。

「残念だけど、あたし霊感ないの。でもこの前、聞いちゃった。赤ん坊の泣き声」

「赤ん坊……？」

「今、噂になってるんだよ。由比ヶ浜で、赤ん坊の声が聞こえる、って」

由比ヶ浜の赤ん坊――そう聞いた瞬間に、安貴ばかりか静流の顔も強張《こわば》る。周囲に悟られぬよう、拳《こぶし》をにぎって耐えているようだった。

静御前と義経の子は男児だったため、生まれてすぐ由比ヶ浜に沈められている。明日華の話は、どうしてもその過去を想起させるものだった。

念のために、ずっと黙っている朝妃の顔も確認する。前世で静の子を殺すよう命じたのは、頼朝だ……しかし、こちらは眉《まゆ》一つ動かさず明日華の話を聞いていた。

「静流君、大丈夫？」

和歌子はこっそりと、静流に聞いた。

「……大丈夫だよ。僕の心配はしないで」

返答する声は平坦《へいたん》で、感情を抑えていた。平常心でいようと必死なのだ。和歌子が手に触れると、わずかに震えていた。

「違うよ。静御前の子じゃないと思う」

怨《うら》みや未練を抱えたまま現世に留《とど》まる亡者が、長い年月をかけて悪鬼と成り果てる。生まれたばかりで俗世をなにも知らぬ静の子が、悪鬼となることはない。だから、関係ない。和歌子は静流に言い聞かせるように囁《ささや》いた。

「うん」

静流も理解しているのだろう。取り乱さず、和歌子の言葉を受け入れてくれた。

「由比ヶ浜は、合戦場だったから。いろんな幽霊が出るって話だよ。そもそも、海水浴場だし、溺《おぼ》れた子の魂かもね」

「明日華ちゃん、その話はあとで聞きたいな」

安貴ばかりか、静流の気分も優れないようだ。しかし、気になる話ではあるので、和歌子はいったん会話を区切る。

「それじゃあ、小鳥ちゃん。名残惜しいが、また迎えにくるよ」

どさくさに紛れて、朝妃は和歌子の手に口づけした。

「ひ……」

こんなことをされるのが初めてで、和歌子は声を裏返らせる。周りに人がいるのに。恥ずかしさで、顔が何色をしているのかもわからない。そんな和歌子を楽しむようにながめて、朝妃は離れていった。

「クソ外道が……」

朝妃が去ったあと、静流がつぶやいた。嫌な予感がして確認すると、表情が一転して憤怒《ふんぬ》に変じている。さきほどの具合の悪さは、一片も残っていない。

「和歌子、僕は口でいいよね！」

「よくない！　よい子は真似しちゃいけません！」

勢いよく迫られて、きっぱりと断る。それでも、静流はグイグイ距離を詰めてくるので、和歌子は必死で押し戻した。

「また――」

どさくさに紛れて聞き逃しそうになったが、安貴がポツンと、なにかをつぶやいていた。まだ身体を震わせている。頻《しき》りに、胸の辺りをつかみながら、深呼吸をくり返すのも気になった。

「あいつ、先生の前に処す。もう我慢できない」

「我慢して！」

駄目だ。静流の怒りがなかなかおさまってくれない。朝妃のとんでもない置き土産である。和歌子は静流の猛攻をかわしつつ、教室まで引きずることにした。

「安貴君も、教室行こうか」

静流を引っ張りつつ、安貴にも声をかける。

「うん……」

安貴は怖い話が苦手のようだ。出会ったときも、鎌倉の武士や合戦の歴史が怖いと言っていた。これからは、気をつけないと。

そのときの和歌子は、安貴の話を詳しく聞こうとはしなかった。

4

一年生と違って、二年生のはじまりに入念なオリエンテーションはない。ただ、新しいクラスに馴染《なじ》むためのグループワークや、授業に入る前準備の時間が多かった。

「それじゃあ、気をつけて帰れよ」

今年度も和歌子たちの担任となった武嗣が爽《さわ》やかに教壇で笑う。

一年生で担任だった生徒は慣れたものだが、落ちつかない者もいた。武嗣の顔面に破壊力がありすぎるのだ。しかも、本人はそんなに自覚していない。その気になれば恋人なんて、すぐにできるだろうに。もったいない。和歌子は教室をながめて息をついた。

「言浪、大丈夫か」

ホームルームが終わっても、安貴は席に伏せたままだったため、武嗣が声をかける。

朝から具合が悪そうだったが、ホームルーム中に悪化したらしい。

「体調が悪いなら、保健室行こうか」

「平気……です」

心配する武嗣に、安貴はか細い声で答える。

「しかし、これじゃあ帰れないだろ。家の人に連絡して来てもらったほうがいい」

「いつもだから……大丈夫です。あんまり迷惑かけたくないです……」

受け答えする安貴は、苦しそうだった。青い顔で胸元を押さえている。

「でも……だったら、車持ってる先生に頼むから、送ってもらおう」

「平気です……」

武嗣は困ったように頭を掻《か》くが、やがて長身を屈《かが》めた。

「無理してるヤツは、みんな平気って言うんだよ」

武嗣は言った瞬間、安貴の身体を持ちあげる。細身とはいえ、男子高校生を軽々とお
姫様抱っこだった。

「ひ……！」

「遠慮は無用」

驚きすぎた安貴から、動揺の声が漏れる。

なんとなく、こうすると思ったんだよね。和歌子は、ふっと笑みを漏らした。武嗣のこういうときの決断は早くて、適確だ。

武嗣によって、安貴が教室から連れ出されていく。和歌子は置き去りになった安貴の荷物をまとめようと、席を立った。

「和歌子が世話してやる必要なんてないよ。僕が持っていく」

しかし、ムスッとした顔の静流に阻止された。静流は不機嫌そうに安貴の荷物を持って、武嗣を追っていく。

「あのクソ教師と和歌子を保健室になんか、行かせられないし」

ボソッと漏らした一言が本音だろう。安貴や養護教諭もいるし、静流が心配するようなことはなにもないと思うけど……それでも、静流が安貴のために荷物を持っていってくれるのは好ましい。

さて。静流が戻ってくるまで、待っていようか。勝手に帰ると、またうるさいだろう。

和歌子は自分の席へ戻ろうとした。

「小鳥ちゃん、会いたかったよ」

教室なので油断していた。不意打ちのごとく、うしろから伸びた手に、和歌子の対応が遅れてしまう。

「ひえっ」

変な声を出しながら、和歌子は跳びあがった。それを押さえつけるかのように、湊本朝妃はうしろから和歌子を抱きしめる。

「そうか、小鳥ちゃんも私に会えて嬉《うれ》しいか。愛《う》い奴め」

「びっくりしただけです！」

訂正して叫ぶと、朝妃はクックッと喉《のど》を鳴らした。遊ばれている。

「小鳥ちゃんは、ずいぶんと奥ゆかしいな。九郎は、私の姿を見れば子犬のように駆け寄ってくれたのに」

「そんなことしましたっけ」

頼朝はいつも御所にいて、兄弟なのに義経には遠い存在だった。顔をあわせてじっくり話したのも、数えるほどだと記憶している。義経はあくまでも、御家人の一人。兄弟と言えど、過度に贔屓《ひいき》はされていない。

それでも、義経は源氏の嫡流に当たる血筋の弟だ。さらに、背後には奥州の藤原秀衡もおり、頼朝に男児が生まれるまでは、次代の棟梁《とうりょう》にもなれる立場だった。頼朝もそのように扱い、他の兄弟よりも目をかけていたのは事実だろう。

「そうしてほしいという、おねだりだよ」

朝妃は言いながら、和歌子の顎《あご》に指を当てた。顔が固定される形となり、和歌子は視線を避けられない。間近で見つめあうと、ドキドキと心臓が高鳴った。

「いやいやいや、やめましょうよ」

騙《だま》されてはいけない。相手は、女の子だ。しかも、中身は割とオジサンの思考である。流されてしまいそうになったが、ここは踏みとどまるべき一線だ。むしろ、越えてたまるか。

「どうして。ほら、みんな私たちに釘《くぎ》づけだぞ。見せつけてやろう」

朝妃は両手を広げてみせたが、和歌子は叫びたかった。

まず、キラキラと目を輝かせる明日華が視界に入った。明日華だけではない。教室中が、みんなこちらを見ている。どこからともなく、「トラック女ＶＳ那須与一」と聞こえてきた。去年のネタを引っ張らないでほしい。タイトルが昔の怪獣映画のセンスだ。

突然現れて後輩の女子を口説きはじめる上級生は、とにかく目立つ。好奇の矢が無数に刺さって死にたくなってきた。

「そ、外行きましょう！」

和歌子は慌てて教室の扉を指さした。朝妃は嬉しげに、はははっと声をあげる。

「いきなりデートに誘ってくれるのか。大胆だな、小鳥ちゃんは」

「どうして、いちいちそういう変換になるんですか」

日本語を話しているのに、なにも通じていない。

歯が浮くようなセリフを並べ続ける朝妃を引っ張って、和歌子は教室から逃げ出した。

また妙な噂が立たなきゃいいけど……無理かもなぁ。

やっとのことで、和歌子は朝妃を校門まで連れ出す。

流れで明日華と帰れなかったし、保健室へ行った静流も置いてきてしまった。一年間、「いつもの面子《メンツ》」が固定されていたので、違う人と学校を出るのは、なんとなく新鮮でもある。普通の会話が成立していれば。

あとで、静流と明日華に謝罪のメッセージを入れることにした。

「教室であんな目立つことして……」

「ギャラリーは多いほうが燃えるだろう？」

朝妃はまったく意に介さない口調だった。女の子に生まれ変わっても、女好きはなにも変わっていない。むしろ、悪化している。いくらなんでも、頼朝はこのように大っぴらに口説き落とそうとはしていなかった。

「同性なのをいいことに、好き放題するのはやめてください」

「こんな楽しい遊び、やめられるはずがないじゃないか」

「遊びなんじゃないですか」

「誤解をするな。私はな、常に真面目だよ。火遊びも、戦さも、政も。そのときどき、すべて本気のつもりでいる。ただの一度も、蔑《ないがし》ろにしたことはない」

「それ……この文脈で言われても、なにも響かないんですが……」

「そうかな」

けれども、思い起こすと頼朝はなにを考えているのか、義経には読めない男だった。

初めて黄瀬川《きせ》の陣で再会したとき、彼は涙ながらに義経を迎えてくれた。そうかと思えば、決して兄弟だからと贔屓せず、他の御家人たちと同じく一線を引いて義経と接していた。

義経の前で涙したのは、演技だったのだろう。兵を集める途中だった頼朝にとって、奥州から来た義経はぞんざいに扱える存在ではなかった。同時に、扱いにくくもあった。けれども、あのときの涙は本物に思えたのだ。だからこそ、義経は兄のために戦おうと決めた。

そのときどき、すべて本気。頼朝にとって、打算が決してなかったわけではない。しかし、流した涙は演技などではなかった——そう受けとっていいのだろうか。

だとすれば、歯車が狂ったのは、どこだ。上手《うま》くすれば、どこかで阻止できたのではないか——不意に、圭仁が「もう一度、義経の人生をやり直したかった」とねがったのを思い出す。嚙《か》みあってさえいれば、あの二人は破局せずに済んだのかも——。

「小鳥ちゃんも、本気で可愛がってあげるよ」

朝妃は急に和歌子との距離を詰め、手をにぎった。動きに無駄がなく、一拍出遅れた和歌子は完全に逃げ場を失ってしまう。

朝妃の親指が、半開きになった和歌子の唇に触れる。

「でも、朝妃さん……」

距離が近すぎて、目眩《めまい》がしそうだ。朝妃の瞳《ひとみ》は深い色を湛《たた》えているが、黒曜石のごとき煌《きら》めきもはらんでいた。

「わたしのこと、義経だって思っていませんよね」

ブラフは投げない。和歌子は単刀直入に聞いた。

朝妃はしばらく和歌子を見つめ返す。表情は崩れず、和歌子との距離も保ったままだ。

「小鳥ちゃんは、察しがよくて好ましいな。一応、根拠を聞こうか」

九郎と違って。と、続いているような気がした。

「根拠はありませんけど……まず、わたしのことは、完全に女として扱っていますよね。前世が男だったら、もう少し距離があってもいいと思います」

「前世から好ましいと感じていたとは、考えないのか？　私がどれだけ九郎に心を砕き、どれほど痛めていたか、君にはわからんだろう？」

朝妃は最初から、一貫して和歌子を女性として扱っていた。「九郎」と呼ぶことがあっても、ポーズだ。

もう一つある。圭仁は、校門の前で朝妃を見て、「頼朝だ」と直感したらしい。その話を聞いたとき、朝妃も圭仁に気づいている可能性があると思ったのだ。なのに、朝妃は和歌子を義経だと誤認した。

全部、決定的な根拠がない。目があっただけで、全員が前世の縁者だと直感できるのか謎だ。サンプルが少ない。しかし、今のやりとりで、朝妃は認めた。

「やはり、君は聡いな。よりいっそう、愛《いと》おしいよ」

からかわれるような口調だ。だが、朝妃の眼は真剣で、ストレートで、誠実で、貫くように和歌子を見つめる。

まっとうに渡りあおうとしたら、駄目だ。和歌子程度じゃ呑《の》まれる。そう直感し、脳が警鐘を鳴らしていた。

でも、吸いつけられるような視線から自力で逃げられない。

「すみませーん。うちの子に、触らないでいただけますかー?」

呪いが解ける瞬間みたいだ。うしろから肩をつかまれた途端に、和歌子の足が一歩、二歩と朝妃から離れる。

「圭仁さん?」

圭仁は返事もせずに、朝妃の前に出た。

向かいあう朝妃と圭仁。だが、感動の再会という雰囲気ではなく、和歌子が口を挟む余地がない。

「どうも、保護者です」

あいかわらずの態度で、圭仁はヘラッと笑う。

それを見あげる朝妃は、一瞬、呆《ほう》けたように口を開けていた。驚いているのだろうか。だが、すぐに余裕のある態度で腰に手を当てる。

「ずいぶん大きくなったな、九郎」

「そっちは、だいぶ可愛くなりましたねー」

二人とも、ニコニコと笑みを貼りつけている。もちろん、互いの前世を認識したうえでの言葉であった。和歌子に義経として接していたことなど、棚上げされているようだ。

「邪魔をしてくれるな。今、とてもいい雰囲気なんだよ」

「邪魔をしに出てきたんだよなー。黙って見てりゃ、イチャイチャしやがって」

「お前だって、手が早いじゃないか」

「うっせーわ」

圭仁はあんなに「会わない」の一点張りだったのに、まさかこんな理由で出てきたのか。そんなはずはないが、和歌子は苦笑するしかなかった。

「和歌子ちゃんだと、話が進まないと思っただけ」

圭仁は面倒くさそうに頭を掻《か》く。

「信じちゃ駄目だよ。そういう手口なの、わかってるでしょ」

朝妃を信じてはいけない。その警告は、和歌子の胸に突き刺さった。

和歌子だって、彼女に心を許しているわけではない。飄々《ひょうひょう》としていて、女同士なのに歯の浮くようなセリフを並べ立てる。どちらかというと、胡散《うさん》臭い。和歌子のことだって、義経ではないとわかっていながら接していた。

けれども、朝妃が嘘つきだとも思えない。

彼女の言う通り、そのときどき、すべて本気で心からの言葉なのだ。それとも、和歌子は騙《だま》されているのだろうか。少なくとも、圭仁はその心配をしているようだ。

「酷《ひど》い言い草だな。傷つくよ」

朝妃は若干視線をさげて、自嘲《じちょう》気味に笑った。一方の圭仁は、口を曲げて不服そうだ。そんな表情をするなとでも言いたげだった。

「小鳥ちゃんを九郎と呼んだのは、悪かったよ……どうして、薄緑を持っているのか、気になって探りを入れたかった」

「薄緑……？」

なぜ、朝妃が太刀に言及するのだろう。和歌子は訝《いぶか》しげに眉根《まゆね》を寄せた。

「薄緑を探していてね。小鳥ちゃんが戦うのを見かけたんだ。盗み見るつもりはなかったんだが……」

それで朝妃は、和歌子を義経として扱ったのか。

「わたしは牛渕神社の娘なので。薄緑は、神社に祀《まつ》ってあるもので……どうして、薄緑が使えるかというと……義経の記憶があるのは本当だからです」

和歌子は嚙み砕いて、自分が何者なのか説明した。圭仁も、これくらいの説明には文句をつけない。一通りの話を聞いて、朝妃は「ふむ」とうなずく。

「それで、なんで薄緑を探していたの？」

不機嫌に問いを投げかけたのは圭仁だ。いつもは、こんな風な物言いはしない。朝妃を相手にして、普段のペースが乱されている気がした。

「少し歩こうか」

対する朝妃は、「落ちつけ」とでも言いたいのか、笑って歩き出す。和歌子は仕方がなく、朝妃についていった。圭仁も、うしろで舌打ちしながら続く。

学校から離れると、鶴岡八幡宮の参道へと入る。朝妃はゆったりと進みながら、和歌子たちを顧みた。

「私の同居人は骨董品《こっとう》を扱っていてね。手元に髭切《ひげきり》がある」

源満仲が造らせた太刀だ。罪人で試し斬りしたところ、髭まで切ったことで、その名がついた。たびたび改名したが、最終的にはもとの髭切となっている。薄緑と同様、髭切も源氏重代の太刀であった。

抜けば金色の光を湛えるらしい。源頼光の時代には、配下である渡辺綱《わたなべのつな》に貸し与えられ、鬼を斬ったとされている。

「髭切には、似た性質を持つ霊剣と引きあう力がある。私はその力をもって、薄緑を探しに、鎌倉へ来たんだよ」

和歌子は髭切の能力を初めて知った。きっと、髭切を継いだ者にしか伝えられなかったのだ。

「どうして、今世で薄緑が必要なんですか?」

和歌子の問いに、朝妃は淀《よど》みなく笑顔を作った。くるりと、舞うようにその場で一回転すると、スカートのプリーツが広がる。

「私はこの通り、見目麗しき美少女に生まれ変わったわけだが」

自分で美少女と言ってしまう辺りはブレない。

「和歌子も知っているだろうが、この世には未練を捨てきれず、悪鬼と成り果てた同胞たちが大勢いる。私はそれが不憫《ふびん》でならないんだよ。薄緑を手に入れて、救ってやりたい……そう思うのは、間違っているかな？」

伏し目がちに聞かれて、和歌子は言葉に詰まった。朝妃が述べた動機は、和歌子とまったく同じだったからだ。

「私は——前世では、多くの者が命を落とした。全部、私のせいだ」

全部、自分のせい。

なにもかも。その自覚がありながら、頼朝は進み続けた。平家を滅亡に追いやったのも、奥州を攻め滅ぼしたのも、すべては彼の命だ。上に立つ以上、その責任があり、背負う覚悟が必要だった。

一方で、頼朝は神仏への信仰が厚かった。彼は戦さで命を落とした人々のために、寺を建立して供養に努めてもいる。戦い続ける武士の棟梁《とうりょう》でありながら、死者を悼む人でもあったのだ。

人は一面だけでは語れない。

「わたしも……」

和歌子は、つい前に出た。圭仁が手を引こうとするが、無視して朝妃の隣に並び立つ。

「わたしも、同じです。悪鬼を救うために、薄緑を使います」

圭仁は、朝妃を信じるなと言う。けれども、和歌子は信じたかった。少なくとも、悪鬼を救いたいとねがう心は同じはずだ。

朝妃の表情が明るくなる。

「小鳥ちゃんが一緒に戦ってくれるなら、心強いな」

朝妃は和歌子の手をとり、満面の笑みを作った。距離が近い。グイグイと引き寄せられてしまう。共感はしたが、やはりこの距離感には慣れなかった。

「あ、そ……好きにして」

圭仁は吐き捨てるように言って、歩き出す。和歌子は呼び止めようとするが、朝妃のほうが先に一歩だけ前へ出た。

「九《く》……」

けれども、朝妃はそれ以上進まず、言葉も発さなかった。

ただ圭仁の背を、朝妃はまっすぐな視線で見つめている。寂しげとも、悲しげとも言い難い……唇を引き結び、耐えている顔だ。

引き留めたいのかな。和歌子は、薄《うっす》らと朝妃の横顔から感じとる。

けれども、朝妃はすぐに表情を改めた。満面の笑みで、和歌子に向きなおる。

「さて、お互いの目的が一致したことだし、早速デートをしよう。小鳥ちゃん、お洒落《しゃれ》なカフェにでも連れていっておくれ」

朝妃は和歌子の腕を引いて歩く。鶴岡八幡宮を背に、若宮大路に向かっていった。

「いや、デートはちょっと……」

「水くさいな。私は君のお姉様だぞ」

「姉妹じゃないんですけど……」

和歌子の前世についても、話したはずだ。前世の関係で言えば、姪《めい》だろうか。いや、郷御前の子が男だったのか、女だったのか不明なので、甥かもしれないが。

朝妃を信じたいが、このベタベタな距離感を許したわけではない。ちょっと離れて歩きたくても、朝妃は和歌子を引っ張っていく。

だが、突然の音が空気を震わせた。

「――――ッ」

びっくりしてしまったが、車のクラクションだった。知らない車が、和歌子たちの近くで停車する。

黄色の軽自動車だ。パステルカラーが爽《さわ》やかで可愛らしい。バックミラーには、小さな大仏様のキーホルダーがさがっていた。

「やあ、朝妃。ここにいたんだね。お迎えにきたよ」

窓が開き、手をふる男の声はいたく明るかった。外国人のあいさつみたいに、フランクな雰囲気だ。

年の頃は三十代前半ほどだろうか。三つ揃いのスーツがカチッとしていて、年齢の割にしっかりして見える。やわらかそうな猫毛の下で、人懐っこい笑みが浮かんでいた。

「お前は、また……一人で帰れるから迎えはいらないよ。仕事じゃないのか」

朝妃は、やれやれと息をつきながら、スーツの男に答えた。慣れた様子の遣《や》り取りで、二人が親しいのだと伝わってくる。

「せっかくだから、朝妃の学校を見ておこうと思ってね」

「転校前の手続きで一緒に来ただろう？」

スーツの男は胸を張っているが、朝妃は肩を竦《すく》めて対応していた。

和歌子がぼうっとしていると、スーツの男はこちらにも視線を向ける。

「朝妃のお友達？　初めまして、朝妃のお父さんだよ」

「は、はい……」

淀みなくあいさつされたので、和歌子はぼんやりと実のない返事をした。

「勝手なことを言ってくれるな。実父ではない。ただの同居人だ」

そういえば、同居人が骨董商だと言っていたか。

スーツの男は、和歌子をまじまじと見つめている。あまり見られると緊張してくるので、和歌子は愛想笑いをしておいた。

「はは。朝妃が好きそうな子だね。迷惑してない？　大丈夫？」

「え……まあ……」

問われて、和歌子は返答に困った。迷惑はしている。しかし、本人の前でははっきり言える図太さが、和歌子には足りなかった。

「朝妃はね。強がっているけど、さみしがり屋なんだ。気難しくて好き嫌いも多いけど、大目に見てやってほしい」

男の表情がやわらかくなる。ただの同居人とは言うが、それでもこの人は、朝妃の家族なのだと実感できる優しいものだった。

一方の朝妃は、ツンとした態度で和歌子の腕をつかむ。

「余計な話をするな。お前に友人の世話をされなくたって、私は上手《うま》くやっているよ。それよりも、デートの邪魔だ。これだから、嫁が一人もいない男は……顔も稼ぎも悪くないんだから、二人や三人連れてきてから私に物を言え」

いや、現代日本で嫁が二人も三人もいるのはよろしくない。しかし、そんなささやかなツッコミを入れる間もなく、朝妃は歩き出した。

「早く帰っておいでよ」

スーツの男は、軽いため息をつきながら運転席の窓を閉める。軽自動車が二人の前から走り去っていった。

「え、いいんですか？」

「いいんだよ。デートのほうが大事だ」

「デートじゃないですけどね……」

朝妃は当然のように言いながら、和歌子を連れていく。

「あの人って……」

朝妃の父だと名乗っていたが、朝妃は否定した。たしかに、朝妃の父親にしては若すぎる。同居人と言っていたので、血の繋《つな》がりもないのだろう。

「面倒を見てもらっているだけだよ。両親がいないからな」

その辺りの情報は、静流の調べとも一致する。他人に話すのは憚《はばか》られる内容なのに、朝妃は存外あっさりとしていた。

「母は病気、父は事故だよ。駆け落ち同然だったから、親族がいなくてね。旧友だかなんだか知らないが、あいつが私を引き取ることになったんだ」

朝妃は、なんでもないように語っている。けれども、内容のせいだろうか。和歌子には朝妃が寂しそうだと感じた。

その顔が、義経の記憶に残る頼朝と重なる。どんなに笑っていても、政務をしていても、常に影のようなものを背負う人だった。

「前世では、流人として他者の力を借りなければ大願を成せなかった。今世でも、赤の他人の世話にならざるを得ない。情けないだろう？」

源頼朝という男は、生涯孤独であった。政のためならば、実の弟たちですら切り捨てている。しかし、自ら兵を有しているわけではなく、様々な思惑のもとに集まる御家人たちを束ねるには致し方なかったとも言えた。彼が権力者として上に立ち続けるには必要なことだったのだ。

「朝妃さんは、情けなくなんかないですよ」

「そうだろうか。幸い、この時代は失敗しても首級《くび》が飛ばないのがいいな。前世よりも大胆に動けるのが好ましい」

「あはは……なんで、みんな物騒な喩《たと》えをしたがるんですかね」

「冗句《ジョーク》だよ」

「冗句になってないんですよ」

失敗すれば、死。たしかに、そんな時代よりは生きやすい。

朝妃は和歌子の顔をのぞき、優しげに微笑んだ。

和歌子が初めて見る表情だった。もちろん、頼朝であったころの笑顔とも重ならない。

「ところで小鳥ちゃん、いいことを思いついたぞ。今日のデートは海沿いのカフェで、優雅にお茶でもしないか」

「いや、デートは結構……」

断ろうと思ったが、不意に和歌子の脳裏に今日の話題が浮かぶ。

「もしかして、由比ヶ浜ですか？　今朝、明日華ちゃんが言ってた話……」

「そう。視察も兼ねて」

由比ヶ浜に響く赤子の泣き声。些細《ささい》な怪談話だが、和歌子も気になっていた。武嗣たちに相談しようと考えていたところだ。

朝妃は本当に悪鬼退治をしたいと思っているようだった。

「こうすれば、小鳥ちゃんも楽しいだろう？」

朝妃は当たり前のように言った。なんだか、「目的のあるデートなら、和歌子が来る」と見抜かれているような気がする。実際、そうなのだが。

由比ヶ浜……。

静流の件が気になるが……いや、静流のためにも、はっきりさせたほうがいい。彼だって、近ごろは前向きなのだ。大丈夫だと和歌子は信じている。

この調子だと、朝妃も来るつもりだが、圭仁はどうするだろう。武嗣も、なにか言いそうだ。

気がかりが多かった。

5

「はあ……はあ……」

保健室の布団に身を隠すように、安貴は身体を丸めていた。その様はひどく弱々しくて、惨めだろう。けれども、安貴にはどうすることもできなかった。

またなの？

安貴は言葉にできない問いかけをした。当然、答えをくれる人間などいない。

今朝の話を思い返すと、背筋が凍る。

怖い……それだけではない。いや、怖いのは間違いない。

安貴の周りでは、いつも怪異が起こる。誰からも説明されていないが、安貴が呼び寄せているという確信だけがある。生まれてから、ずっと……。

最初は家の近くで水難事故があった。次は、妹が妙な影を見たと言った。病でもないのに父が倒れ、母も精神を病んでいった——そのたび、安貴には悪鬼の姿が見えていた。餓えて渇いた鬼が、苦しそうに安貴を呼んでうめくのだ。彼らの姿がおぞましくて、安貴は怯《おび》えを隠せなかった。

次第に、周囲も安貴自身がそれらの怪異に関わっていると気づきはじめる。

呪われた子など、現代的ではない。しかし、安貴に関しては否定できなかった。厄災を押しつけ合うように、親戚《しんせき》の家を盥回《たらいまわ》しにされている。そのたびに、出ていった家では、もう怪異は起こらなくなっているらしい。完全に、安貴のせいである。

自分はどうあっても、災いを呼び寄せる存在だ。

今度は鎌倉へ行かされると聞いたとき、震えが止まらなかった。また怪異を呼び寄せてしまう。それだけではない。安貴には——。

「言浪、大丈夫か？」

保健室のカーテンを開ける音がして、安貴は頭から布団を被《かぶ》った。担任の蔵慶武嗣先生だ。安貴を保健室まで運んできてくれた。

「先生の顔なんか見たら、また具合が悪くなるのでやめてあげてくださいよ」

皮肉っぽく返したのは、教室からついてきた由比静流君だった。最初は冷たくて怒っているのかと思ったが、そうではないらしい。安貴のために付き添って、保健室のテーブルで宿題をしていた。

「お前は帰っていいんだぞ。言浪は佐伯先生の車で送ってもらうから」

「そりゃあ、先生のバイクには怖くてのれませんからね。またトラックに突っ込んで、廃車にされたら堪《たま》りません」

「あれは緊急事態だったから……」

「安いバイクは買い換えも気軽でいいですね」

「俺にとっては、給料数ヶ月分だよ！」

ため息とともに、カーテンがいったん閉まる。嫌みも言っているが、親しそうな間柄だ。先生と教師なのに、友達みたいだった。

和歌子の顔が頭に浮かぶ。静流もいてくれる。明日華も心配してくれているだろう。今朝会った上級生は、よくわからない。

安貴には、友達がいたことがなかった。転校が多いのもあるが、安貴が根暗だから、あまり関わってくれる人がいなかったのだ。転校してすぐ、こんなに仲よくなる友達なんて初めてだった。

鎌倉は怖い。でも、和歌子たちは好きだ。

また転校なんかしたくない……。

安貴がねがうと、布団に覆われた視界が明るくなる。

ギョッとして、安貴は布団の奥へと潜り込んだ。こんなもの、誰かに見られるわけにはいかない。

胸元から、金色の光があふれている。薄いシャツが透け、穴倉みたいな布団の中が照らされた。まるで自分の正体を暴かれるみたいで、安貴は身を丸める。

どうして。

いつも上手《うま》くいかないんだろう——。

6

正面から吹きつける風は、潮の香りをはらんでいた。

昼間は人々でにぎわう由比ヶ浜。夏場は海水浴客であふれている。鎌倉、湘南《しょうなん》の海は季節を問わず、サーファーの姿があるのだが、日が暮れて闇に沈むと、それらもいなくなってしまう。

ただただ静かで、波音に意識が引き寄せられそうだ。海岸沿いの店や施設の明かりが、人魂《ひとだま》のごとく浮きあがって見える。

純白の袖《そで》がはためき、パタパタと音を立てた。

「で……」

和歌子は衣装を見おろして、げんなりとした。

「なんですか、この格好」

ひらひらと広がっているのは、和服の袖だ。肩には切れ込みがあって、狩衣《かりぎぬ》に近いデザインだった。しかし、足元は袴《はかま》ではなく、丈の短いキュロットスカートである。

「巫女《みこ》風衣装だよー」

圭仁が元気よく答える。

「丈が短いんですってば！」

和歌子はダンッと靴底で地面を叩《たた》いて抗議した。けれども、圭仁は意に介さず、陽気にカメラの準備などしている。

「いやまったく、本当に」

和歌子に同意して、武嗣がうなずく。

そうですよね。やっぱり、こんなに足が見えちゃってる衣装はよくないですよね。和歌子は、腕組みした。

「牛渕は巫女より制服のほうが似合います。これは、ちょっと同意しかねますね」

「注意しようとしてる風な雰囲気醸しながら、自分の好み主張するのやめてもらえますかー!?　教師が制服好きって、それ普通にヤバいやつですからね！」

ツッコミの声が大きくなってしまった。

「オレはこういうのが好みなの。それに、先生の好みにあわせるのは癪《しゃく》だわ。致しませーん。絶対！　致しませーん！」

いつになく、圭仁が強めの口調で武嗣を否定する。また「和歌子ちゃんは、あげません！」とかなんとか言い出しそうな雰囲気だ。最近、なにかと無駄なパパ面をしてきて困る。

「僕は……男装とか、いいんじゃないかと思う。こんな安物じゃなくて、和歌子には依頼してちゃんとした衣装を作ってあげるよ。僕の衣装デザイナーは、評判いいから」

「いりません！」

よくわからない言いあいに、静流までサラッと交じる。ここは、自分の好みを主張する場じゃないんですけど？

静流には、由比ヶ浜には来なくてもいいと伝えてあった。けれども、「確かめたいし、和歌子が行くなら僕も行く」と、同行している。心配だったが、静流の顔色はいつもと変わらず落ちついているようだ。真剣な表情で、弓の弦を確認していた。

逆に、下見までしに来た朝妃の姿が未《いま》だにない。時間も伝えたし、家も近いと言っていたのに。

「朝妃さん、来ないですね……」

和歌子がつぶやくと、圭仁が不機嫌そうに口を曲げた。

「さっさと終わらせちゃおうぜ」

「なんで、そんなこと言うんですか。この間も、勝手に帰っちゃったし」

「勝手にしゃしゃり出たんだから、勝手に帰っても文句ないでしょ」

軽く言っているが、圭仁の朝妃に対する態度は変わらない。朝妃を受けつけない様子だった。あんなに会いたがっていたのに……。

「朝妃さんが義経に会いたかったのは、本当だと思いますよ。ゆっくり話しあいましょうよ」

「ヤだね」

圭仁は嫌そうな顔で、堤防に胡座《あぐら》をかいた。ビデオカメラを無駄にいじり、気でも逸《そ》らそうとしているようだ。

「どうして、信じてあげないんですか」

頼朝は誰も信じず、孤独だったかもしれない。でも、誰よりも人を信じたかった。朝妃を見ていると、そう感じる。

逆に圭仁は朝妃を信じていない。朝妃も、それを察しているから、わざとドライな態度をとるのかもしれなかった。お互いに遠慮しているとも言える。

「兄上は嘘をつくつもりだったことは、ほとんどないと思う。御家人たちの顔や、些細《ささい》な情報まで覚えてる几帳面《きちょうめん》な人だった。裏切るつもりなんてない。ただ、必要になれば簡単に意見を翻してしまう。その局面を見極める力があった」

義経とも……頼朝は最初は本当に兄弟との再会を喜んでいた。けれども、情勢が変化し切り捨てるべきときが来たら――頼朝には、感情と判断をわけて考える能力がある。

「近づき過ぎなきゃ、また期待せずに済む……生まれ変わった人生が楽しそうで、とりあえず、オレは満足しているよ」

　期待して、捨てられるのは嫌だ。

　圭仁は突き放した言い方をしているが、朝妃に会えてよかったとは思っている。ただ、そこから踏み出すことができない。

「素直になっていいと思いますけど」

「…………」

　とはいえ、朝妃が来ないのは気になる。夜中なので、家から抜け出しにくいのだろうか。同居人の男性は、ずいぶんと朝妃に対して親密だった。

　でも、あの人……。

「和歌子」

　ふと、静流が弓から顔をあげた。

　視線は虚空を見つめている。和歌子も釣られるように、辺りに気を配った。

「この声……」

　さきほどまでは、聞こえなかった。耳のいい和歌子よりも、静流のほうが早く気づいたのは、第六感のようなものだろうか……赤子の声が風にのって流れてくる。

　圭仁や武嗣も察したようだ。武嗣が持っている金剛杖《づえ》は、新しく通販したものだった。

「静流君、前に出なくていいからね」

　和歌子は静流の肩に触れ、堤防に跳びのった。

「和歌子！」

静の子であろうとなかろうと、やはり静流には戦わせられない。

和歌子は素早く薄緑を鞘《さや》から抜いた。

暗い浜辺で、まばゆい金色の光が解き放たれる。

「う……」

途端、浜辺に耳を劈《つんざ》くような声が響き渡る。今までとは比べものにならないくらい、赤子の泣き声が大きくなっていた。ハウリングみたいに、不快な歪《ゆが》み方だ。和歌子は思わず、耳を塞《ふさ》いでしまう。

暗い海の波間から無数の白い手が浮きあがっていた。赤子の手、だけではない。武者と思われる腕が何本も何本も波に生えている。それらが徐々に伸び、白い蔓《つる》が集まるように絡みあっていった。まるで、一本の大樹のごとき見目だ。

悪鬼、なのだろう。だが、今までと性質が違う。

何人もの魂があわさっている。由比ヶ浜は、和田《わだ》一族の滅びた古戦場だ。また、多くの人々が首を落とされた処刑場でもあった。それらの無念や後悔が寄り集まって、悪鬼を形成しているのかもしれない。

やがて大きな固まりとなった悪鬼に顔が浮かびあがる。泣き叫ぶ赤子の顔だ。

和歌子には義経の記憶があるけれども、鎌倉で生まれた静の子に、義経は会えていない。人相などわからなかった。

「岸にあがってくる……！」

あれは陸にあげてはいけないと感じた。こんな悪鬼、見たことがないし、危険な予感がする。和歌子は堤防から砂浜へと飛びおりる。

和歌子は巨大化した悪鬼を前に、薄緑を構えなおした。隣に、武嗣がストンとおりてくる。さすがの身のこなしで、和歌子よりも余裕そうだった。

静流は堤防からおりず、弓を番《つが》えているのが見えた。もとから、後方支援を得意とするので、その位置が正解だ。

「先生、静流君のこと気にしててください」

和歌子はこっそりと武嗣に囁《ささや》く。

「わかってるよ」

答える顔が頼もしくて、和歌子は安心してしまう。

「………！」

鼓膜を震わせる音量が増している。和歌子は白い袖《そで》を翻し、砂浜を蹴《け》った。やわらかい砂を走るのは、浜辺のランニングで慣れている。

海にそびえる悪鬼の巨体から、鞭《むち》のようなものがいくつか伸びる。それぞれ人間の腕だとわかって、和歌子は目をそらしたくなった。

軽やかに跳躍すると、和歌子のいた位置に長い腕がのめり込む。砂が穿《うが》たれ、飛散した粒が足を叩《たた》くけれど、和歌子は臆《おく》することなく、白い腕に跳びのった。

腕は本体に繋《つな》がっている。和歌子は不安定な足場を全力で駆けあがった。立ち止まれば、そのまま落ちるだろう。足場がうねり、無数の腕が襲いかかるが、薄緑をふって薙《な》ぎ払っていく。

「行ける……！」

腕から腕へと跳び移って、本体まで間近に迫る。和歌子は大樹のような中枢に飛びつき、薄緑の刃を立てた。

『き……し……あ゛あ゛あ゛あ゛あ゛あ゛あ゛！』

声にならぬ叫びが赤子の口から発せられ、悪鬼が巨体をよじる。和歌子は振り落とされる前に、薄緑を引き抜いた。ここは一旦《いったん》あきらめて、早く離れたほうが安全だ。海に落下すれば、動きが鈍るだろう。

「つ……ッ」

けれども、体勢を整えるのはむずかしい。薄緑を手にしたまま、和歌子の身体は呆気《あっけ》なく宙に放り出された。

砂浜は多少やわらかいが、この高さから落ちると怪我は免れない。落下しながら、和歌子はなんとか受け身をとれるよう、身体を丸める。

「っと、大丈夫？」

砂浜に落ちる直前、身体の落下が止まる。和歌子の身体を圭仁が抱きとめていると気づくのに、大して時間がかからなかった。

「ありがとうございます、圭仁さん」

「お礼なら、ちゅーでいいよ」

「あとでハイチュウあげますね」

「上手《うま》いかわし方するじゃん。男慣れしてきた?」

「それ、嫌みです?」

軽口を叩きながら、圭仁は素早く和歌子をおろした。ビデオカメラはどこかに放り捨てたらしい。動画撮影云々《うんぬん》と言っているけれど、なんだかんだと、和歌子が危ないときは助けてくれる。というよりも、撮影は和歌子に同行するための方便なのだ。

悪鬼が浜へと近づき、白い腕が数本堤防へと伸びていく。

「静流君……!」

ふり返ると、静流が弓に矢を番えたまま固まっていた。いつもなら、矢を射ている間合いだ。矢による攻撃が有効な悪鬼と、そうでない悪鬼がいるものの……静流は、矢を放てないまま、その場で凍りついている。

射れないんだ……! 静流の様子に、和歌子は焦りを抱く。

やっぱり、この悪鬼は静の子だろう。静流にはわかってしまったのかもしれない。

生まれ変わったとはいえ、自分の子に矢を向けられない。和歌子は彼のもとへ戻ろうと砂を蹴る。

「牛渕、構うな!」

けれども、和歌子を制止する声が響く。武嗣が静流の前に飛び出していくのが見えた。和歌子がおねがいした通り、静流を気にかけてくれていたようだ。

「ぐ……」

悪鬼の腕が静流に迫る直前。武嗣が、静流を庇《かば》うように左腕でガードした。遠くからでも、顔を歪めているのがわかる。

「あ……」

武嗣の身体が悪鬼に捕捉《ほそく》され、宙に浮く。和歌子は居ても立ってもいられなくて、駆け出しそうになる。

「構うな！」

武嗣が叫んだ。

「大丈夫だから集中して」

和歌子を止めたのは圭仁だった。腕をしっかりつかみ、「落ちついて」と囁く。

「でも、先生が」

「あいつが構うなと言ったら、大丈夫だよ」

言い聞かせるような口調だ。圭仁の声は揺るぎなく、動揺一つしていない。武嗣なら大丈夫という信頼が読みとれた。

それは前世で築いた関係ゆえの……義経と弁慶の信頼だ。どんな局面でも、安心して弁慶に背中を預けた。圭仁にだけわかることだ。

「はい」

和歌子は武嗣から視線を外す。今、対処しなくてはならないのは、陸へあがろうとする悪鬼の本体だ。

「和歌子ちゃん、貸して」

そう指示すると、圭仁は和歌子に手を差し出しながら走り出す。なんの説明もなかったが、和歌子は薄緑を投げた。

圭仁は薄緑を難なく受けとり、そのまま悪鬼の腕に跳びのった。和歌子と同じように、腕から腕へと跳び移り、切断しながら駆けあがっていく。和歌子もだいぶ体力がついてきたが……やっぱり、圭仁の身のこなしは違う。型破りな自由さがありながら、すべての動きが計算され、完成しているのだ。

「和歌子ちゃん」

圭仁が空中で身を翻す。薄緑の金色が闇夜に煌《きら》めき、不浄を退ける。

この間、和歌子はただぼんやりと見ていたわけではない。

合図とともに跳躍する。

「はい！」

圭仁の手から離れ、一直線に放たれる薄緑。まるで、糸でもついていたかのように、和歌子の手元におさまった。

圭仁が走り出した瞬間、和歌子も反対方向に進んでいたのだ。彼が悪鬼の腕を引きつける間に本体へ近づき、ときを待っていた。

示しあわせたわけではない。この一年で、和歌子は武嗣だけではなく、圭仁からも戦い方を学んだ。

絶好のタイミングで飛翔《ひしょう》した和歌子の手で、金色に光る太刀。

まっすぐにふりおろせば――悪鬼の頸《くび》だ。

和歌子は柄《つか》を両手でにぎり、渾身《こんしん》の力で叩き込む。

「…………ッ!?」

が、あと少しで刃が届くというときに、視界の端を白い腕が過《よぎ》る。腕の一本が、和歌子へと向かってきているのだ。しかし、もう軌道は変えられない。和歌子は、このまま重力にまかせて突っ込むしかなかった。

避けられない。と、思った瞬間。

頭のすぐそばを、ヒュンッと風が通り過ぎる。一本の矢が和歌子の髪をかすめ、腕を射貫《いぬ》いた。

静流が援護してくれたのだろうか。確認する暇《いとま》はない。和歌子は薄緑で悪鬼を斬りつけた。

金色の刃が悪鬼に届く。

『ギィィィイ！』

けたたましい金属音に似た異音が鳴り響いた。もはや、声というよりも騒音だ。それでも和歌子は悪鬼の頸に刃を押し込み、骨を断つ。

「ごめん……どうか、安らかに」

和歌子には、それしか言えなかった。

悪鬼の巨大な頸が落ちていく。悪鬼の身体は徐々に傾いており、退避が遅れれば和歌子は海へ真っ逆さまだ。和歌子は力を失っていく腕を伝い、急いで浜へと戻った。

悪鬼の身体は足元から塵芥《じんかい》となり、海へと溶けはじめた。

和歌子は浜に立ち、悪鬼をふり返る。苦悶《くもん》に歪《ゆが》んでいた悪鬼の顔も、次第に穏やかになった。微笑んでいるように見えるのは、和歌子の願望だろうか。

悪鬼は生前の怨《うら》みや後悔を抱いて成り果てる――義経の記憶では、そう口承されていた。だから、和歌子はそういうものとして悪鬼をとらえている。まだ物のわからぬ赤子のまま由比ヶ浜に沈んだ静御前の子は、これに該当しないはずだ。

どうして、静の子が……。

和歌子は消えゆく悪鬼に手をあわせながら、心中で問う。

「さて」

悪鬼が浄化され、静寂が戻った由比ヶ浜。

そこに少女の声が響いた。

怒鳴っているわけではないのに、大きく、よく通る。そして、聞く者たちを静止させるだけの圧力がこもっていた。

「朝妃さん……」

気配を感じられなかった。いつの間にか、悠々と浜辺を歩く湊本朝妃に、和歌子は言葉を失ってしまう。圭仁に視線を移すと、うつむいていた。

「さっきの矢、朝妃さんだったんですか」

朝妃の手には和弓があった。さきほどの援護は、朝妃だったのだろう。朝妃は肯定するように、ニコリと微笑んだ。

堤防を確認すると、武嗣と静流がいた。二人とも無事のようだが、怪我をしているかどうかまでは、ここからはわからない。

「来るのが遅くなって、すまない。気になることがあったから、探し物をしていたんだが……どうやら、逃げられたようだ」

朝妃は肩を竦《すく》めるが、和歌子にはなんの話をしているのか、わからない。ただ、朝妃の腰にあるものが目に留まる。

「それって……」

朝妃も一振りの太刀を佩《は》いていた。白い鞘《さや》におさまり、細かい金細工の施された美しい太刀だ。

それがなんであるのか、和歌子は義経の記憶で知っている。

朝妃は答えあわせのように、太刀を鞘から抜いた。すると、薄緑と呼応するように、金色の光をまとう。

髭切。

何百年ぶりかにそろった二本の兄弟刀は、再会を喜ぶかのように、いっそうの輝きを放った。

「都合よく和歌子ちゃんを口説いておいて、用事があるから遅刻しました、ね……」

呆《あき》れた物言いでつぶやいたのは、圭仁だった。朝妃がなにをしても気に障るのだろう。腕組みして、ぶつくささと不満を漏らしていた。

「圭仁さん、そんな言い方……」

このままではいけない。和歌子は、なんとか朝妃と圭仁の仲を取り持ちたかった。せっかく生まれ変わって出会ったのに、これではあんまりだ。

「……いいんだよ。私の責任だからな」

朝妃は髭切を鞘におさめて、表情を隠すようにうつむく。

「信じてもらえるとは思っていないし、いまさら虫がいい話だとわかっているよ。最初から期待もしていない。許してくれなんて、言う気もない」

朝妃は圭仁へと曇りのない視線を向ける。

「そんな覚悟で、私はお前を討てと命じていない。お前には、私を呪う資格があるし、そうすべきとも思っている。今ここで斬ると言うなら、好きにすればいい。黙って斬られてやるつもりはないがな」

朝妃の言葉に、圭仁は目をそらしたままだ。なにも答えず、ただ受け止めている。叱られている子供のように、身体が小さく見えた。

「私に謝罪でも要求しているなら、お門違いだ。謝罪する程度の覚悟で、どうして実の弟を討てよう」

朝妃は――頼朝は、すべて覚悟していた。その必要があれば討つ。その判断に間違いがあってはならないのだ。義経は、必ず討たねばならぬ存在だったと示唆している。

頼朝にとって、間違いを犯すことは、討たれた人間に対する不誠実だ。

実際に……息子である頼家を跡目とするには、源氏の嫡流で武功華々しい義経は警戒すべき人物だ。後白河法皇の息がかかっていたのも、鎌倉には都合が悪い。頼朝は、義経討伐を名目に、全国に守護・地頭を設けることを朝廷に認めさせている。さらには、厄介だった奥州を攻める口実も得た。頼朝にとって、義経の討伐は必要なことであった。

「ただ……弟可愛さに、覚悟が揺らぐ兄ではなくて、すまなかったな」

兄であることよりも源氏の棟梁《とうりょう》、否、鎌倉殿としての選択だ。

朝妃の言葉を聞いても、圭仁は黙している。無言でやり過ごしているというよりも、言葉が出てこないように見えた。

「……なんだよ、それ」

やっと、ポツリと吐き出された。圭仁は足元の砂を蹴《け》り、悪態をつく。どこにもぶつけられない感情が爆発しそうだ。

「覚悟とか、そんな話が聞きたいんじゃない……嘘でいいんだよ。お前が目障りだ。消えろって、言ってくれたらそれでいい。嫌ってくれているほうが、楽なんだわ。そんな言われ方したら……」

圭仁が——義経が上手《うま》くやれていたら……もう一度、やり直せば、あんな結末は迎えなかったかもしれない。

圭仁のねがいは、最初から同じだった。義経としての人生をやり直したい。今度こそ、上手く立ち回ってみせる。その想いが捨て切れずにいた。和歌子との仕合を通して、前向きになっていたけれど、実際に朝妃を前にして揺らいでいるのかもしれない。

この人は、本当にどうしようもない……どうしようもなく、一途《いちず》で不器用だった。

「今からじゃ……遅いんでしょうか」

やり直すのは、前世でなくてもいいではないか。こうして、また出会ったのだ。黒鵜圭仁として、湊本朝妃とやり直せばいい。

そう考える和歌子は、間違っているのだろうか。

「……わかんねぇ」

圭仁は、短く吐き捨て、朝妃に背を向けた。放り出していたビデオカメラを拾って、とぼとぼと歩き出す。

「仕方がない」

朝妃は肩を竦めてみせた。

しかし、圭仁を見送る視線が、どこか寂しげで……少なくとも和歌子には、「仕方がない」とは思えなかった。

昏《くら》い海に、小波《さざなみ》の音だけが響いている。

＊　＊　＊

どうしよう。

安貴は混乱していた。それでも、足を動かし、できるだけ遠くへ逃げようとつとめる。

「なんで……！」

安貴は昔から怪異を呼んでしまう体質だ。眠っている亡者さえも、呼び起こして悪鬼に変えるときすらあった。

悪鬼たちは、安貴のもとに集まってくる。だから、安貴が帰れと言えば、なんとかなるかも……そう期待して由比ヶ浜へ行ったが、逆に悪鬼が巨大化してしまった。

どうすればいいのかわからなくて困惑していると、金色の光が見えたのだ。

牛渕和歌子が持っていた、あの太刀は源氏の――。

安貴の頭からどんどん血の気が引いていく。それ以上、見ているのが怖くて、安貴は逃げ出してしまった。

胸の奥がキリキリと痛む。手を当てると、服の中から金色の光が透けた。安貴の感情が乱れると、いつもそうだ。不意にこいつは光って、外に出たがる。

「う……」

安貴は立ち止まり、シャツを軽く開ける。胸に直接触れると、肌が熱くて動悸《どうき》が強くなった。

痛みはない。ただ、なにかが身体から出ていく喪失感が強まった。

胸から光り輝く棒が生えている——剣《つるぎ》の柄《つか》だ。安貴がおそるおそる引き抜くと、長物がゆっくりと姿を現す。

青銅の剣。かつて、神剣の形代として力を受け、皇族に受け継がれてきた——平家とともに都を出て移動し、帰らなかった宝物。

草薙剣《くさなぎのつるぎ》を手にして、安貴は息をついた。

きっと、こいつが悪鬼たちを呼んでいる。

捨ててしまいたいけれど、剣は安貴の手から離れてくれないのだ。

「——やっと、見つけた」

不意に声が聞こえて、安貴は足を止める。誰もいなかったはずなのに……一瞬、和歌子たちに見つかったのかと焦ったが、どうも声音が異なる。甲高くて幼い声だ。

ふり返ると、堤防に立ち、海を背にする影がある。

街頭に照らされる肌が白くて、見入ってしまった。大きな双眸《そうぼう》はガラス細工みたいに美しいけれど、確実に生きている者のそれだ。全体的に人形のごとく顔が整っていて、人間味がない。

年端もいかぬ少女みたいだ。小学生くらいだろうか。シンプルなシャツに半ズボンという出《い》で立ちなのに、ドレスでもまとっているような雰囲気だ。

綺麗《きれい》。思わず、そう感じた。相手は安貴よりもずっと幼いのに。

「言仁《ときひと》様であらせられますね？」

問う声は甲高い。けれども、第二声で女の子ではないとわかった。

それよりも……言仁。たしかに、少年は安貴をそう呼んだ。

「どうして……？」

言浪安貴には、前世の記憶がある。その名前を知っている人間はいないはずだ。今まで、誰にも言わずに過ごしてきた。

安貴は無意識のうちに、草薙剣を身体のうしろに隠す。

少年は堤防から飛びおり、安貴へと歩み寄った。その背後に、黒い霧の影も見える。

それが悪鬼だとわかると、安貴は震えながら身を縮こまらせた。

抗《あらが》えない。

どういうわけか、この人の言うことを聞かねばならないと、本能が悟る。

「ずっと、探しておりました」

少年の言葉は、なぜだかすんなりと受け入れやすいものだった。

三幕目　すれ違い

1

「おはよう。小鳥ちゃん、今日は遅いじゃないか。私も一緒に遅刻させる気か？　夜は眠れなかったのかい？　困ったときは、電話をしておいで。私が乙女のために、一首詠んでやろう。ふふ。連絡手段が豊富になって、いい世の中だな」

朝からベタベタと触ってくる朝妃から、和歌子は盛大に目をそらした。甘すぎる言葉と過剰なスキンシップが激しさを増している。もうやだ逃げたい。

昨夜から、ずっとこうだ。

由比ヶ浜で悪鬼を退治したあと、圭仁は一人で帰ってしまった。直後から、朝妃のスキンシップが増えている。離れていた静流と武嗣が鬼の形相で駆けつけ、和歌子から朝妃を引き剝《は》がそうと大騒ぎ。それを宥《なだ》めるのが、とにかく大変で……最終的に、和歌子は自転車にのって逃亡した。

とにかく疲れた。一夜明けても続いていて、今げんなりしている。

「朝妃さん……近すぎます」

「いいじゃないか。みんな、私たちを見ているぞ」

「だから、恥ずかしいんですってば」

今日はわざとギリギリに家を出たのに……和歌子は顔を引きつらせた。

「いくらなんでも、やりすぎだろ」

うしろで、静流が不貞腐《ふてくさ》れている。

「由比君も、いつもあんな感じじゃない？」

だが、一緒にいる明日華がクスクスと笑って指摘する。

「僕はもっと慎《つつ》ましく、今日は和歌子のお弁当を作ってきただけだよ」

「え？　由比君、お料理できるの？　それとも、お家《うち》にシェフでも抱えているの？」

勝手にお弁当を作ってきた静流の話をサラッと流す辺り、明日華はこの環境に慣れすぎている。どこも慎ましくない。横目でふり返りながら、和歌子は苦笑いした。

「シェフも板前も、いるにはいるけど」

「やっぱり、由比君のお家にはいるんだね。すごい」

「僕の場合は栄養管理に気を遣っているから……親がアスリートフードマイスターの資格をとってくれて。食事管理をしてもらっていたんだけど、それじゃあ、大変だろ？　自分でも作れるようにしたくてね」

静流の受け答えを、和歌子は意外に思う。和歌子に会う前の静流は、義経以外を意に介さず、他人にも冷たい態度をとっていた。しかし、今の話だと家族との関係は良好そうだ。そういえば、フィギュアスケートも家族の勧めではじめたと聞いている。

和歌子と違って、生まれ変わった家族とも上手《うま》くやっているようだ。

「小鳥ちゃん、こっちを見ておくれ」

静流に気をとられていると、朝妃が腕を絡めて耳に口を寄せる。変な息がかかって、和歌子の背筋が粟立《あわだ》った。四六時中、こうだと身が持たない。教室へ行ったら、武嗣と静流のコントもはじまるだろうに。

「もう、朝妃さん……率直に言いますけど、わたしで気を紛らわすの、やめてください」

言うか言うまいか迷っていたが、これだけ絡まれると和歌子だって我慢ができない。

「圭仁さんと仲よくできなかったからって……」

「なんの話かな？　私は少しも気にしていないよ」

わざわざ和歌子の言葉を遮って、朝妃は強めに否定した。しかし、珍しく顔がこちらを向いていない。和歌子は疲れた息をついた。

「傷つくくらいなら、なんであんな言い方しちゃったんです」

「だから、私は……別に……」

常に饒舌《じょうぜつ》で、主導権をにぎり続けていた朝妃の声音が小さくなっていく。こんな朝妃の姿を見るのは初めてで、こちらの良心が痛みはじめる。

「てっきり……昔みたいに尻尾《しっぽ》をふって駆け寄ってくるものとばかり……」

いじらしい乙女の顔で言うので、別人かと錯覚した。本当にこれは湊本朝妃なのだろうか。

圭仁は朝妃に会いたがっていた。けれども、彼は前世とは違って、どうしようもなく捻《ひね》くれている。生き方を変えようと必死で、似合いもしない白々しさが身についていた。なのに、頼朝に対する感情だけは抱えたままで……こじらせている。

もしかすると、「思っていたのと違う」せいで、素直になれないのはお互い様なのかもしれない。

「義経、そんなに尻尾ふってましたっけ……？」

「あれでふっている自覚がなかったのか、九郎は。御所だと、子犬呼ばわりする者もいたのだぞ」

義経は精一杯、普通に接しているつもりだったのに。これはこれで、圭仁に伝えたら身悶《みもだ》えしそうな事実を聞いてしまった。

「その顔でそう伝えたら、普通に接してくれると思いますけど」

「いきなり撤回なんて、できるわけがない。兄の威厳があるんだぞ」

「なくていいじゃないですか」

白い目で見つめると、朝妃はむくれてしまった。

難儀な人たちだ。ちょっと歩み寄れば済む話なのに。

校門が見えても、朝妃はまだ和歌子の腕にまとわりついていた。ときどき静流が引き剝がそうとしたけれど、効果は薄い。

「おはようございます」

校門には、教員たちが何人か並んでいる。朝のあいさつに参加する面々はだいたい決まっており、やはり武嗣もいた。朝妃と静流に加えて、彼までコントに参戦すると思うと、和歌子は胃が痛かった。もはや、朝の恒例行事である。

「ああ、弓道部」

静流たちを見て、武嗣が駆け寄ってくる。

「今、弓道場に佐伯先生がいるから、道着の注文をした人は受けとっておくように」

まっとうに教師の仕事をして、武嗣はニコリとしていた。珍しい……とは思ったが、冷静に考えれば、普通に教師をしている時間のほうが長い。

「じゃあね、和歌子。あとで」

静流に朝妃、明日華は道着を注文していたらしい。和歌子に手をふって別れた。またすぐに、教室で会える。

和歌子は、ふと武嗣の腕に視線を移す。

昨夜、静流を庇《かば》っていたのが思い出される。「大丈夫」とタフに笑っていたけれど、今見ると左腕には包帯が巻かれていた。

「どうした？」

和歌子の視線に気づいた武嗣が首を傾げる。

「いや……腕、大丈夫ですか？」

「ああ、これ。湿布だよ。剝がれやすいから、包帯巻いて固定してるだけ。このくらいなら、一週間もしないうちに治るかな。折れてなきゃ掠《かす》り傷だ」

武嗣は明るく、腕を持ちあげてみせる。

「折れてるか、折れてないかが基準なんですね」

武嗣は弁慶の力を持って生まれたせいで、自分の力を制御できず、頻繁に骨折していたらしい。そのせいか、骨折以外の怪我は掠り傷だと思っている節があった。ちょっと極端すぎやしないか。

「心配してくれてるのか？」

不意に笑われて、和歌子の顔が熱くなる。光の下だと、武嗣の黒い瞳《ひとみ》は淡い茶をはらむ。透き通った目は、見れば見るほど複雑な色彩で、気を抜くといつまでも呆《ほう》けてしまいそうだ。

「し、心配はしてますけど……わたしが助けに行かなかったので……」

圭仁に言われて、あの場は武嗣よりも悪鬼を優先した。大事には至っていないものの、和歌子の判断で武嗣が怪我をしたことには違いない。

「それは違うよ」

武嗣はいつになく真剣な表情を作った。

「由比をまかされたのは俺だからな。なら、腕の一本や二本折れようが、守り通すのが仕事だ。牛渕は間違ってない」

肩に手を置かれると、妙に安心する。やっぱり、武嗣には頼ってもいい。そんな気がしてくるのだ。

「それに、由比が心配だったのは、俺も同じだよ」

結局、由比ヶ浜にいた悪鬼は静の子だった。静流は動揺して、悪鬼を攻撃できずにいたけれど……一夜明けた静流は、今のところは普段通りである。明日華と一緒に、牛渕神社まで迎えにきたのを見たとき、和歌子もほっとした。

逆に普段通り過ぎて、心配でもあるのだが……。

「ほら、教室行け」

武嗣は和歌子の背を軽く叩《たた》いた。

和歌子は戸惑いつつも、ゆっくりと教室へ向かう。

＊　＊　＊

学校へ行こうとしたけれど……駄目だった。

和歌子の顔を見られそうにない。

安貴の頭から、どうしても、昨夜のことが離れなかった。同時に、初めて神社で会った日のことも思い出す。

屈託ない笑みで語りかけ、安貴に手を差し伸べてくれた。こんなに根暗で、おどおどして、なんにもできない安貴に。明日華や静流も、彼女のことが好きみたいだ。安貴にとって太陽のようで……まぶしい存在だった。

なのに、どうして。

夜の浜辺で、金色の刃《やいば》をふるう姿が頭から離れない。

もしかすると、安貴に近づいたのには理由があるのだろうか。いいや、そんなはずはない。安貴と和歌子が会ったのは偶然だ。でも、彼女は源氏の――。

「なんで」

学校へ向かう安貴の足が重くなっていき、やがて、一歩も動かなくなった。

やっぱり、和歌子には会えない。

自然と足が学校から遠ざかる。どこへ行くでもないが、とにかく学校だけは行きたくなかった。

「なんで、誰も」

つぶやく声が弱々しくて、それだけで嫌になる。

「誰も助けてくれないの……?」

いつだって。

安貴を助けてくれる人間はいない。

ひとりぼっちで耐えてきた。

誰も助けてくれない。

こんな人生なんて、望んでなかった——。

「助けてあげるよ」

道の隅でうずくまる安貴に、そっと誰かが触れる。少女みたいに高い声は、歌っているようで心地がいい。そしてなにより、懐かしい響きが含まれていた。

「昨日も申しあげたでしょう？」

由比ヶ浜から逃げた安貴に声をかけてきた少年だ。暗闇でも妖《あや》しく美しかったけれど、太陽の下でも変わらない。むしろ、幼さがはっきりとわかる分、不気味さが増す。

その笑みは甘い。赤銅《しゃくどう》色の瞳から、視線がそらせなかった。相手は子供なのに、自然となんでもうなずいてしまいそうだ。彼に従えば万事上手《うま》くいくという安心感もある。

「助けてあげますよ」

少年の声は恭しくて、しかし、救世《くせ》の御仏《みほとけ》のようでもあった。太陽を背に笑う姿を見ているだけで、安貴の目尻《めじり》から涙がこぼれる。

昨夜も、同じように語りかけてくれた。しかし、その妖しい美しさが、安貴には怖くて手を取れなかった。少年は優しく「また来るよ」と言って、その場は別れてしまったけれど……こうして再会すると、縋《すが》りたい気持ちが沸々とわいてくる。

「本当に、助けてくれるの？」

問うと、少年は膝《ひざ》を折って目線をあわせた。

「ええ。このボクがお救いしますよ」

少年が安貴の頭を両手で包む。

「どうすればいいか、わからない……牛渕さんが……ぼくの友達が、源氏の大将と同じ刀を持っていて……」

安貴は辿々《たどたど》しく状況を説明した。由比ヶ浜で見た光景と、前世の記憶。

少年は親身な態度で、安貴の話を聞いていた。

「どこで見て、なんと名乗っていた？」

「壇《だん》ノ浦《うら》で……源九郎義経……」

優しい和歌子と、安貴の家族を滅ぼした武者が同じであるはずがない。裏切られた、という言葉が安貴の頭に浮かぶが、信じたい気持ちも残っている。

少年は安貴の背に手を回し、そっと抱きしめる。

「なるほど。じゃあ、試してみよう」

少年は事もなげに発した。安貴には彼の意図がわからず、首を傾げてしまう。

「義朝の九男でしょう？　だったら、ボクたちの仲間になれるかもしれないよ」

語る少年の顔は無邪気なのに老獪《ろうかい》さを備えていた。最初は優しげに感じられた笑顔が、だんだん怖くなってくる。

なにが楽しいのか、少年は声をあげながら手を叩きはじめた。安貴にはよくわからないが、弱々しく口角を持ちあげてみる。明らかに引きつっているが、真似して笑ったつもりだ。

　少年のうしろで、黒い影が蠢《うごめ》いていた。

　武者の悪鬼だ。けれども、人を襲ったり、もがき苦しんだりなどしていない。ただそこに、静かにたたずんでいた。

　安貴が呼んだ魂ではない。

　その面立ちはどことなく、安貴にも見覚えがあるものだった。

2

　終業のチャイムが鳴った。

　和歌子は教室の隅に置かれた、安貴の机を見据える。

　休みのようだ。大丈夫かどうか連絡しても、ずっと無視され続けていた。

　どうしたんだろう……。

　昨日は具合が悪そうにしていた。体調不良で学校を休むのは理解できるが、和歌子の連絡を無視しているのは気がかりだ。なにかあったのだろうか。

「じゃあ、気をつけて帰れよー」

ホームルームが終わると、武嗣が教壇からおりる。和歌子は勢いよく立ちあがって、武嗣の前に出た。

武嗣は怪訝《けげん》そうにしたが、穏やかに「どうした？」と聞いてくれる。

「先生、言浪安貴君は体調不良ですか？」

「うーん……」

和歌子の問いに、武嗣はむずかしそうな顔を作った。

「昨日、送って帰るころには気分もよくなっていたみたいだよ。今朝も念のために電話しておいたんだが、そのときは学校に行くって言ってた」

しかし、実際は学校に来ていない。武嗣には「行く」と答えたのに。

「昼前に連絡したら、家の人の様子が変でな……もともと、遠縁の子を預かっていたとかなんとかで」

「先生、これから家庭訪問に行くつもりですね」

武嗣の回答が煮え切らないので、和歌子は単刀直入に聞いた。

「なんでわかった」

「無駄に熱血で思考が読みやすいので、なんとなくそうじゃないかと」

「なるほど、愛か」

「まったく関係ないですね」

サラッと流しながら、和歌子は胸に手を当てた。

「わたしも一緒にお見舞い行っていいですか。安貴君のことが気になって」

せっかく友達になれたのだ。困っていることがあるなら、力になってあげたい。

「牛渕は本当に、変わらないな。安心するよ」

武嗣は唇に弧を描き、和歌子を見おろす。まっすぐに視線があうと、透明感のある茶がかった瞳《ひとみ》には、和歌子の姿だけが映っていた。

「僕も行きますけど、いいですよね」

スッと自然に、二人の間に割って入ったのは静流であった。突然わいてきて、和歌子はギョッと目を剝《む》く。

「僕が和歌子から目を離すと思ったの？　ずっと見ていたよ」

「怖い言い方しないでよ」

まったくいつもの調子で静流が迫ってくるので、和歌子は後退《あとじさ》りした。

「あの子、僕もなんとなく放っておけないからさ」

静流の目は真剣だった。彼なりに、安貴を気にかけていたのだと思う。昨日、保健室についていったのは、和歌子を行かせたくないという理由だけではない。

不器用だけれど、懐くと甲斐甲斐《かいがい》しいのは静御前のときのままだ。彼の場合は前世を引きずりすぎる面もあるけれど、和歌子には、これはいいことだと感じられた。

今世を生きるために変わるべきところはたくさんある。

でも、変わらなくてもいいこともあるのだ。

改めて、和歌子たちは武嗣と学校の外で合流した。

まず、安貴の家に向かうことにする。

「え？　安貴君、七里ガ浜に住んでるんじゃないんですか？」

家の場所を聞き、和歌子は目を瞬《まばた》かせる。

最初、安貴と会ったとき「近くに引っ越してきた」と言っていた。てっきり、あの近所に住んでいるとばかり思っていた。

「いや……名簿の住所は、この辺りだよ」

雪ノ下高校から歩いて十五分ほど。鎌倉宮《かまくらぐう》の近くに、安貴の家はあるらしい。緑が多く、静かな雰囲気の住宅地だ。鎌倉は観光地だが住宅も多く、少し歩けば、観光地のにぎやかさから離れられる。

同じ市内とはいえ、牛渕神社とは距離があるので「ちょっと歩ける距離」ではなかった。それに、近くの神社にお参りするなら、それこそ目と鼻の先に鎌倉宮がある。護良《もりなが》親王《しんのう》を祭神とした宮で、大塔宮《だいとうのみや》とも呼ばれていた。学校のすぐそばには、鶴岡八幡宮だってあるのだ。

「なんで安貴君、牛渕神社まで……」

謎であった。和歌子は引っかかりを覚えながら、安貴の家の前に立つ。

表札は藤内《とうない》と書かれていた。親戚《しんせき》を盥回《たらいまわ》しというのは聞いていたけれど……。

「お前らは、ここにいなさい」

和歌子と静流は、素直に従うことにした。

武嗣が家の敷地に入り、インターホンを押す。しばらくは反応がなかったが、やがて玄関の扉が開いた。

出てきたのは、普通の主婦らしき女性である。ただ、高校生の保護者なので、もっと年配なのかと思っていたけれど、二十代くらいの若い女性だった。

武嗣が担任の教師であると名乗り、安貴について尋ねると、女性は困ったように目をそらす。

「ええ……学校に行っていないなんて言われても……朝、ちゃんと出ていきましたよ？」

女性は困惑した表情だった。安貴を心配しているというよりも、「困る」という空気が伝わってきて、和歌子の胸が痛む。

「とりあえず、京都に連絡しますね」

安貴は最初、京都に住んでいたらしい。本当の親に連絡するという話だろう。だが、鎌倉からは距離がある。連絡したところで、なんになるのだ。

「どこか心当たりは……？」

「ないです。あの子、私たちと全然話そうともしなくて。気がついたら、フラフラ外を歩いているみたいなんです。靴が傷んでいるってことくらいしか、わからなくて……」

女性は伏し目がちに語る。

「差し出がましいですが……お子さんを預かるにしては無責任ですよね」

武嗣は普段、生徒や保護者に向かって、こんなに厳しい物言いは決してしない。少なくとも、和歌子は初めて見る態度であった。本気で安貴を案じ、憤っている。

「うちにだって生活がありますし、押しつけられて迷惑してるんです。あんな、呪——いえ、なんでもないです」

女性はなにかを言いかけて、口に手を当てた。けれども、武嗣は聞き漏らさず、「今なんて？」と問う。女性は口を閉ざして玄関を閉めようとしたが、武嗣が手で押さえて阻止した。

「いえ、その……仕方ないじゃないですか」

女性は折れて、事情を語りはじめる。

安貴の周囲で必ず怪異が起きること。そのせいで家族はボロボロになってしまったこと。親戚間を盥回しにされていること。藤内家は、ほとんど血の繋《つな》がりもなく、赤の他人同然であること。

安貴の話しぶりから、あまりいい思い出がなかったのだろうと予想していた。けれども、薄情な仕打ちに和歌子は愕然《がくぜん》とする。

そして、普通ではないという理由で転校させられた和歌子の過去とも重なった。

安貴に比べたら、和歌子はマシなのかもしれない。しかし、彼が同じ痛みを抱えていたと知ると……もっと早くわかってあげたかった。

「和歌子」

静流が、和歌子の手をにぎる。和歌子の気持ちを察してくれたのだろう。独りで抱え込むなと言われている気がした。

「お忙しいところ、失礼しました。とりあえず、探してみます」

武嗣はていねいに告げて、玄関から離れた。女性は暗い表情のまま、扉を閉める。

重い玄関が閉じたあとに、ガチャリと鍵《かぎ》のかかる音が響いた。

「先生」

敷地内から出てきた武嗣に、和歌子は思わず声をかける。

「いろんな家庭があるからな」

武嗣は安心させようと表情を緩めるが、内心は複雑なのだろう。いつもより顔が硬い。

「はい……」

うつむく和歌子の頭に、武嗣が手をのせる。

しかし、その手をパシッと静流が払い除《の》けた。

「和歌子が気にしなくていいんだよ。もとはと言えば、そうだな……僕が言浪君に発信器をつけなかったのが悪い」

物凄《ものすご》く飛躍していないか。和歌子がなにも答えないでいると、静流は腕組みをして真剣な表情を作る。

「また変な気でも起こさないように、先生のＧＰＳは拾ってるんだけどさ。友達につけるのは躊躇《ためら》っちゃって」

「待って待って待って。反省した風な態度で、なんか怖いこと言ってる」

「和歌子にはつけるなって言われたから」

「それはそうなんだけど、なにやってるの⁉」

「だって、いつまた和歌子がさらわれるか、わかったもんじゃないだろ」

以前、静流を置いて、和歌子と武嗣が二人で平泉《ひらいずみ》へ行ったのを根に持っているのだ。恐ろしい行動力である。

「そんなことしなくたって、牛渕をさらったりしないよ。あれだって、牛渕の意思でそうしただけだ」

「人間、血迷ったらなんだってしますからね」

「お前が言うか？」

しかし、陰鬱《いんうつ》だった気分が幾らか紛れた。和歌子は他人事《ひとごと》のように、いや、他人事なので軽く笑う。

「あの……二人に聞きたいんだけど」

一方で、どうしても聞いてみたいことがあった。

「二人は、ご両親と上手《うま》くつきあえてる……？」

安貴の話と、自分が重なってしまった。そう思うと、聞かずにはいられなかったのだ。

「僕はとくに問題ないかな。スケートをやめるって言ったときは口うるさかったけど、基本的には良好だね」

静流は即答してくれた。

「俺は十代までは迷惑かけたからなぁ。物も壊したし、触ると怪我もさせた……でも、身体を鍛えはじめてからは、応援してもらえたよ。ただ、最近、実家に帰ってなかったなって、今気づいた」

武嗣のほうも、あまり大きな問題はなかったようだ。今世の親とのつきあい方がわからないのは、和歌子だけみたいだ。

聡史のあきらめたような視線が頭を過《よぎ》る。あの目で見られると、どうしても近寄りにくい。萎縮《いしゅく》してしまい、和歌子は自然に振る舞えなかった。

また普通ではないと思われている。

普通でなくともいい。和歌子は好きなように生きると決めた。なのに、それをどうしても親に伝えられない。伝える必要がないにしても、どうやって示せばいいのか。それがわからなかった。

「和歌子」

静流は一度、聡史と会っているため、和歌子の質問の意味を察したようだ。彼は微笑みながら、和歌子の右手をにぎった。

「親と上手くやろうとか、考えなくていいんじゃないかな。どうせ、僕が養うんだし、実家なんてどうでもいいよ」

「養われないってば……」

「だから、後先考えなくていいんだよ。和歌子が正直になって、上手くいかなかったら、しょうがない。親と関係修復なんてしなくても、和歌子の幸せは約束されてるんだからね。やりたいようにやって、駄目だったら、その分も僕が甘やかしてあげるよ」

静流が言っている内容は、半分も頭に入ってこなかった。

ただ、やりたいようにやればいい。

それだけが心の底まで辿《たど》り着く。

「いや、それは俺の役目だ」

和歌子が固まっていると、武嗣が左手をにぎる。左右から両手を繋がれる形となり、和歌子は慌てた。

「先生は和歌子が宇宙人にさらわれたとき、JAXAを動かして救出に行けるんですか」

「由比、話が飛躍してるぞ」

「悪鬼や生まれ変わりがあるんですから、宇宙人がいてもおかしくないです」

「そのときは一緒に乗り込んで宇宙人をまとめて片づければいい話だよ」

「はー……これだから、脳筋は。和歌子は僕がしっかり守ります。金銭面も心配ないし、絶対にそのほうがいいんです」

「世の中、お金がすべてじゃないんだぞ。牛渕だって、そう言うに決まってる」

「どっちにもイエスって言ってませんから、勝手に言い争わないでください！」

肝心なところが抜けている。和歌子の意思を尊重していない。必死で叫んでいるのに、二人ともあまり聞いていないようだった。聞いてほしい。

「もう、二人とも――」

そんなことよりも、安貴を探さなければならないのに……そう、虚空を仰いだ和歌子の視界に、異物が飛び込む。

「え」

影だ。黒い靄《もや》に包まれた影が、和歌子目がけて飛翔《ひしょう》していた。いや、突っ込んでくる。

和歌子はとっさに、うしろへ跳び退《すさ》る。

「和歌子!?」

反応が遅れた静流を、武嗣が庇《かば》った。喧嘩《けんか》ばかりしているが、いざというときは生徒を守ってくれる。

一拍も置かず、地面を穿《うが》つ音。アスファルトがわずかに削れて飛び散った。

『う゛……う゛……』

まるで、獣のうなり声だ。土煙の中で、大鎧《おおよろい》をまとった武者が立ちあがった。

渇きと飢餓の支配する口元から、犬歯がのぞいている。巨軀《きょく》を包む鎧の重量などものともしない立ち振る舞いは、歴戦の武士《もののふ》であった。

悪鬼だ。

「あなたは……」

悪鬼の顔には見覚えがあったが、すぐには名前が出てこない。鎌倉方の者ではないはず……。

「和歌子、危ない！」

静流が叫ぶが、和歌子の行動はそれよりも早かった。悪鬼が太刀を抜き、斬りかかったときには、すでに宙返りしている。ポニーテールの毛先を、鋭い刃《やいば》がかすめていった。

武者の悪鬼は、武嗣や静流には構わず、和歌子にだけ狙いを定めている。紅《あか》い眼光には、闘志が読みとれた。

『九……郎……義経』

うめき声が漏れ、悪鬼の目的は義経であると理解した。

同時に、和歌子の中にある記憶と、目の前の悪鬼が合致する。

「平教経《たいらののりつね》」

源平の時代、平家方で力をふるった武将だ。数々の戦さで味方を苦しめた、平家における一騎当千の猛将である。恐ろしい怪力と勇猛さで、坂東の武者たちを圧倒した。

壇ノ浦では、船上で義経との一騎打ちを望んで挑んできた。もちろん、義経はこれに応《こた》えようとする。

だが、そのとき。小舟から出てくる幼子の姿が、義経の視界に入ったのだ。すぐに、平家によって都から連れ出されていた帝《みかど》だと悟った。三種の神器、および天皇の奪還が義経の最優先事項だ。

義経は、教経との戦いを中断し、舟から舟へと跳び移った。途中で戦いを放り出された教経からの罵倒《ばとう》が聞こえたが、それどころではない。胸騒ぎがしたのだ。そして、嫌な予感は的中した。彼の目の前で、幼い帝を抱いた女人が入水《じゅすい》したのである。

苦い記憶が和歌子の中に蘇《よみがえ》った。自分のものではないと理解しているが、それでも痛ましい。戦場《いくさば》で失われる命は多いはずなのに、幼子の死は殊更に義経の心にも傷を作った。

悪鬼となった平教経の形相は、まさに壇ノ浦を彷彿《ほうふつ》とさせる。あのときから、ずっと義経を追っていたのだろうか。そう思わせるほどの気迫で、平教経は和歌子に向かってきた。

『義……経……』

和歌子を義経だと思っているようだ。並みの武士には扱えぬ大太刀をかざし、和歌子へと迫った。

「ここじゃ戦えない……援護して！」

平日の昼間、住宅街での戦闘は避けたい。なんとか、静かで広い場所に出たかった。幸い、悪鬼は和歌子に狙いを定めている。逃げながら、どこかへ誘導したい。

「来い、牛渕！」

武嗣は心得ているとばかりに、和歌子の前に立った。両手を組みあわせて、和歌子の足場を作ってくれる。

和歌子は躊躇《ちゅうちょ》せず、武嗣の手に足をかけた。武嗣の腕に力がこもった瞬間、真上に向かって和歌子の身体が跳びあがる。さらに、下からふわりと押しあげられる感覚。静流が風を使って、和歌子を持ちあげたのだ。普段は言い争っているが、二人とも連携するタイミングでは息があう。

和歌子の身体は住宅地の向こうに広がる雑木林を飛び越えて、広場へとショートカットする。

難なく着地した場所は、永福寺《ようふく》跡だ。

源頼朝が鎌倉に建てた寺社の一つ。義経や藤原泰衡《やすひら》など、奥州合戦の戦没者の慰霊を目的に建立された。平泉の中尊寺《ちゅうそんじ》に圧倒され、それを模したと言われているが、現在は消失している。発掘調査が行われ、復元整備が進められていた。

和歌子は芝生に立ち、身構える。平教経は和歌子を追ってくるだろう。しかし、今ここに薄緑はない。あの悪鬼を鎮めることはできなかった。なんとか、途中で撒《ま》いて逃げなければ。

永福寺跡は公園になっている。芝生に覆われ、池に鴨が浮かぶ様はのどかで平和そのものだ。発掘調査成果の展示や、史跡紹介の立て看板は新しく、観光客向けである。

そんな広場に、淀《よど》んだ空気が立ち込めていた。悪鬼の影が風に運ばれるように、和歌子の目の前に集まってくる。やはり、この悪鬼は和歌子だけをピンポイントで追っているのだ。

『義……』

平教経の悪鬼は、変わらぬ形相を和歌子に向けていた。もはや、ここまでくると執着である。

和歌子は固唾《かたず》を呑《の》んで、一歩、二歩と後退《あとじさ》った。

「う……」

猪のごとく突進してくる悪鬼を、和歌子はすれすれでかわす。ふりおろされる太刀の風圧を直《じか》に感じた。和歌子に得物はないので、避《よ》ける以外に対応ができない。

「牛渕、伏せろ！」

追いついた武嗣の声がする。

和歌子は余計なことを考えず、低く身を屈《かが》めた。

大太刀をふりあげる悪鬼。その真横から、大きな岩が横殴りに叩《たた》きつけられた。いったい、どこから持ってきて投げつけたのかとツッコミたくなるが、和歌子は池のそばまで跳び、いったん悪鬼との距離をとる。

「大丈夫？　和歌子」

駆けつけた静流が和歌子を気づかってくれる。

「うん……」

大丈夫と答えたかったが、思っていたよりも疲労を感じていた。和歌子は静流の身体に、寄りかかってしまう。

体力がついたとはいえ、去年に比べての話だ。それに、平教経の悪鬼から放たれる闘志に、和歌子は気圧《けお》されていた。

和歌子は、本物の戦さを知らない。大鎧をまとった荒武者たちが刃を交わす空気など、間近で味わったことがなかった。

普通の悪鬼とは違う。

「はッ！」

和歌子の代わりに、武嗣が悪鬼に向かう。刃をかわして悪鬼の動きを封じ、柔道の型でねじ伏せていた。

「がんばってるね」

唐突に聞こえたのは、歌っているような声だった。

その声に反応して、武嗣に猛突進をくり返していた悪鬼の動きが止まる。

「子供……？」

ふり向くと、小学生くらいの子供がこちらへ歩いてくるところだった。人形と見紛《みまが》うほど白い肌に、整った目鼻立ちは人間味が薄い。亡霊のような雰囲気をまとっているが、生きた人間であるのはたしかだった。

「子供扱いしてくれるな」

少女と間違えそうだが、声音は少年のものだった。だが、見目に反する威圧感と老獪《ろうかい》さが垣間《かいま》見える。

和歌子はなにも言い返せぬまま、固唾を呑んだ。知らぬ間に、背筋を汗が流れている。

「って、この姿じゃ仕方がないよね」

少年は一転して、無邪気な笑みで肩を竦《すく》める。

けれども、和歌子の視線は彼のうしろに吸い寄せられた。

「安貴君……！」

少年について歩いていたのは、安貴だった。うつむいたまま、和歌子と目をあわせようともしない。

「気安く呼ぶなよ、牛若《うしわか》」

牛若丸《うしわかまる》は、義経の幼名だ。なぜ、わざわざその名で呼ばれるのか、和歌子には意図が読めなかった。

少年は口角をつりあげ、腰に手を当てる。

「お前が幼子のころに、見たきりだったからな。まさか、常磐《ときわ》の子が、我が一門の脅威となろうとは。頼朝とともに、殺しておけばよかった」

口ぶりから、彼も前世の関係者だとわかる。そして、義経に対して、このような話をする人物と言えば、自《おの》ずと絞れてきた。

義経の記憶にもないほど幼いころ。牛若丸と名づけられ、鞍馬寺に預けられる前——。

「平清盛《きよもり》」

和歌子が言い当てると、少年は「そうだ」とばかりに笑みで返した。

平家一門の栄華を誇った男。武士でありながら太政大臣《だじょうだいじん》の地位へとのぼりつめた人物だ。鎌倉幕府を開き、武士社会の礎となったのが源頼朝であった。が、平清盛は間違いなく、武士の世を拓《ひら》いた男だ。

源平の戦いの最中《さなか》、病に倒れ、亡くなっている。彼が存命であったなら、滅びゆく平家の命運も変わったのではないか。

「今は平森清海《ひらもりきよみ》、十歳だよ」

と、清海はわざとらしく子供っぽい自己紹介をしてみせた。見目のせいか、そちらのほうが板についている。

「そして、こちらは」

次に清海は、うしろにいる安貴を示した。安貴はビクリと肩を震わせ、背を丸めてしまう。

「言仁様――安徳《あんとく》天皇と呼ぶほうが、通りがいい？」

安徳天皇。これは諡《おくりな》なので、後世での呼ばれ方だ。

壇ノ浦で、平家一門とともに入水した幼帝である。史上、最も幼く即位し、最も幼くして亡くなった。そして、戦場で命を落とした唯一の天皇だ。その魂が怨霊《おんりょう》とならぬよう、死後に「徳」の字が当てられている。

義経の眼前で海へと沈んだ帝だ。

安貴の前世を知った瞬間、彼が鎌倉や源氏を怖がっていた理由に納得がいった。安貴は和歌子を義経だと気づいてしまったのだ。正確には、義経ではないのだが……薄緑を使うところを見られたか、朝妃との会話でも聞かれたか。とにかく、辻褄《つじつま》があう。

「誤解を解いたほうがいいんじゃないの……？」

和歌子の耳元で、静流が囁《ささや》く。和歌子は義経ではない。誤解を解けば、面倒から解放される可能性があった。安貴も怖がらなくなる。

「今は、清海君の目的が知りたい」

しかし、和歌子は清海の出方も見たかった。静流は反対と言いたげだったが、「和歌子がそう言うなら」と、渋々納得してくれる。

「提案したいことがあるんだよ」

平教経の悪鬼が、清海の傍らまで下がっていく。

「頼朝なんかより、ボクにつけよ」

清海の提案はシンプルだったが、和歌子にはなんのことか伝わらない。

「なんの話ですか」

「なにも聞いていないの？」

朝妃は和歌子と一緒に悪鬼を救いたいと言った。そのために、薄緑を求めて鎌倉へ来たのだ。そこに清海との関連は見出《みいだ》せない。

清海は面倒くさそうに息をつく。

「ボクの持つ小烏《こがらす》は、悪鬼を調伏《ちょうぶく》する」

こんな風に、と清海は太刀を見せつけた。

人形めいた少年の見目には相応《ふさわ》しくない太刀だ。刃《やいば》が太陽に反射して、ギラギラと光っていた。昼間なのでわかりにくいが、金色の光を帯びているのは薄緑や髭切と同じである。

清海が太刀をふると、黒い影が増えた。平教経の横に、別の悪鬼が並ぶ。こちらの顔には見覚えがなく、平家の雑兵みたいだった。本当に悪鬼を調伏し、意のままに操れるらしい。

小烏とは、平家に伝わる太刀である。一般的には壇ノ浦で平家とともに沈んだと言われていた。その後、伊勢《いせ》氏によって所蔵されていた小烏が徳川《とくがわ》家に献上され、現在は宮内庁の管轄に入っているはずだ。

牛渕神社にある薄緑が世間から認知されていないように、清海の小烏も本物が独自の変遷で現代まで伝わってきたのだろう。悪鬼を調伏する力というのも、和歌子は初耳なので、やはりそれぞれ所有者にのみ口承されてきたに違いない。

「そして、ここに御座《おわ》す帝は、草薙剣を体内に宿す特異な能力を持っている」

清海は背伸びして、安貴の肩に手を置いた。安貴は震えていて和歌子と目をあわせてくれない。だが、無理やり脅されているようにも見えなかった。安貴は彼の意思で、清海といるらしい。

「草薙剣……」

和歌子は眉間《みけん》にしわを寄せる。

それは壇ノ浦で失われた三種の神器だ。

八岐大蛇《やまたのおろち》より出でて、須佐之男命《すさのおのみこと》が天照大神《あまてらすおおみかみ》に献上したとされる神剣が、草薙剣である。のちに、天皇家の正統性を証明する神器となった。本物は熱田《あつた》神宮におさめられているが、形代を天皇家が代々受け継いでいる。

壇ノ浦で消えたのは形代だ。けれども、形代と言えど、天皇が天皇であると証明するためには必要である。失われたのは、朝廷、鎌倉双方にとっても痛手だった。

沈んだ草薙剣はいくら捜索しても見つけ出すことができていない。

それを、言仁の生まれ変わりである安貴が体内に宿している。にわかには信じ難い話だが、不思議と和歌子は受け入れていた。

「皇族と関わりの薄い源氏の諸君は知らなかっただろうけど……草薙剣には魂を呼び寄せる力がある」

「魂を？」

「そう。悪鬼でも、生まれ変わりでも……小烏とあわせれば、いろいろできると思わない？　そのために、ボクは草薙剣を探していたんだ」

清海がなにを言いたいのかわからず、和歌子は眉根《まゆね》を寄せた。清海は呆《あき》れたように肩を竦めながら、息をつく。

「たとえば、そうだねぇ。ここに平家一門を再び集結させる、とか」

「なに言ってるんです……？」

そんなことをして、なんの意味があるのか。もう武士の時代ではないし、朝廷に力はない。いまさら、平家の魂を呼び集めたところで、なにが成せる。

「わからない？　単純に力があれば、なんだってできると思うけど」

「悪鬼を使って政治家でも操ろうっていうんですか」

そんな馬鹿げたことを本気で言っているとは思えない。けれども、不可能とも言い切れなかった。悪鬼は人間にとって、得体の知れぬ脅威だ。科学が発達した現代でも、人々の生活を脅かすほどの力を持つ者もいる。意のままにできるなら、なおさらだ。

「頼朝は、ボクの邪魔をしたいみたいでさ。この小鳥を探して、鎌倉に来たんだよ」

清海は小石をつま先で蹴《け》りつつも、和歌子から視線を外さない。

朝妃はどうして、和歌子に清海の存在を言わなかったのだろう。彼女は薄緑で悪鬼を救いたくて、鎌倉へ来たと言っていた。

和歌子を騙《だま》しているとは思えない。少なくとも、和歌子には本当のことを言っていた
……いや、言っていなかっただけ。朝妃は、嘘をつかず、大事な情報を開示しなかったのではないか。

和歌子に隠していた理由は、本人に確認しなければ知りようもなかった。

「お前は頼朝に殺されたんだろう？　ボクの味方になったほうがいいんじゃない？」

清海は言葉を重ねた。彼はあくまでも、義経として和歌子に話しかけている。

あいにく、和歌子には頼朝への怨《うら》みはない。義経の生まれ変わりである圭仁にも、そ

の気持ちはなかった。だから、清海の提案は、そもそもお門違いである。

「お断りします。わたしには、前世とか関係ないので……どうして、今世をまっとうに生きようとしないんですか」

和歌子だって、記憶について悩んだ。でも、悪用したいなんて考えたこともない。これまで会ってきた人だって、みんなそうだ。

「お前に、ボクのなにがわかるっていうんだよ……」

和歌子が睨《にら》みつけると、清海はつまらなそうな表情を作る。

清海のうしろに立つ安貴は、ずっと沈黙していた。安貴は本当に、これでいいと思っているのだろうか。

「安貴君」

名前を呼ぶと、安貴がようやく顔をあげた。しかし、なにも返してくれない。不安げに瞳《ひとみ》を揺らすばかりで、和歌子になにも言わなかった。

すっかり心を閉ざしている。どうやって安貴に語りかければいいのか。言葉は無限にあるはずなのに、和歌子は選びとることができなかった。

「もういいよ」

清海は飽きたとでも言いたげにつぶやく。不貞腐《ふてくさ》れたように、池に巡らされた柵《さく》に身を預けた。

清海の手振りに呼応して、平教経の悪鬼が前に進み出る。

「和歌子」

静流は心配するが、和歌子も一歩踏み出す。少しは体力も回復した頃合いだ。まだ戦える。

だが、和歌子の進路を塞《ふさ》いだのは、武嗣だった。

「牛渕を巻き込まないでもらいたい。言浪も返してもらうぞ」

はっきりと言い放ち、武嗣は悪鬼の前に立つ。

「先生」

得物がなく、不利なのは武嗣も同じだ。しかし、彼のほうが体術に長《た》けている。力の強い平教経の相手として、和歌子より相性もいいだろう。

頭では理解している。ここは、武嗣にまかせるのが最適だ。たぶん、圭仁も同じ判断をする。

だから、きっと大丈夫。

「お前を守るのは俺の役目だよ」

肩越しにふり返り、武嗣が微笑する。頼もしくて、まぶしくて、つい甘えてしまいたくなる、いつもの表情だ。

「……気をつけて」

不安を押し殺しながら、和歌子にはそれしか言えなかった。

正直なところ、楽な戦いではない。

しかし、和歌子を背にした瞬間、武嗣から迷いは消える。必ず守るという、自らの決意と変じた。

＊　＊　＊

――今世は、牛渕和歌子を御守りする。


いつか約束した通りに、武嗣は今ここにいるのだ。

和歌子も戦えるだろうが、消耗が激しい。本人は強がっているけれど、平教経の悪鬼はそうとうに手強かった。悪鬼との戦いに慣れていても、これはどちらかというと対人戦に近い。それなら、今世でも対人の格闘技全般を修めた武嗣のほうが、使いものになる。

「ふ……！」

正面から向かってくる悪鬼の懐に入り、力を流すようにいなす。武嗣の身体は、武蔵坊弁慶であったころのように頑丈ではない。無闇に突っ込んで力比べするのは危険であった。

今世を生きるために身につけた術《すべ》だ。力は外へ流すように使う。

『……義……経』

悪鬼は未練がましく、かつての敵の名を呼んでいた。義経と戦えなかった壇ノ浦がよほど悔しかったと見える。

しかし、この悪鬼には可哀想だが、武嗣が滅ぼすしかない。和歌子と会う前は、ときどきこのようなこともしていた。

薄緑を用いず、悪鬼を目の前で救えなかったとき、和歌子はどのような顔をするだろうか。表には出さないかもしれないが、多少なりともショックを受けると思う。

だったら、なおさら、その役目は和歌子ではなく、武嗣が負うべきだ。

「…………ッ」

さっきから、攻撃が異様に左へ集まっている。一つひとつの攻撃は避《よ》けるのに苦労しないが……こちらが手負いなのを見抜かれているようだ。

昨晩、由比ヶ浜で静流を庇《かば》ったせいで、左腕に不調が残っていた。わずかに痛みがある程度だが、狙われると都合が悪い。

武嗣は史跡に立てられていた幟《のぼり》を引き抜いて構える。

「ぐ──」

けれども、急に悪鬼から放たれる打撃の力が増す。受け流したつもりが、幟は一撃で歪《ゆが》んでしまった。

後退しようにも、畳みかけるように斬撃《ざんげき》がおろされ、武嗣を追ってくる。太刀筋自体は見極めやすいが、一撃一撃が重く、鎧《よろい》があったとしても防ぎきれるか怪しいくらいだ。反撃しようと身体をひねり、曲がった幟の先を叩《たた》き込む。しかし、これは鎧についた大袖《おおそで》で防がれてしまった。

攻撃を流そうにも、流せない。重い攻撃をすべて受け止めなければならない。前世の体軀《たいく》なら、十二分に対応できた。力比べで、弁慶が負けるはずがない。そう、自分で認めてしまっていた。今の武嗣は、前世・武蔵坊弁慶に劣る。あのころよりも精錬された剣術や体術も会得したし、優れた部分もある。なのに、前世ならできたことが、今世ではできない。

中途半端なのだ。

『ぅ゛ぅ゛……』

武嗣は悪鬼の腕を捕らえてひねる。けれども、逆に武嗣の足が地面から離れ、視界が反転した。力業で押し返され、地面に叩きつけられてしまったのだ。

「ッつ……」

早く体勢を立てなおさなければ。しかし、受け身をとれなかった。すぐに頭があがらず、意識が飛びかける。

前髪が乱暴につかまれ、後頭部が地面に数回打ちつけられた。鈍い声でうなるのみで、身体に力が入らない。打ち所が悪かったようだ。

悪鬼の右手で大太刀がギラリと光る。片手で扱えるような重量ではないはずだが、動作は軽かった。

刃《やいば》がふりあげられるのを、武嗣はぼんやりと見つめた。

「やめて！」

和歌子の声がした。

それ以上のことが頭に入らない。もう意識を保つので精一杯だった。

悪鬼の力が緩み、武嗣の頭が地面に落ちる。すぐ近くまで足音が聞こえ、誰かの影が陽射しを遮った。その腕につけたスマートウォッチが太陽に煌《きら》めき、武嗣はまぶしさで目を細める。

「牛渕――」

武嗣の傍らに立った和歌子は、わずかに微笑んでいた。

唇の形が言葉を刻む。

――ちょっと行ってきますね。

気のせい。そう片づけてしまえるほど、かすかなものだ。

けれども、武嗣にははっきりと読みとれた。

思わず手を伸ばすが、和歌子の視線は武嗣から外れる。

「承知 仕《つかまっ》った」

清海に向けて、和歌子が朗々と言い放つ。声に張りがあり、堂々とした立ち振る舞いだ。明らかに、いつもの和歌子ではない――義経を真似ているのだと、武嗣にもわかってしまった。

義経と偽るために――武嗣を庇うためだ。

和歌子はその場に跪《ひざまず》き、清海に頭をさげる。

「源九郎義経、平相国《へいしょうこく》清盛様にお味方します」

相国とは、太政大臣の唐名だ。官職に唐名を用いるのは、より敬った呼び方となる。

「牛渕……」

守るつもりだったのに。

負けたどころか、守られてしまった。

保てなくなっていく意識と、歩き去っていく足音。

武嗣は無意識に手を伸ばそうとする。

だが、その手がなにかをつかむ前に、視界は闇に落ちた。

3

永福寺。今すぐに。

和歌子から圭仁へのメッセージは、短いものだった。いつも気を遣う性格の和歌子にしては珍しい。そして、返信をしても、電話をかけても、和歌子からの折り返しはなかった。

緊急性を感じて、圭仁は大学の講義を欠席した。こう見えても、出席率は悪くないので、多少サボったところで痛手はない。

和歌子の指定通りに永福寺跡へ行くと、武嗣が倒れていて驚いた。完全に意識はなく、頭から血まで流れている。呼吸や脈はあったものの、「なにか不測の事態があった」のは明らかだった。

ひとまず武嗣のために救急車を呼んだ。

「心配させてくれるじゃん」

病室のベッドに寝かされた武嗣に、圭仁はぼやいた。こちらの気など知らず、武嗣は寝息を立てている。無駄に可愛げのある寝顔が憎たらしい。

射し込む夕陽がわずらわしくて、圭仁は窓のブラインドをおろす。

スマホを確認しても、やはり和歌子からの連絡はなかった。既読もつかないので、そもそも、スマホを持ち歩いているのかさえ怪しい。こういうときは、静流お得意の追跡機能でも使いたくなる。

その静流も、同じく音沙汰《おとさた》がない。こちらのほうが妙だ。なにもなくても、日に数回はメッセージが入るし、日中だろうと深夜だろうと、スケートの練習中以外は数秒で返事があるのが常だった。この状態はありえない。

「ん……」

武嗣のまぶたが震える。

「やっと、起きた？　眠り姫かよ」

圭仁はわざと笑いかけながら、武嗣の顔をのぞき込む。武嗣は薄《うっす》ら開いた目で、ぼんやりと圭仁を数秒ながめていた。

「牛渕……！」

いないよ。どこ行ったか知らない？　そう聞き返そうとした圭仁の手首を、いきなり武嗣がつかんだ。

「牛渕、大丈夫か！」

「痛ッ。痛いって。先生さぁ、落ちつきなよ。オレは、どっからどう見ても和歌子ちゃんじゃないでしょ！」

混乱している。武嗣はしばらく、理解できないといった様子で圭仁の両手をつかみ続けていた。

「そんな馬鹿力でつかむんじゃありません！　折れる折れる折れる！　いてぇって！」

圭仁は武嗣を全力で押さえ込んだ。マトモに力比べをすればかなわないので、こちらも必死だ。

やがて、武嗣は状況を理解したのか、身体から力が抜けていく。ゆっくりと、圭仁の目を見た。

「落ちついた？」

ニッと唇の端を持ちあげると、武嗣は額に手を当てて項垂《うなだ》れた。

「見間違えた……」

「ガッカリする理由は、すげぇよくわかるけど、それはそれで癪《しゃく》なんだよな」

武嗣はようやく辺りを見回した。

「ここはどこです？」

「病院だよ。大したことはないから、起きたら帰れって……なにしたのさ？」

「牛渕は……？」

「いないってば。オレにも状況教えてくれない？」

武嗣はのろのろと上体を起こす。まだ目眩《めまい》がするのだろう。医者は脳しんとうだと言っていたが、検査に異常はなかったらしい。

「実は……」

武嗣から事情を聞いて、圭仁も具合が悪くなってくる。

湊本朝妃。頼朝の生まれ変わりを名乗る少女だけでも、割と面倒だ。そればかりか、今度は平清盛。しかも、天皇と一緒に沈んだ草薙剣まで。

「ごめん、ちょい情報量多いんだけど……」

それで、和歌子は武嗣を庇《かば》って、清海という少年について行ってしまった、と。静流もおそらく、和歌子と一緒だろう。

この一年で、和歌子も静流も、いくらか冷静に動けるようになった。無謀なことはしないと信じたい。が、無茶をする二人でもある。

「俺がついていながら、面目ない……」

武嗣が悔しそうに奥歯を嚙《か》んでいた。

本当に。お前がついていながら、なんでこんなことになってんだよ。口に出しそうになったが、やめておく配慮は圭仁にもある。

「しょうがないでしょ。聞いてる限り、手札もなかったみたいだし……オレがいたって、あんま結果は変わってなかったと思うよ」

気休めにしかならないだろうが、そう言っておく。

正直、圭仁なら——前世の九郎義経なら、なんとでもしただろう。武嗣に悪鬼の相手をさせている間に、無防備な者から殺せばいい。清海はわからないが、安貴のほうは楽に——そこまで考えて、「ないわー……」と、我ながらガッカリした。

すぐに、こういう思考をしてしまうのは、圭仁の駄目なところだ。現代に馴染《なじ》めていない。武嗣は「変わる必要がないものも、あると思いますよ」と言っていたけれど、自分にとっては嫌悪する部分だ。

和歌子に叱られてから、なにも変わっていない。結局、圭仁はこの時代の人間になりきれない。心底嫌になる。

だのに、朝妃に対しては……いやいや、あんま考えるな。圭仁は思考を振り払い、武嗣の肩に手をのせる。

「そんなに落ち込むなって。らしくねぇから」

武嗣がずっと思い詰めた表情なので、やりにくい。弁慶であったころは、もっと竹を割ったような気持ちのいい男だった。いや、こんなもんだったか。失敗したときは、半日くらいデカい肩を落としていた。やっぱ、顔のせいだな。顔が悪い。

「いや……」

不意に、武嗣が無駄にいい顔を圭仁に向けた。

「あなたにも、気を遣わせてしまったので」

「…………」

とっさに言い返せなかった。

なんだよ、つまんねぇ。結局、武嗣には圭仁がなにを考えているのか、筒抜けだった。それが昔みたいで、懐かしくもなってくる。

「和歌子ちゃんのことだけ心配してろよ……お嫁には、やらないけど」

現状、和歌子はどこにいるのかわからない。手がかりになりそうなものも、武嗣の情報からは得られなかった。

どうせなら、武嗣ではなく自分の居場所を教えてくれればよかったのに。あの局面で、怪我をした武嗣を案じてしまうのが、和歌子と圭仁の違いだ。けれども、それが彼女の好ましい性質でもある。

「邪魔をするよ」

気を張っていたつもりだったが、病室の前に人が立つ気配を感じとれなかった。

声を聞き、圭仁はとっさに立ちあがる。

今は、会いたくない人の声だ。

「入りづらい空気だが、入らぬわけにもいかないと思ってね」

湊本朝妃。

その姿を認めて、圭仁は露骨に顔を歪《ゆが》めた。

朝妃は遠慮なく病室内へと侵入する。病院には似つかわしくない長物の入った袋は、和弓と矢筒だ。弓袋《ゆぶくろ》が不自然に膨らんでいるのは、髭切も一緒に入れているからと見る。

「話は大方把握させてもらったが、盗み聞きするだけして帰るのも性にあわなくてね」

「……そうかよ」

目の前にいるのは、年下の女の子だ。けれども、饒舌《じょうぜつ》で冷静な物言いが、記憶の底に眠る頼朝と重なってしまう。全然違うはずなのに、否応《いやおう》なしに、彼女は兄であると、わからされていく。

会いたがってたんじゃないですか。和歌子にも、そう言われた。

そうだ。会いたかった。圭仁はどうしようもなく、この人に会いたかった。

なのに、いざ目の前にすると動けなくなっていた。素直に、前世のように笑っていられない。利用されるとわかっていても、無邪気に兄を慕えたころの純粋さが、圭仁には足りなかった。

言いたいことはたくさんあるのに、途端に言葉が引っ込んでしまう。

「全部知ってて、鎌倉に来たの？」

やっとしぼり出した圭仁の言葉は、思い描いていたものではなかった。だが、和歌子がいなくなった現在、少しでも情報が欲しい。想像以上に、冷静な問いかけをした自分に、内心で驚いていた。

「全部ではないよ」

返答はあっさりしていた。

「たしかに、私は小烏を探して鎌倉に入ったし、そのことを話していない。でも、薄緑を手にして悪鬼を救ってやりたかったのも本当のことだ。嘘はついていないよ」

平静を保とうとしていた圭仁の眉間《みけん》に、しわが刻まれていく。

「なんのために？　悪鬼を救ってやりたいなら、小烏は必要ないでしょ」

薄緑とは正反対の能力を持つ霊剣だ。朝妃の目的が言う通りなら、必要ない。

朝妃は一瞬だけ、圭仁から視線を外した。けれども、すぐに笑顔を作る。

「反対の力があるから、だよ。悪意を持って使えば危険な代物だ。手元にあるほうが安心だろう？」

朝妃の主張はシンプルだった。そして、目眩がするほど……頼朝が考えそうだと思う。

用意周到に、懸念材料は取り除く。疑う癖が身についており、把握できない事柄があると相手への不信感が増すのだ。

小烏を手に入れたのが平家の者なら……狙われるのは、自分の首級かもしれない。まったく現代的ではないが、頼朝という人間はそう考えるに違いなかった。だから、朝妃は自ら動いて小烏を探している。実際、小烏は平清盛の手に渡っているのだから、あながち、見当違いでもなかった。

「変わってないな。そういうとこ」

指摘すると、朝妃は目を伏せる。口元が笑っているが、それは自嘲《じちょう》の意だ。

「嫌になるよ。変わりたいんだがな、私は」

変わりたくても、変われない。そのもどかしさを、圭仁はよく知っている。いくら取り繕っても駄目だ。性根が前世の時代で止まっている。

「すまないな」

朝妃は圭仁と目をあわせないままだ。

「想定外だった。言浪安貴という存在が、そもそもイレギュラーだ。少なくとも、私は彼を認識できていなかった。それに、清盛の側に私が鎌倉に入ったことが知れていたのも、計算外だったんだ」

圭仁は口を挟まず、朝妃の説明を聞いた。いつもの余裕はなく、こうしていると普通の女の子に見えてしまう。こちらが責めている気分になってきた。

「私の持つ髭切は、霊剣をいくつか感知する。でも、絶対じゃない。鎌倉は髭切の反応が強かった。はっきりした所有者は不明だったから、引っ越して探すつもりだったんだ。それだけだよ……こんな不確定な話を、わざわざする必要はないと思っていた」

嘘はついていないようだ。朝妃は本当に、ここまでの情報しか持っていなかったのだろう。

「今回は、私の過失だ」

こんな顔の朝妃を──頼朝を見たことがない。決して、弱さを表に出さない人だった。頭の隅で、「こんなの兄上じゃない」と否定したい気持ちがわいてくる。しかし、どうしようもなく、兄だと認めてしまう自分もいた。

「なんだよそれ……」

いっそ、裏切られたかった。利用されて、罵《ののし》りでもしてくれたら、こちらもあきらめがつくのだ。なのに、こんな姿を見せられたら……期待してしまう。

今度こそ、上手《うま》くやれるかもしれない。

もう期待なんてしたくないのに。

ああ、駄目だ。

やっぱり、この人が苦手だ。心底苦手だ。前世でもそうだった。向こうはこっちを信じちゃいないし、駒の一つだと思っている。そんなこと、義経だってわかっていた。そのうえで、「役に立ちたい」と思った。この人は、いつもそう。周りに、そう考えさせてしまうのだ。

生まれ変わっても同じ。

朝妃も、圭仁も――。

「失礼するよ」

シンと、病室が気まずく静まり返る中。

扉がゆっくりと開いた。

医者や看護師ではない。仕立てがいい三つ揃いのスーツをまとった男が、病室に踏み込んできた。足が長く見えるのは、スーツのせいか、スタイルがいいからか。

「やあ、九郎、武蔵坊。二人とも久しぶりだね」

年の頃は三十代前半。高そうなスーツに身を包んでいるが、妙に親密な雰囲気を醸し出している。このような男と親しくした覚えはない。だが、口ぶりから彼も前世の関係者だとわかった。

男は両手を広げて、満面の笑みだ。ハグでも待っているようだった。

「あれ？　なんだなんだ？　反応が薄いじゃないか。感動の再会なのに。盛りあげてくれないと困るよ」

返答に迷っていると、男は勝手に落胆して肩を竦《すく》める。

朝妃や武嗣たちは、初見でも割とすぐに直感した。前世で縁深かった者ほど、圭仁の第六感はよく働いてくれる。男についても、「どこかで会った気がする」程度の予感だけはしていた。

だが、該当する人間が思い浮かばない。強いて言えば、誰にでも馴《な》れ馴れしい距離感が……。

「わかった、叔父上《おじ》か」

源行家《ゆきいえ》。義経の叔父である。朝廷との繋《つな》がりが強く、源氏の各陣営に自らを売り込んで渡り歩いていた八方美人だ。しかしながら、戦さの才は皆無で、手を組んだ陣営は、尽《ことごと》く没落している。

「違うよ」

行家でもないのか。いよいよ、圭仁は答えがわからなかった。こんなことも、あるのだなと不思議だ。とはいえ、武嗣も安貴に気づかなかったらしいし、前世での関わり方や、今世の性格にもよるのかもしれない。

「まずは名乗ったらどうなんだ。お前は、たぶん前世の面影が消し飛んでいるタイプだろう？」

朝妃《あき》が呆れた様子で助言している。

「僕は九郎の親みたいなものだよ？　さすがに、わかるはずだ」

「わかってもらえなかったじゃないか」

「なんでだろうね」

「当然だと思うが……」

男は仕方がなさそうに、胸ポケットから名刺入れを出す。

「はじめまして、奥津秀次《おくつしゅうじ》です。朝妃の親をしています」

「ただの同居人だ」

朝妃の訂正など気にせず、奥津秀次と名乗る男は圭仁と武嗣に名刺を渡した。

まあ、朝妃と同居しているということは、鎌倉方の人間だろう。北条や比企《ひき》辺りの面子が妥当だな。名刺を受けとりながら、圭仁は薄《うっす》ら考えた。

「前世での名前は、藤原秀衡」

奥津は胸を張りながら、ウインクなどしてみせた。が、その仕草と、名前から導き出される人物像が一致せず、圭仁は目を丸くした。

「はい？　なんて？」

念のために聞き返すと、奥津は腰に手を当てた。

「平泉の御館《みたち》だよ。再会のハグでもするかい？」

「マジか……」

藤原秀衡。奥州藤原氏の三代目だ。

記憶に残る秀衡は……奥州の覇者に相応《ふさわ》しい威厳と風格を持ちあわせていた。ただ座っているだけで存在感があり、義経も自然と姿勢が改まったものだ。多くのことを教わり、学ばせてもらった恩人でもある。

「ほら、九郎。ハグしよう」

「しねぇよ！」

厳格な人で、あまり笑っていた記憶はない。愛想がいい奥津のイメージとは真逆だ。ハグを迫ってくることも、絶対になかった。

「なんで兄上と同居してんだよ。意味わかんねぇー！」

「まあまあ。細かいことは、追々話すとしようじゃないか」

奥津はマイペースな態度で、圭仁の指摘をサラリと流す。

ふふん、と言いたげに、奥津は両手でジャケットをパシッと鳴らしながら整えた。スタイルがいいので、なかなか様になっているが、得意げな表情が絶妙に苛立《いらだ》ちを誘う。

四幕目　都に留まる

1

遠くの空に、薄く雲がかかっていた。

沈みゆく西日を中心に、赤い羽衣が広がっているかのような夕紅《ゆうくれない》だ。飼い犬の鳴き声が、どこからともなく響いている。

「和歌子、大丈夫？」

不意に立ち止まった和歌子に、静流が囁《ささや》いた。

前を歩くのは、平清盛の生まれ変わりと名乗る清海。そのうしろを、安貴がひかえめについていく。安貴はチラチラと和歌子たちをふり返るものの、話しかけてこなかった。

平教経の悪鬼の姿は見えないが、和歌子や静流が逃げようとすれば、きっと追ってくるのだろう。

倒れる武嗣の姿が、頭から離れない。

和歌子のせいだ。あの場を武嗣一人にまかせたのは、和歌子の判断。なのに、悪鬼に組み伏せられ、頭から血を流す武嗣を見て、和歌子は居ても立ってもいられなかった。武嗣をこれ以上傷つけたくなくて、和歌子は清海の前に出た。

——お前を守るのは俺の役目だよ。


頼もしく笑う武嗣の顔に、安心する自分がいた。

大丈夫だという根拠などないのに。

きっと、義経、いや、圭仁だったら、和歌子と違う動きをしていただろう。

悪鬼退治をはじめたころは、冷静さを欠いて、なにも考えられなくなることも多かった。しかし、今は正常な判断がそれなりにできるようになった……そう思っていたのに、和歌子は肝心なところで間違えた。

圭仁にメッセージは送ったが、武嗣は助け出されただろうか。スマホは清海に渡すように言われてしまい、確かめる術《すべ》がない。

「うん、平気。静流君こそ、つきあわせちゃってごめん」

和歌子は可能な限り、いつも通りの笑みを静流に返す。

すると、静流は若干不機嫌そうに口を歪《ゆが》めた。

「平気じゃないよね……どうせ先生のこと考えてたくせに」

見抜かれていた。気づくと、無意識のうちに左手のスマートウォッチに触れている。和歌子は、慌てて両手をうしろに回した。

どう言い返すべきか悩んでいると、静流は息をつきながら肩をすくめる。

「心配するなって言っても、無理なのはわかってるよ。和歌子がそういう子なのは、理解してるから。でも、和歌子のせいじゃないよ」

「静流君」

「先生のこと考えてるって思うと、正直、気分悪いんだけどさ」

「考えてるって言っても、純粋に心配してるだけだよ？　怪我してたし……」

「わかってるよ。僕だって、別に本気で死ねばいいとか、ちょっとしか思ってないし」

「ちょっとは思ってるんだ……」

「当たり前だよ。和歌子にこんな顔をさせてるんだから。結構、怒っているよ」

静流は、和歌子の手にそっと触れる。

「和歌子」

長くて繊細な指先が綺麗《きれい》で、思わず見入ってしまう。真剣な顔は、氷上で演技をするときの雰囲気に近いかもしれない。

「僕が守るから」

夜みたいに黒い双眸《そうぼう》は、和歌子だけをとらえている。直球すぎる言葉が、耳から入り込み、身体の芯《しん》を震わせた。

「そのために、僕はここまで来た」

仕方なく和歌子につきあったわけじゃない。和歌子を守るために、来たのだ。

改めて言われると、むず痒《がゆ》い。

同時に、守ってくれると言った武嗣の姿が脳裏を離れない。また誰かが、あんな目に遭うのは嫌だ。けれども、それを恐れて静流を拒むのは、違う気がする。

「嬉《うれ》しいけど……守るなんて、言わないでほしいんだよ」

和歌子は少し目を伏せて、呼吸を整える。

「一緒に戦ってくれたら、それがいいな」

和歌子は、守ってほしいわけではない。

自分の生きたいように生きる。決めたからには、守られているわけにはいかないのだ。

けれども、こうして手をとってくれる静流の気持ちは心強い。

静流は微笑みながら、和歌子の手を強くにぎった。

「ありがとう、和歌子……でも、できれば僕の家でぬくぬくと甘やかされて一生を過ごしてくれるのが、一番いいかな」

「だから、甘やかされたくないって」

「専用のジムも作るよ。プールや競技場も用意するから、運動不足の心配はない。栄養管理もサポートする。でも、和歌子ならぽっちゃりしても、僕は大丈夫」

「話を勝手に進めないでよ」

わざとなのか、天然なのか、いつもの調子に戻されてしまう。静流は、和歌子の手をにぎったまま、満足げに隣を歩いた。

「仲がいいのは結構だけど、マンション内は静かにしてくれる？」

不意に、清海が気怠《けだる》げな声をあげた。

住宅街をしばらく行ったすえに辿《たど》り着いたのは、高そうなマンションだった。

エントランスは、壁一面がガラス張りで、よく整備された日本庭園がながめられる。ソファーの置かれたラウンジや、ワークスペースまであって、高級ホテルみたいで緊張した。和歌子はマンション暮らしをしたことがないが、かなりいい住居であると察する。

部屋は六階。廊下を奥まで進んだところだ。高層マンションではない代わりに、敷地が横に広い。竹をモチーフにした壁がお洒落《しゃれ》で、デザイン性を感じた。

清海は無言で鍵《かぎ》を開けて、中に入る。

「ここに……住んでいるんですか？」

部屋は暗かったが、散らかっているのだけはわかる。ゴミ袋やダンボールが積み上がり、本来の間取りが不明だ。

「そうだよ。ボクの家……安心してよ。両親とか、そういうのはいないから」

清海は子供らしい声で言いながら、玄関のゴミ袋を飛び越えた。

「お、お邪魔します……」

安貴がボソボソとつぶやきながら続くので、和歌子も靴を脱いで中へ入った。静流はしばらく、露骨に表情を歪めながら玄関に立っていたが、やがて、履き物をそろえてあがる。

清海が電気をつけると、散らかりぶりがより明らかになった。それでも、リビングやキッチンなど、生活に必要最低限のスペースは確保されており、本当に彼がここで暮らしているのがうかがえる。他にも数部屋あり、とても独りで暮らしているとは思えない広さだった。

「両親がいないって？」

問いを投げたのは静流だった。

清海はゴミの山を足で蹴《け》りながら、四人が座れる程度の空間を確保する。

「言葉通りの意味だよ。この家には、帰ってこない」

革のソファーに胡座《あぐら》をかき、清海はニコッと笑った。

「父親は、関西の政治家でね。ボクがいると困るから、こんなところに住まわされているんだ。母親は気がついたら、寄りつかなくなってた。父と結婚してもらえなくて、よほど不服だったらしい。育児放棄《ネグレクト》っていうんだよね、今は。でもまあ、お金は毎月送られてくるし、ボクは自由だから、気は楽だ」

淀《よど》みなくスラスラと語られたが、その身の上は「普通」とは言えなかった。安貴とは別種の異常性を感じてしまう。和歌子だって、親と上手《うま》くいっているわけではないので、なにか言える筋合いはないかもしれないが……。

「もしかして、同情でもしてる?」

見透かすようなタイミングで、清海が問う。和歌子はなにも言い返せず、黙り込むしかなかった。

「まあ、座ってよ」

清海は傍らに置かれたレジ袋から、スナック菓子をいくつか取り出す。まるで、子供のお菓子会だ。

和歌子は、清海の正面に相対するように腰をおろした。義経らしく座ると、胡座《あぐら》になるので、ここはスカートを気にして正座する。

「平相国様」

「んー……清海でいいや」

畏《かしこ》まる和歌子に、清海は苦笑いした。和歌子もそのほうがやりやすい。慣れない口調で話していると、そのうちボロも出そうだ。

「小烏は、どこで手に入れたんですか」

刀剣など、十歳の子供が買えるはずもない。薄緑のように、神社などの施設で保管されているものでもなさそうだ。

「隠し場所があったんだ。有事の際は、そこに宝物をおさめる決まりになっていた。行ったら、平家の財宝がそのまま残っていたよ。案外、発掘されないものだね。教経を拾ったのも、そこだ」

なるほど、辻褄《つじつま》があう。現代まで発掘されない隠し場所は気になるが、平家の宝刀なら、秘されていても不思議ではない。徳川埋蔵金のようなものだ。

「清海君は、この先どうするつもりなんですか？」

安貴は亡者たちの魂を呼ぶ力、そして、清海は悪鬼を調伏《ちょうぶく》する力を持っている。二つの能力を使って、彼は平家一門を復活させると言った。可能かもしれないが、そこに清海の目的がなにも見えなかった。

「どうすると思う？」

逆に問われて、和歌子は戸惑う。

平家物語によると、清盛は死の間際に、「頼朝の首級を我が墓前に供えよ」と遺言したらしい。それに従い、平家の棟梁《とうりょう》となった平宗盛《むねもり》は、源氏との徹底抗戦を貫き通した。

もう生まれ変わっている。前世の悲願など、和歌子にはどうだっていい。しかし、そうではない者はいる。静流だって、和歌子と出会うまでは、義経を追い求めて生きてきた。圭仁も、前世と同じ人生をやり直したくて、後悔し続けている。

「いまさら、頼朝公の首級を狙っても……意味はないと思いますけど」

正直なところを述べた。

源頼朝も、湊本朝妃として転生している。だが、もう別の人生だ。前世の怨《うら》みを晴らしても、なんの価値もない。

ただ、当時は親や主《あるじ》の敵討ちが称賛された時代でもある。義経だって、父親が討たれたのは物心つく前だったにもかかわらず、平家への復讐《ふくしゅう》心を燃やし続けていた。だから、完全に否定もできない価値観だ。

「心残りの一つではあるから、それも面白いんだよね」

清海はポテトチップスの袋を開封し、口に放り込んでいる。

肯定はしているが、心が入っていない。しかし、満更でもなさそうだ。本心を隠した話し方は気味が悪かった。

「わたしは、なにをすればいいんでしょうか」

味方をしろと言われたって、目的がなければ動きようがない。和歌子がここにいる意味がなくなってしまう。

「頼朝は、小鳥がよほど欲しいようだ。昨日の晩も、ボクを探していたらしい。お前はボクを守ってくれればいい」

たしかに、朝妃は昨夜、約束の時間に遅れてきた。なにかを「探していた」とだけ聞いており、辻褄があう。

「朝妃さんは話せばわかる人だと思います。目的を明かして交渉すれば、無理やり奪おうとしないはずですが……」

「お前の前世では、そうだったの？」

清海に問われて、和歌子はとっさに返せなかった。朝妃だって、変わろうとしている。しかし、実際に彼女は大事なことを和歌子に告げていなかった。どういうつもりなのか、確かめてみないと、なんとも言えない。

「ボクの邪魔はさせない。お前は、ただ従えばいいんだよ」

清海は一方的に要求を押しつけて、和歌子を睨《にら》んだ。

腹の探り合いは、得意分野ではない。これ以上、和歌子には上手く情報を引き出せる自信がなかった。

「そんなことより、なにか食べる？」

清海は不毛な会話を打ち切り、再びレジ袋を探る。

「出前でもいいんだけど」

そう言いながら出したのは、インスタントの袋麺《めん》やパックのごはんなどだった。

和歌子もおなかは空《す》いている。ただ、散らかった部屋と、インスタント食品を前にしても、あまり食欲はわかなかった。

「買い物に出るのは？」

聞いたのは静流だった。

「いいと思ってる？」

そこまでは信用していないと言いたげに、清海はばっさりと却下した。静流は不服そうに口を曲げる。

「栄養が偏ってる……」

清海に渡されたラインナップを見て、静流の機嫌がますます悪くなった。食事に気を遣う静流にとっては、不満な内容かもしれない。和歌子たちと外食するときも、静流は一日の栄養素を計算していた。

「静流君、今日のところは我慢して……出前なら、メニュー選べるよ」

ここでは、あまり我を通すべきではない。和歌子は静流を宥《なだ》めようと声をかける。しかし、静流はそんな和歌子の横をすり抜けて、キッチンへ向かって歩く。

「冷蔵庫は？」

「どうぞ、ご勝手に」

清海の許可を得て、静流は制服のジャケットを脱いで冷蔵庫を開けた。シャツ一枚になると、身体の細さとしなやかさがよくわかる。ジャケットを脱ぐだけの動作ひとつとっても美しかった。

「子供が既製品ばかり食べてちゃ駄目だ。僕が作ってやるよ」

意外な申し出に、和歌子は目を瞬《まばた》かせた。

静流は、あいかわらず不機嫌なまま冷蔵庫を物色しはじめる。卵に冷凍野菜、瓶詰めメンマ、チーズ……たいがい、インスタント食品にちょい足しする具材ばかりだった。それでも、文句を言いながら食材を選ぶ。

「静流君、わたしも手伝うよ」

和歌子も立ちあがる。

「結構だよ、和歌子は座ってて」

「いや、でも」

「和歌子には、仕事も家事もさせたくないんだ。僕のヒモなんだから」

「ヒモになった覚えはないんだよね」

「予行演習だと思って」

静流は和歌子に手伝わせてくれず、呆気《あっけ》なく、リビングに追い返された。

清海はリラックスしてソファーに寝転がっている。安貴は、硬い床に小さくなって膝《ひざ》を抱えていた。

「安貴君」

声をかけると、安貴は膝に顔を埋める。和歌子とは目をあわせてくれなかった。

彼は和歌子を義経だと勘違いして怖がっている。清海がいる以上、その誤解を今解くわけにもいかなかった。和歌子はあきらめて、安貴の隣に腰をおろす。

「怖い思いをさせてごめん」

「…………」

理由はどうあれ、安貴を怖がらせてしまった。謝罪は聞こえているはずだが、安貴は顔をあげようとしない。

「でも、安貴君を傷つけるようなことは、絶対しないから」

そう言うと、安貴の指がピクリと震えた。ゆっくりと顔をあげ、片目で和歌子の顔をうかがう。

和歌子は応《こた》えるように、まっすぐな視線を返した。

「…………」

安貴はまだ瞳《ひとみ》を揺らしながら戸惑っている。和歌子は決して視線をそらさず、見つめ続けた。

「できたよ。スペース空けてくれる?」

三十分もしないうちに、キッチンから静流の声がしたので、安貴はビクリと肩を震わせた。

和歌子は軽く返事をして、散らかったテーブルを片づける。

「ったく……冷蔵庫、ロクなものが入ってなかったよ」

そう言いながら、静流は大皿をドンッとテーブルに置いた。

こんもり盛られていたのは、そば飯だ。インスタント麺とごはんを使用したのだろう。シンプルだけれど、一手間加えることで印象がガラッと変わった。

「調理器具とお皿はあってよかったよ。ほこり被《かぶ》ってたけど」

お椀《わん》には、ほうれん草と卵のスープが入っていた。ふわりとあがる湯気が温かくて、気分を和ませてくれる。小鉢は、ブロッコリーの和《あ》え物だ。

「すごい……」

全部、袋麺の具材として買ってあったものだった。

「冷凍じゃなくて、生野菜も買いなさい」

静流は不機嫌そうに清海を睨みつける。口調がなぜか親目線……だけれど、世話好きの静御前の面影を感じる。義経がお酒ばかり飲んでいると、こうやって窘《たしな》められた。

清海はどこ吹く風といったように、箸《はし》をとる。

「ふうん……いいじゃないか。現代ってのは便利なものがいっぱいだし、インスタントだって企業努力というやつで美味《おい》しいんだから。最初は感動しちゃった」

清海は面白くなさそうな顔で、お椀に口をつけた。けれども、途端に動きが止まる。そして、すぐに二口三口と、箸を使ってかき込みはじめた。

和歌子も両手をあわせてから、料理をいただく。

「……美味しい」

思わず漏らしてしまう。

そば飯は、よく卵が絡んでいてパラパラだ。チーズが少し入っているおかげで、インスタントにはないコクもあるし、刻んだメンマの食感がアクセントになっている。

ほうれん草と卵のスープは、塩気が絶妙。とにかく卵がふわふわしていて、お店の中華スープみたいだった。浮いているごま油は、袋麺の付属品なのに、使い方次第でこんなにも味が変わるのかと、感心させられる。

「お弁当も美味しかったけど、温かいとほっとする……」

今日の昼食は、静流が勝手に作ってきたお弁当だった。だし巻き卵、からあげ、絹さや、プチトマトなど見た目も栄養バランスもとれていて、あのときも感動したけれど、温かいごはんをみんなで食べると、気分が変わる。

「どう？　僕に養われてみない？」

「養われたくはないけど……ごはんは美味《うま》しいかな」

悔しいけれど、和歌子よりも料理が上手い……ありあわせで、ここまできちんとした料理を作る自信はなかった。栄養面は完璧《かんぺき》ではないのかもしれないが、ちゃんと家庭の味がする。

安貴も、黙々と料理を食べていた。さっきよりも、表情がやわらかい。

「料理人は雇っているけど、うちは母が作る人でね。僕は母の料理が好きなんだ」

「お母さん、優しいんだね」

「うん、いい親だと思うよ」

いい親。優しい声音で言いながら、静流もごはんを食べる。

彼には和歌子の親子喧嘩《げんか》を見られてしまった。安貴や清海の事情も知っている。それらと比べれば、恵まれた環境で育っているのだろう。その自覚を持っているからこその、「いい親」なのだ。

お金があるばかりではなく、両親の愛情を受けている。きっと静流は、幸せだ。家庭環境や経済状況だけでは一概に言えないが、少なくとも、彼は自覚していた。

「顔についてるよ」

ふと、静流が清海へ身を乗り出す。そば飯をかき込んだせいか、頬に二つごはん粒がついている。

「放っておいてよ」

清海は恥ずかしがりながら目をそらす。静流は構わず、清海の頬についたごはん粒を取り除いた。

思わずクスリと笑ってしまう。

「美味しかっただろう？」

清海の皿は空っぽだ。静流はニヤリと意地悪な顔で、鼻を鳴らした。

「うるさいな」

清海は静流の手を払い、寂しげに目を伏せた。さきほど、家族について事もなげに語ったときとは表情が違う。

「こういうのは、久しぶり。昔はよく、一門で食事したんだけどさ」

清海の言う「昔」は今世の話ではない。前世――平家が栄えたころだ。

平家にあらずんば人にあらず。

清盛の義弟、平時忠《ときただ》の言葉だ。平家でなければ、出世も富もままならぬ。そんな者は、もはや人ではないという趣旨の発言である。平家一門の栄華と、同時に驕《おご》りをよく示している。

あの時代、平家一門ばかりが贔屓《ひいき》され、取り立てられていた。そこに反感を抱いた者たちが源氏を旗印に挙兵し、反乱を起こした。これが治承《じしょう》・寿永《じゅえい》の乱。俗に言う源平合戦だ。

盛者必衰の理《ことわり》をあらはす。驕れる人も久しからず。琵琶《びわ》法師たちが語り継いだ平家物語の一節である。

身内同士で殺しあう歴史を持つ源氏に対し、平家は一門の結束が固かった。大きく割れたのは保元《ほうげん》の乱で、勢力を二分して戦ったときくらいだ。壇ノ浦で果てるまで、平家は一蓮托生《いちれんたくしょう》であったと言える。

和歌子には、当時の記憶があるが、あくまでも源氏武者の一人で、平家を滅ぼした側の人間だった。清海が懐かしむ家族の光景なんて、直接見たことがない。それでも、今の清海の様子から、いい思い出だったのだろうと、想像だけはつく。

「前世の家族は、僕もよく思い出すよ」

静流も、やわらかな笑みを結ぶ。

「僕と一緒で、静も恵まれていたんだと思う。あの時代でも生きていけるように、舞を教える母がいたし、ちゃんと愛する人を見つけて、子まで授かれた」

白拍子、静御前は美しかっただけではない。母・磯禅師《いそのぜんじ》から芸をしっかりと教えられている。歌を詠む教養もあり、貴人の前でも堂々たる振る舞いであった。

「子供は殺されたし、最後は鎌倉を恨みながら病気で死んだけど……それまでの暮らしが幸せだったから。今でも、やっぱり思い出す。吹っ切るのは無理だよ」

今世の親には感謝しているが、前世の家族が大事なのも変わっていない。静流は両方の気持ちを認めながら、ここにいる。

「由比ヶ浜で静の子が悪鬼になっていたのを見てさ……どうして、って思った。他の女に宿った子は、ちゃんと今世に生まれ変わっているのに」

あいまいな言い方をしているが、郷御前の子――和歌子のことだ。

静御前の子は悪鬼となったが、一方の郷御前の子は生まれ変わっている。この差について考えてしまうのは、仕方がないのかもしれない。

郷御前は、自らではなく、子のやり直しをねがった。その結果、和歌子が義経の記憶を持って転生している。

「僕があの子の未来をねがわなかったから――」

「静流君」

それ以上は、言わないほうがいい。和歌子は無意識のうちに、静流の肩に触れていた。

「……違う」

突然、ポツリとつぶやいたのは、安貴だった。

ずっと沈黙していたのに、声を絞り出す。顔はうつむいたまま、身体の震えを必死で抑えていた。

「それは、ぼくのせい……だから」

安貴は自分の胸に手を当てた。

すると制服越しに、ほのかに金色の光が宿る。

薄緑や髭切と同じ……いや、もっと強い。不思議な輝きだった。

「草薙剣は眠っている亡者も呼んじゃって……その……本当は、悪鬼にならなくても……済むかもしれなくって……だから、きっとぼくが……ここにいるから……」

説明する安貴の声がどんどん小さくなっていく。それでも、必死に訴えていた。

「どこ行っても、いつもそうで……周りには気味悪がられるし……体調崩す人もいて……だから、ぼくが疫病神。ぼくのせい……」

身体の中で光っているのが草薙剣なのだろうか。魂を呼ぶ神剣。

それは亡者の魂を呼び起こし、悪鬼とする力もある。安貴には制御できなかったゆえに、怪異としてふりかかってしまった。

「ごめんなさい……由比君のこと……知らなくて」

ついに安貴の目から涙がこぼれ、土下座のように頭がさがっていく。和歌子はその背に触れるが、嗚咽《おえつ》が漏れるばかりだ。

「許さなかった」

安貴を見据える静流の声は、落ちついていた。だが、平坦《へいたん》で感情が読みにくい。

「和歌子に会う前の僕なら、許さなかったと思う。それどころか、薄緑で斬った和歌子のことも逆恨みしたかもね」

静流は続けながら、安貴の前に膝《ひざ》をついた。

ゆっくりと、安貴が顔をあげる。

「だけど、僕は静じゃないから」

京の白拍子でも、子を奪われた悲劇の女でもない。

「静と僕は違うって、わかってきたし、気持ちに折り合いもついてきたんだ。だから、あの悪鬼を見たときはショックだったけど……和歌子に斬ってもらって、安らかな顔をしていて、安心した。静は、あの子の泣き顔しか見たことなかったんだよ」

静流には穏やかな微笑が浮かんでいた。安貴を決して怨《うら》んでいない。大丈夫だと、言い聞かせている。

「前世の家族を思い出すって言ったけど、それはそれ。これはこれ。僕は由比静流だからね。もう静御前にはなれない」

出会ったころの静流とは違う。ずっと静のねがいに取り憑《つ》かれ、義経を求めていたころとは……。

不意に、静流が安貴から和歌子に視線を移す。

和歌子が静流を変えた。言葉はないが、そう言いたいのがわかる。

「でも」

静流は一言。短く区切って、スッと立ちあがった。

指先、足の先、全身のいたるところまで、気が張り巡らされている。髪の毛までもが、彼の意思を宿しているようだった。

スケートリンクに立つときのような——否、平安の都で舞う白拍子だ。

「今日だけは、かつての都を思い出しましょう」

まとっているのは、制服のシャツとネクタイ。現代の装いだ。

それなのに、水干を身につけた白拍子の姿が見える。指先の動きだけで、扇を広げたのだというのが伝わった。

たったそれだけの動作なのに、安貴は目を見開き固まってしまう。清海も、口を開けて呆《ほう》けた表情をしていた。

今だけ、平安末期の世へ帰ったかのようだ。

「遊びをせんとや生まれけむ　戯れせんとや生まれけん」

梁塵秘抄《りょうじんひしょう》におさめられている歌謡だ。当時歌われていた今様《いまよう》を後白河法皇が編纂《へんさん》した。

「遊ぶ子供の声聞けば　わが身さへこそ揺るがるれ」

歌いながらも、ゆったりと優雅な足運び。決して複雑な動作はしていないのに、自然と見入ってしまう。本当に、京の都で披露されていた白拍子の舞そのものだった。

すごい。

この一瞬で、静流は時間を巻き戻してしまった。実際にはマンションの一室なのに、すっかり宮中にいるような気持ちだ。

前世では幼かったとはいえ、安貴にとっても馴染《なじ》み深いものだろう。泣きそうな顔で、静流の舞を見つめていた。

清海も、口元が緩んでいる。彼も、贔屓にしていた白拍子を思い浮かべているのかもしれない。

ゆったりと、時間が流れる。

2

窓の外は、すっかりと陽が落ちていた。

星は見えないが、月が出ている。満月に朧《おぼろ》の雲がかかっていた。

春らしい月をながめ、前世の時代なら歌でも詠んだろう。だが、ここは雅《みやび》な京の都ではなく、電気もガスも通った現代のマンションである。

和歌子が外をながめていると、安貴が物憂げにこちらを見てきた。

「あの……牛渕さん……」

ひかえめな声に、和歌子は首を傾げる。

安貴はずいぶんと時間を使って、むずかしい顔で迷っていた。やがて、ソファーに胡座《あぐら》をかく清海をふり返る。

「少し……二人で話がしたいんだけど」

安貴からの提案に、和歌子は目を瞬《まばた》かせる。

清海は「ふむ」と顎《あご》に手を当てて数秒考えたが、右手を軽くあげる。すると、彼の背後に薄《うっす》らと武者姿の悪鬼が現れた。平教経だ。

「いいよ。寝室でも使って」

清海から、奥の部屋を示される。どうやら、悪鬼を見張りにつけるらしい。和歌子が逃げないための保険だ。

「寝室とか……」

ボソッとつぶやく静流の声が物騒な響きをはらんでいたが、和歌子は無視した。別に、
安貴とはどうこうならない。

寝室も散らかっていたが、リビングよりは足の踏み場がある。

和歌子は後ろ手で扉を閉めて、電気をつけた。平教経の悪鬼は、部屋の隅にたたずん
でいる。まるで彫像のようで気味悪いが、こちらに干渉するつもりはなさそうだ。

「座っていいよ」

和歌子は安貴に、ベッドを勧める。

椅子のうえにゴミ袋が置いてあったので、和歌子はそれをおろして座った。やや傾き
があるのは、椅子の脚についた緩衝材が一部外れているからだろう。

安貴はちょこんとベッドに腰かけ、和歌子を上目遣いで見る。

「話って？」

優しく問いかけると、安貴は唇をギュッと引き結んだ。だが、すぐに和歌子に視線を
戻す。

「牛渕さんは……本当に……源氏？」

嘘であってほしいとねがう目だった。懇願するように問われ、和歌子は言葉に詰まる。和歌子の前世は源義経ではない。しかし、彼の子であったというのは事実だし、嫡流には当たるだろう。

「そうだよ」

和歌子の返答に、安貴は肩を落とす。一縷《いちる》の望みが消えたようだ。

「ごめん。怖がらせてるのは知ってる」

和歌子は安貴の肩に手を伸ばした。身体が小刻みに震えていて、いつもよりか細く感じる。それでも、和歌子が手に力を込めると、少しずつ震えが消えていった。

「怖かった」

安貴は両手の拳《こぶし》を、ギュッとにぎりしめる。

「都を出たら、みんなが不安そうな顔ずっとしてて……怖いことが起こっているのだけは、わかってた。宗盛はぼくに、なにも見せないようにしていたけど……」

話がまとまっていないようだ。しかし、安貴は和歌子に伝えようと、必死で言葉を紡ぎ出していた。

「いつの間にか、いなくなる者もいた。戦さがなにかわからなかったけど、恐ろしい雰囲気だけは伝わってくるんだ……」

安貴の前世、安徳天皇は数奇な運命を辿《たど》った。悲劇を引き起こしたのは、平家と源氏の戦いだ。巻き込まれた安貴にとって、源氏は日常の破壊者でしかない。

普通の天皇として生まれていればよかったのかもしれない。平家の政の道具とならず、自らの意思で国を動かせる立場なら……いや、あの時代だ。平家が台頭せずとも、摂関家や院政の道具となっただろう。よほどの切れ者でなければ、宮中の闇に呑《の》まれる。

義経だって、後白河法皇によって、頼朝との仲を裂かれた。日《ひ》の本《もと》一の大天狗《おおてんぐ》と渡りあうには、並大抵の政治感覚では足りない。

動乱の時代。誰が悪かったと断じられない。そういう世の中だった。

「海は、怖かった。舟を出ると、矢がいっぱい刺さっていて……逃げたくて……」

安徳天皇は戦場で亡くなった唯一の天皇だ。宮中で生まれ育ち、なにも知らされずに連れ出された身には、衝撃的な光景だったに違いない。生まれ変わってからも、怖がっている理由は理解できる。

「海に落ちたあと、剣が光ったんだ」

安貴の胸に、金色の光が宿る。そのまま苦しそうに前のめりになるので、和歌子は思わず立ちあがった。が、安貴はそれを片手で制する。

やがて、安貴の胸に異物が現れた。制服のシャツは破れていない。なのに、肌をすり抜けるように、剣の柄《つか》が出現していた。

安貴は両手で柄を持ち、うめきながら引き抜く。

青銅製の剣だった。

金色の光が放たれる。神々しくて、触れるのもはばかられた。薄緑や髭切の光とは、やはり似て非なるものだ。

草薙剣。

壇ノ浦で消えた三種の神器である。

「やり直したいか、聞かれた」

義経たちと同じだ。金色の光に問われ、現代へ生まれ変わった。

「ぼくは……怖くて……」

暗い海の底へ沈んでいく身体。息苦しくて、朦朧《もうろう》とする意識。水面へあがろうにも、手足の動かし方がわからず、ただ下へ下へと落ちていくだけ。

幼い帝《みかど》は、すがりつくように剣へ手を伸ばした。

「ここから助かりたい。独りになりたくない。そばにいて……って祈った」

安貴は草薙剣を見おろした。柄をにぎる手つきが覚束《おぼつか》ない。その身に剣を宿しているが、扱い方などわかっていないのだ。

光には脈動があった。まるで、生きているみたいで、和歌子は息をするのも忘れて見入っていた。

平泉で郷御前の魂が見せた記憶が思い出される。彼女が自分ではなく、子の未来をねがった瞬間……金色の光は、薄緑のものだと思っていた。

しかし、今、目の前にして確信する。

草薙剣だ。この神剣には、魂を呼び寄せる力がある。独りになりたくないという帝のねがいを叶《かな》えて、周りの人間も引き込んだのかもしれない。選別の基準はわからないが、そう直感した。

「ぼくは、全然駄目……せっかく、剣がやり直させてくれたのに、上手《うま》く生きられなくて……力だって使いこなせないから、みんなを不幸にしちゃって……やっと、牛渕さんと友達になれて嬉《うれ》しかった」

前世の記憶と言っても、数え八歳で亡くなった帝だ。今世で役立つ知識ではない。それればかりか、なにもかも様変わりした世界は、安貴にとって生きにくかっただろう。草薙剣の力も制御できないなら、なおさらだ。

「由比ヶ浜で、牛渕さんが源氏の大将と同じ刀を持ってて、怖くなって……でも、さっき……由比君の話も聞いて、怖い人ばかりじゃないってわかったから……」

「それで、こんな話をしてくれているんだね」

和歌子が優しく笑いかけると、安貴は何度もうなずいた。頰には大粒の涙がいくつも伝い、表情もボロボロだ。

「どうしたらいいか、わからない」

安貴は草薙剣を傍らに置き、和歌子の手をにぎりしめる。ぎゅうぎゅうと締めつける強さが、彼の心の痛みに感じられた。

「ごめんなさい。先生が……ぼく、止められなかった」

武嗣の話を出されて、和歌子の表情も暗くなってしまう。

あのとき安貴は清海のうしろで震えていた。和歌子が清海に従わなかったら、武嗣はそのまま死んでいたかもしれない。

　止めなければならないという判断はできていたのだ。安貴は、今の状況をよくないと思っている。

「ぼくなんかじゃ……」

「あんまり自分を卑下しないで」

　和歌子は安貴の手をにぎり返した。

「わたしも、安貴君と一緒だよ。前世の記憶があるせいで、親と上手くいってなくて……小学校と中学校は、千葉に行かされてたの。普通じゃないから……今でも、ギクシャクしちゃって駄目なんだ。一緒に住んでても、ゆっくり話したことなんてない」

　あえて、なんでもないことみたいに言ってみせる。すると、なんの解決もしていないのに、心が少し軽くなった。

「ときどき、わたしのことをあきらめたような顔で見てくるの。それが、すごく嫌で……近づきたくなくて、逃げちゃうんだ。普通じゃないところ、見せたくなくて。でも、ずっと逃げてるから駄目なのかも、って本当はわかってる」

　和歌子を見る聡史の目が嫌いだ。けれども、最初からそうではなかったのも、知っている。幼いころは、子供らしくない和歌子を心配していたのかもしれない。だが、応《こた》えられない。だんだん普通ではない自分を見せるのが怖くて、気がつくと、和歌子のほうから避けるようになっていた。

「同じだよ。わたしも、上手く生きられない……安貴君の悩みに比べたら、軽いんだけどね」

安貴が信じられないと言いたげに和歌子を見ている。

普通になりたいと思って、親の顔色をうかがっていた。だから、安貴と同じだし……

安貴には自分を卑下してほしくない。

「わたしは、絶対に安貴君の味方」

和歌子は安貴の前に跪《ひざまず》き、目をしっかりとあわせた。

「でも、最終的にどうしたいかは、安貴君が決めて」

「え？」

安貴の味方でいたいと思っている。目の前で悩んでいる友達を助けてあげたい。

しかし、和歌子ができるのは手伝いだけだ。

「安貴君は、安貴君の人生を生きるんだから。他人に決めてもらうんじゃなくて、自分で選んでほしい。そうじゃないと、後悔すると思う」

安貴は、和歌子の顔を見ながら放心している。和歌子は安貴の手を強く強くにぎりながら、まっすぐに言葉を紡いだ。

「わたしは、安貴君を手伝うだけ。安貴君の剣にはなれるけど、安貴君にはなれない」

「ぼくが……」

安貴は再び、和歌子と繋《つな》いだ手に力を込めた。

弱々しくすがりつくのではなく、迷いながらも、前を向いて。

そして、和歌子のほうへと身を傾けた。

「聞いてほしいことがあるんだけど」

耳を貸してという意味だ。

和歌子は一度、部屋の隅にいる悪鬼を確認した。とくに反応を示しておらず、秘密の話をしても問題なさそうだ。

和歌子は、そっと安貴に耳を傾けた。

「実は――」

安貴は、和歌子にだけ聞こえる声で、続きを話した。

＊　＊　＊

和歌子と安貴が席を外して、しばらく。

静流が食器を片づけてキッチンから戻ると、清海はソファーに寝転びながらテレビを見ていた。

静流は軽く息をつき、清海を見おろす。

「君、学校行ってるの?」

「子供扱いするなよ。白拍子風情が」

清海は、気持ちの入らない返事をする。

「今はただの高校生で、君より年上だよ。ちょっとスケートが上手くて顔がいいだけ」

「顔がいいって、自分で言っちゃうんだ」

余計な好意を受けとりたくないので、自覚せざるを得ないだけだ。

「キッチン、いろいろ漁《あさ》ったけど」

「もういいよ。インスタントだって美味《おい》しいから」

「そうじゃない。いや、それもあるけど」

この家のキッチンには、一通りの調理器具がそろっていた。

お皿も、だいたい三組ずつ食器棚におさめてある。調味料は古いが、それなりにいいものばかりだった。

部屋数も多くて、とても一人で暮らすために借りたとは思えない。

「ボクの母は馬鹿なんだよ」

静流が言わんとすることを察したのか、清海は興味なげにポテトチップスを口に入れている。

「この部屋で、父と三人で暮らせると思ってたみたいだ。本気で……実際は、隠し子なんて知られたくないから、厄介払いされただけなのにさ。毎日毎日、来もしない父を待ってたよ」

淡々とした口調で、感情がまったく読みとれない。しかし、わざとそういう調子で話しているのだというのも伝わった。

「そのうち悟って、出ていっちゃったけどさ。新しい男ができたらしい」

もうこの家は用なしだ。用なしの部屋に、邪魔者の清海が住んでいる。

「答えが聞けて、満足?」

「まあ……」

知りたかった答えはもらえた。だが、いまいち静流の中で呑《の》み込めないでいる。

「薄情だな。君の親は」

「そうでしょ?」

清海は冗談っぽくかわしたが、静流は本気で言っていた。

静流は汚い部屋をしばらくながめ、浅く息を吸う。長く息を吐いて、肺が空になったらゆっくりと立ちあがる。そして、清海の傍らに置いてあったスーパーの袋を拾った。散らかったゴミを入れていく。

いきなり掃除をはじめた静流を、清海は横目でチラと見る。だが、それだけでなにも言わなかった。

3

未《いま》だに後頭部が痛むものの、大した負傷ではない。

武嗣は前からうしろへと流れていく車の景色を見つめながら、遠い記憶を思い起こしていた。蔵慶武嗣ではなく、武蔵坊弁慶として生きていたころのものだ。

当時の暮らしは、すでにない。八百年以上の月日が流れ、社会も人々もなにもかもが様変わりしている。なのに、自分たちはこうして生まれ変わって、二度目の人生を送っていた。

かつて自分が仕えた主《あるじ》の生まれ変わりは、隣で窓ガラスに頭を押しつけている。街灯の明かりが、不機嫌そうな顔を照らしていた。

「車酔いですか」

「違うわ。なんだよその、よくわかんねぇ気遣い。いまさら不器用キャラか」

声をかけると、圭仁は心底うんざりした態度で返してくる。一応、元気がありそうだったので、武嗣は安心した。その顔がまた気に入らなかったのか、圭仁はさらに口を曲げていく。

「九郎……じゃなくて、圭仁だったかな。あいかわらず、活《い》きがいいね」

「人を魚みたいに言ってくれるなよ？」

運転席で、奥津秀次が笑っている。

藤原秀衡であったと名乗る男だ。秀衡にしては、物腰がやわらかすぎる。というより、威厳が消えていた。奥州の覇者として君臨していた前世の印象とは離れてしまっている。

「世の中、すっかり変わってしまったけど、僕はなるべく変わりたくないんだよね」

「どこがだよ。この中で、一番変わったでしょ」

奥津の言葉に、圭仁が間髪を容《い》れずツッコむ。

「変わっていないよ」

奥津は上機嫌で軽自動車のアクセルを踏みながら、海岸沿いの道を走らせている。

「僕は本物が見たいんだ。埋もれた宝物を磨くのが、前世からの楽しみさ。時代や生き方が変わっても、そこだけは同じ」

バックミラー越しに映る奥津の表情は、終始明るいものであった。

「ゆっくり物事を成すという意味では、現代のほうが恵まれているね。のびのびやれる。平泉のころは、やることが多かったのに……寿命が足りなかった」

奥州は金の採掘によって栄えた一大勢力だ。藤原氏が三代に亘《わた》って治め、栄華を築いていた。当時の平泉は、京に劣らぬ煌《きら》びやかさと豊かさがあり、それがどれほどの偉業か理解に易い。

しかし、藤原氏は秀衡の子、泰衡の代に滅んだ。鎌倉に攻め滅ぼされて。

秀衡は鎌倉との衝突に備えて、死の間際に手を打っていた。当主を弟の泰衡に。そして、兄の国衡《くにひら》には自分の妻を娶《めと》らせ、兄弟の不和を調整しようとしたのだ。さらに、平泉に帰還した義経を大将とし、「鎌倉との戦いに備えよ」と遺言する。

だが、その手立ても虚《むな》しく、泰衡は戦いを避けるため義経の館《やかた》を襲撃し、首を鎌倉へ差し出した。頼朝は、これを大義名分に利用し、「許可なく義経を討伐した」として奥州に大軍で攻め入ったのだ。

こうして、奥州で栄えた藤原氏は最期を迎えた。

「しかし、御館……どうして」

奥津について、武嗣には腑《ふ》に落ちない点がある。だが、はっきり口にするのも憚《はばか》られて、助手席に視線を移しながら声をすぼめた。

助手席で足を組んでいるのは、湊本朝妃だ。源頼朝の生まれ変わりで、前世では奥州を攻め滅ぼした張本人だった。

奇妙すぎる組みあわせの同居相手である。

「言っただろう？」

奥津は笑みをこぼした。一方の朝妃は、不機嫌そうに息をついている。

「僕は、朝妃も本物だと思っているよ」

これが奥津――秀衡の軸なのだ。

義経一行が鞍馬寺を出奔し、奥州を頼ったとき。奥州では義経を受け入れるかどうか、一悶着《ひともんちゃく》あった。

源氏の嫡流に当たる御曹司の来訪は、平泉にとっては厄介な話だ。平治の乱で敗戦したとはいえ、源氏は皇族に連なる血筋である。無下にはできない。されど、受け入れれば平家を敵に回しかねない。

藤原秀衡は、義経の生母である常盤御前が再婚した一条長成《いちじょうながなり》の親戚《しんせき》筋だ。その縁故を頼っての来訪だった。当時の義経には、身の置き場がなかったのだ。

平泉の人々が、複雑な思惑を抱えているのは、考えなくともわかることであった。

秀衡は、義経と対面し、開口一番「そなたを平泉に置くつもりはない」と告げる。しかし、義経はそれが秀衡の本心ではないと見抜いていた。

義経は秀衡にこう言った。自分は平家の世を必ず終わらせる。そうすれば、次に来るのは武士の世。平泉は立派で、都にも劣らない。だが、今のままでは北の覇者で終わってしまう――あなた様は、それで終わるつもりはないはずだ。

秀衡に挑むような姿勢であった。庇護《ひご》を求める立場だというのに、義経は終始強気で挑発さえしていた。

やがて、秀衡は前言を撤回し、義経に衣川《ころもがわ》の館《たて》を与える。

あのとき、弁慶は秀衡の真意を読めずにいた。けれども、今、奥津から答えを教えられた気がする。

彼は一貫して、「本物」というものが好きなのだ。

義経を本物と認め、必要な教育を施した。今世でも同じように、朝妃に本物を見出《みいだ》したのかもしれない。

「朝妃は、がんばり屋さんだからね。育て甲斐《がい》があるんだよ。お父さんは鼻が高いのです」

「勝手に親の面をするな」

助手席から朝妃が鋭い視線を向けるが、奥津は意に介していなかった。

「恥ずかしがり屋さんでもあるね」

「それ以上言ったら、家出してやる……」

「引っ越したばかりで、家出の当てなんてないでしょ」

「知らないのか。私はクラスでも部活でも、モテるんだぞ。側女はいくらでもいる」

「そういうの、よくないと思います。不純同性交友じゃないかな」

普段の関係性がよくわかるやりとりに、武嗣はクスリと笑ってしまう。

「まあ、それ以外はいい子に育って、僕も嬉《うれ》しいよ」

朝妃について、静流が調べた情報を覚えている。

朝妃の両親と奥津は、学生時代から、長くつきあっていたらしい。奥津は独身貴族を貫き、家業の骨董《こっとう》商を継いで気ままに暮らしていた。

朝妃の母親は幼いころに他界している。父親が男手一つで育てていたが、それも三年前に事故死した。朝妃が十四歳の時分である。

「母親の実家が旧家でね。ほとんど駆け落ち同然で結婚したものだから、朝妃も引き取り手がなくてさ」

　奥津はスラスラと語りはじめる。

　そのころの奥津は結婚もせず、悠々自適に暮らしていた。骨董品を収集して、酔狂な客に売る。本物を見分けて世に出すのが生き甲斐だった。なんの因果か二度目の人生など歩んでいるが、奥津にとっては余生のようなものだ。若いくせに隠居生活だと揶揄《やゆ》されようと知ったことではない。

　しかし、朝妃は……普通の子供ではなかった。

　少し見ていればわかる。なんでもないような振る舞いをしているが、裏では血のにじむような努力をしていた。勉学もスポーツも、学友には隠れて研鑽《けんさん》している。できなければ、できるまで。同年代の子供よりも抜きん出るために。

　並々ならぬ執念だ。なにが彼女をそうさせるのか。

　特別な才能はない。どちらかというと、凡人であった。

　けれども、努力も才能のうちだ。朝妃には、人の上に立てるまで努力し続ける才能があった。

　唐突に思い出されたのは、九郎義経だった。彼とはタイプが違う。しかし、似た覇気を感じてしまう。

　興味が出て、気がついたら引き取っていた。

「まあ……店に置いてあった髭切を抜いて、九郎の兄だったとわかったときは、さすがに驚いたけどね」

奥津は事もなげに締めくくってみせる。

前世が藤原秀衡であった奥津にとって、頼朝の生まれ変わりなど怨《うら》みの対象のはずだ。

だが、武嗣にはなんとなく……それゆえに、彼が秀衡なのだと納得した部分でもあった。

彼は、そういう男なのだ。「本物」を手元に置きたいという好奇心か、単純に惹《ひ》かれてしまうのか、抗《あらが》えないのだと思う。

生まれ変わったあととはいえ、同じ源氏の兄弟を育てるなど数奇な運命だ。

「九郎も朝妃も、大事な子だよ」

奥津は、ふふっと声を漏らしながら胸に手を当てた。

「勝手に父親面をするな」

「いまさら、父親面するな」

圭仁と朝妃の声が重なる。奥津はそれでも、「ええー……二人とも冷たいよ」と軽く笑い飛ばしていた。

なんとも言えぬ取り合わせの面子《メンツ》だが、おかげで少し空気が和んだ。

奥津の運転する車は、湘南の海岸沿いを走っている。海は夜に沈み、波も見えない。

この辺りは、和歌子がよくランニングしているので、ときどき武嗣もつきあっていた。

視線を落とすと、スマートウォッチの液晶に傷が入っている。今日の戦いでついたものだろう。問題なく機能するが、画面が白く削れていた。

倒れる武嗣と、そばを歩き去る和歌子の姿が脳裏に蘇《よみがえ》る。

守るなどと、大層なことを言いながら、武嗣は敗れた。約束を果たせなかったばかりか、庇《かば》われてしまう始末だ。

不甲斐なさで自分が嫌になる。

一方で、あの瞬間――和歌子が強く、美しくも思えた。

まだまだ危なっかしくて、目が離せない。一人になどさせられない。しかし、確実に成長している。戦いが熟《こな》れてきたばかりではない。精神的にも、出会ったころとは見違えるようだ。

和歌子は守られるばかりの娘ではない。

誰かのうしろにいるのではなく、並び立って歩んでいける存在だ。

そこを勘違いしていた。

義経と和歌子は違う。だが、同じように、どうしようもなく惹かれてしまう。

和歌子の善良で他者を放っておけないところも、悩みながら進む道を決定していくところも。武嗣にはキラキラとまぶしく映った。

武蔵坊弁慶には義経。蔵慶武嗣には和歌子。二人とも、その出会いをもって人生を変えた存在だ。

彼に生涯仕えよう――彼女を生涯支えたい。

別の感情なのに、重なって思える。

「今さぁ」

隣の座席で、圭仁が武嗣の顔をのぞき込んでくる。

「和歌子ちゃんのこと考えてたでしょ」

なにを言われるのかと身構えていたが、口調は軽妙だった。しかし、図星である。武嗣はとっさに返事ができず、目を瞬《まばた》かせた。

「絶対、あげないんだからね。あげません。パパが許しません」

和歌子が「パパ面」とか呼んでいる態度の圭仁だ。近ごろ、あげません主張がいっそう激しくなってきた。

「よくよく考えたら、生まれ変わってしまえば親子とは言えないのでは？」

武嗣は、ふっと表情を緩めながら返答する。最初は気も遣ったが、今世の二人に親子関係などない。

「そういうこと言うかなぁ？」

「言いますよ。欲しいものは我慢しなくなったので」

圭仁がつまらなそうに唇を尖《とが》らせる。

「おい」

すると、助手席から朝妃がうしろを顧みた。眉間《みけん》にしわが寄っており、怒っているのがわかる。

「小鳥ちゃんは、私のだ。お前たちにやるくらいなら、妹にする」

大真面目な口調でそう言うものだから、武嗣は両目を瞬かせた。朝妃はニヤリと口角をつりあげて、顎《あご》を指で触れる。

「あれは可愛いだけではなく、聡《さと》い娘だからな。半端な男には嫁がせたくない。現代は同性婚が認められていないらしい。ならば、妹にするのが妥当だよ」

「前世持ち出したとしても、姉じゃないから無理筋なんだよな」

ずっと不機嫌なせいか、圭仁がブツブツとツッコミを入れている。たしかに、今世での血縁関係はないし、前世だと正確には姪《めい》に当たる。いや、男児だった可能性もあるので、甥《おい》かもしれないが。

「僕はもう一人くらい育ててもいいよー。あの子も、なかなか見所がありそうだ」

冗談か本気か、奥津まで笑っていた。

五幕目　選　択

1

「ただいまー……」

和歌子はひかえめな声で、自宅の玄関戸に手をかける。意外なことに、鍵《かぎ》はかかっておらず、ガラスの張られた引き戸は、音を立てながら開いた。リビングには明かりもついている。

すでに午後十一時を過ぎて、日付が変わろうという時間だ。塾通いであっても、さすがに帰宅していないとおかしい。

学校が終わって、そのまま安貴の家に行ったため、今日は自宅へ帰っていない。おそるおそる、和歌子は玄関の敷居を跨《また》いだ。

「和歌子……！」

最初に駆けてきたのは、母親の依子《よりこ》だった。いつもは早寝なのに、わざわざ起きていたのだろうか。顔色が悪く、目元に涙がにじんでいた。

「た、ただいま……ちょっと、遅くなったね……」

和歌子がぎこちなく笑うと、依子は「とにかくあがりなさい」と言う。和歌子は迷ったが、黙って靴を脱いだ。

時間があまりない。

清海は和歌子に、「薄緑をとってこい」と命じた。

一つは、安貴の持つ草薙剣には不要な魂も呼び寄せてしまう能力があるためだ。そのときは対処せねばならず、浄化の力を持った薄緑があると都合がいい。

もう一つは、朝妃の存在だった。清海の小鳥には悪鬼を調伏する力がある。朝妃が小鳥を狙うなら、正反対の力を持った薄緑を欲するはずだ。そう踏んでいた。

朝妃が本当に小鳥のために清海を害するかどうか、和歌子は懐疑的だ。しかし、この先を考えると、手元に武器が欲しい。

薄緑は、神社の本殿に安置してある。

けれども、本殿の鍵は自宅だ。取りに戻らなければならず、十分だけという約束で、和歌子は清海の監視下から外れた。逃げれば、静流を襲うという脅迫つきだ。

いつもは合鍵を学校鞄《かばん》に入れているが、鞄は永福寺跡に置いてきてしまった。確認したが、圭仁に回収されたようで、見当たらなかった……武嗣が倒れたままだったら、どうしようかと不安だったけれど、彼の姿もなかった。

「和歌子！」

リビングに入ると、聡史が立ちあがった。

和歌子が聞いたことのない声だ。焦りがにじみ、普段よりも声量が大きい。血相を変えて、和歌子を見ている。いつもよりも老けて感じるのは、余裕がないからだろうか。

「あ……」

すぐに、「ごめんなさい」と言えなかった。それよりも、聡史が心配そうな顔を和歌子に向けていることに気をとられてしまう。

「和歌子、大丈夫なのか？」

「え……」

問われても、和歌子はなにも返せなかった。困惑と同時に、本当に心配させてしまったという罪悪感がわいてくる。

てっきり、以前に見つかったときのように、夜遊びを咎《とが》められると思っていた。一度も家に帰っていなかったので、心配を煽《あお》ったのかもしれない。

「どこにいたんだ」

「それは……」

和歌子は目をそらしながら、言い訳を考える。今まで、こんな風に聞かれなかったので、想定していなかったのだ。そもそも、寝ているものだと思っていた。

「ごめんなさい……」

和歌子はそれだけ絞り出して、うつむいた。理由は言えない。でも、どうしても謝りたかった。

どうすれば、ちゃんと二人の子供でいられるだろう。こういうとき、みんなはなんと言って謝るのだろう。

誰も教えてくれないし、前世の記憶も頼りにならなかった。

自分で考えるしかない。

思えば、小さいころから、両親とのつきあい方は、よくわかっていなかった。前世の記憶というものがあるせいか、子供らしく振る舞えていなかったのだ。和歌子は人とのつきあいだけではなく、親に対しても不器用だった。

安貴や清海の事情を聞いて、和歌子は居たたまれなくなった。

和歌子は、まだ両親と話ができるのだ。理不尽に捨てられたも同然の彼らよりも、幾分かチャンスがある。

そう考えた途端……自分が親から逃げていたのだと実感してしまう。

「…………」

それ以上、なにも言えなくなっている和歌子の身体を、聡史が抱きしめた。包まれている温かさに、和歌子は目を見開いて硬直する。

「お父さん……？」

しかし、異変に気づく。

急に聡史の身体が重く感じた。寄りかかるように、聡史は和歌子に体重を預ける。同時にバタリと音がして、母がフローリングの床に倒れ込んでいた。

「お父さん！　お母さん！」

崩れ落ちる聡史を支えながら、和歌子は叫ぶ。身体を揺さぶっても、聡史と依子は目を開けなかった。

「遅いんだよ」

苛立《いらだ》った声がして、和歌子は顔をあげる。

リビングの入り口に立っていたのは、清海だった。背後には、悪鬼の影がある。

「眠らせただけ」

清海はつまらなそうに言いながら、小鳥を手で玩《もてあそ》ぶ。悪鬼に命じて、二人を眠らせたようだ。確認すると、二人とも呼吸はあった。

「見せつけてないで、早く薄緑をとってきて」

和歌子は目元に力を込めて、清海を睨《にら》みつける。

「まだ十分経っていなかった」

「ボクが約束したのは、白拍子の安全だよ。お前が遅いのが悪いんだ」

和歌子の前に、悪鬼が立ちはだかる。

『…………』

平教経は、物も言わずに和歌子を見おろしている。逆らえば、すぐにでも襲ってくるだろう。薄緑がない和歌子に、立ち向かう術《すべ》はない。

「あ、あの……あまり手荒なことは……」

傍らにいた安貴が弱々しく声をあげている。だが、清海が一瞥《いちべつ》すると、「ひっ」と声を引っ込ませた。

「命はとってない。なにもできないんだから、口を出さないでほしいな」

冷淡な清海の言葉に、安貴はなにも返せない。ただ心配そうに、和歌子を見つめるばかりだった。

「わかった。すぐにとってくる」

清海から視線を外し、和歌子は聡史をリビングのソファーに寄りかからせた。

リビングでは、窓のカーテンが開いている。電気がついていると、二人が倒れているのが外から見えてしまう。和歌子はまず、カーテンを閉めようとした。

窓からは、暗い庭の向こうにある境内をながめられる。神社の入り口の街灯だけが頼りの状態だ。

「…………」

和歌子はカーテンを閉め、右手でスマートウォッチに触れる。青い文字の光る液晶画面は傷がなく、ツヤツヤとしていて心地よかった。

本殿の鍵《かぎ》は、キッチン奥の勝手口にかかっている。

和歌子はゆっくりと歩き、鍵を清海に見せながら手にとった。清海は確認すると、玄関へと向かっていく。和歌子もあとに続いた。

夜の境内は静かで、肌寒い。

暗い神社には誰の気配もしなかった。黒の広がる夜空には、朧《おぼろ》の月。星は見えず、不気味な雰囲気が漂っている。

「和歌子」

静流が外で待っていた。

「大丈夫」

和歌子は軽く手をあげて、静流を制止する。静流も緊張した空気を察して、それ以上、和歌子に近寄ってこなかった。

和歌子は深く息を吸って、ゆっくりと吐き出す。いったん、冷静にならなければ。スマートウォッチの液晶に表示された青い文字を確認すると、脈は落ちついていた。

思考を切り替えて、本殿へと歩む。

さきほどよりも、風が少し強くなっている。木の葉が舞い、足元を通り過ぎていった。静かすぎる夜のせいか、何者かがうめいている音と錯覚しそうだ。

和歌子は手際よく本殿の鍵を外した。

ギィギィと音を立てながら、本殿の扉が開く。和歌子は一歩一歩、踏みしめながら奥へと進んだ。

安置してあるのは牛渕神社のご神体、薄緑。

和歌子は床下に隠したダミーの模造刀と薄緑を素早く交換する。

薄緑に触れると、わずかに柄《つか》が震えている気がした。この太刀は不思議なもので、ときどき所有者になにかを伝えようとしてくる。夜な夜な啼《な》くので、「吼丸」と名づけられている時期もあった。

なにを訴えているのだろうか。だが、薄緑は明確に答えてくれるわけではない。和歌子は太刀を持ち、そのまま入り口へと戻ろうとした。

風のせいで、扉がひとりでに動いて音を立てている。

ギ……。

しかし、わずかな異音を、和歌子は聞き逃さなかった。

「圭仁さん」

本殿の扉の内側に、いつの間にか立っている影があった。いや、最初からそこにいたのだろう。黒鵜圭仁は、人懐っこくニコリと笑った。

「助けにきたよ、和歌子ちゃん」

小声で言いながら、圭仁は小さな鍵を示す。和歌子の荷物に入っていた本殿の鍵だ。

やはり永福寺跡に置いてきた和歌子の鞄《かばん》は、圭仁が回収していた。

「先生は無事。その辺に隠れてるよ」

圭仁の言葉に、和歌子はひとまず安堵《あんど》する。

　さきほど、リビングのカーテンを閉める際、青くて小さい光が確認できた。あの色は、和歌子がつけているスマートウォッチと同じである。武嗣が隠れていると気づいたが、確証が持てていなかった。

「機を見て静流君を逃がすから、和歌子ちゃんも――」

　話している途中で、圭仁の表情が変わる。その異変を和歌子も感じとり、とっさに身構えた。

『………』

　和歌子の背後に現れる黒い影。浮きあがる武者は、平教経の悪鬼だった。

「………！」

　気づかれた。和歌子は考える間もなく、薄緑を抜いた。金色の一閃《いっせん》が闇を裂くように煌《きら》めくが、刃《やいば》は頸《くび》には届かない。悪鬼の抜いた大太刀が薄緑を止めていた。

「和歌子ちゃん！」

　呆気《あっけ》なく刃が押し戻される。あまりの怪力に、和歌子は背後によろめきながら薄緑を手放してしまう。

　しかし、そのままうしろへ倒れていく身体を圭仁が受け止めた。

「借りる！」

　圭仁は短く断って、和歌子から離れた薄緑を左手でつかんだ。刃が再び金色の光を放って、本殿の内部を照らす。

火花が散り、金属のぶつかる音が響いた。

「いってぇな」

圭仁は右手で和歌子を庇《かば》いながら、左手で悪鬼の斬撃《ざんげき》を牽制《けんせい》する。本来は両手で受ける攻撃だ。顔を歪《ゆが》めながら悪態をついていた。それでも、和歌子と違って、決して薄緑を落とさない。

『……義……経……』

「はーん。どっかで見た顔だな」

悪鬼の正体がわかるや否や、圭仁が好戦的な顔に変じる。

圭仁は和歌子をさがらせ、両手で太刀を構えなおした。

「壇ノ浦か」

悪鬼の太刀が大きくふりおろされる。圭仁は身軽にうしろへと跳び退《すさ》り、いったん本殿から出て距離を置いた。

悪鬼も圭仁を追って突進する。少し遅れて、和歌子も本殿の外へと出た。

外で待っていた清海が怪訝《けげん》そうに二人を見据えていた。

「薄緑が……お前は誰だ？」

突然、薄緑を持って現れた圭仁に、顔をしかめる。

問われ、圭仁は薄緑をくるりと手中で一回転させた。

「うちの娘が世話になったな。オレが九郎義経だよ」

高らかに宣言する圭仁に、清海の表情が歪んでいく。憎々しいと言いたげに、和歌子と圭仁を交互に睨んでいた。

「謀《たばか》ったか。やはり、源氏は卑怯《ひきょう》な蛮族だな。命を救ってやった恩を忘れて我が一門に牙《きば》を剝《む》いたときと、なにも変わっていない」

苦虫を噛《か》み潰《つぶ》したような顔で清海が吐き捨てる。

「違う！　話を……」

結果的に、騙《だま》したということになる。けれども、まだ話しあいができるはずだ。和歌子は清海に訴えるが、聞いてもらえない。

「やれ、教経」

清海は悪鬼に短く命じて、踵《きびす》を返した。声に感情はなく、淡々としている。

平教経の悪鬼が再び動き出した。

薄緑を持った圭仁ではなく、呆《ほう》けていた和歌子へと。

迫りくる悪鬼と刃を前に、和歌子はとっさに反応できない。

「…………っ」

いつの間にか、目を閉じていた。

「牛渕！」

けれども、名前を呼ばれて、我に返る。

両の目に飛び込むうしろ姿。肩口でこちらをふり返る顔は、和歌子のよく知るものであった。

「武嗣先生……」

頭に包帯を巻いているが、和歌子を庇っているのは武嗣であった。最後に見た弱々しい姿ではない。まっすぐに和歌子の前に立ち、悪鬼に鉄の棒を打ち込んでいる。長いバールのようだ。

「壇ノ浦がやりたいんだろ、無視すんなよ」

すかさず、圭仁が助太刀に入った。武嗣と向かいあう悪鬼の首を、背後から狙う。悪鬼は既《すんで》のところで武嗣を押し返し、圭仁の刃を回避した。

二対一となり、今度は悪鬼がじりじりと距離をとる。

「牛渕、大丈夫か」

和歌子は武嗣に視線を返す。

「それはこっちのセリフです……先生、怪我してるじゃないですか」

頭から血を流していたのだ。包帯だってとれていない。それなのに、こんなところでなにをしているのだ。病院で寝ているべきなのではないか。

批難の視線は、武嗣にも伝わったようだ。ばつが悪そうに苦笑いした。

「検査は問題なかったよ。頭の骨は折れてないし」

「だから、折れてる折れてないを基準にしないでくださいよ！」

それにしたって、激しい運動は避けろなどの指示があるはずだ。教師のくせに、なにをしているのだろう。

「……心配して、損しました」

なにを言ったって無駄な気がして、和歌子はそれだけ返す。すると、武嗣は軽く笑い声をあげた。

「心配してもらえて嬉《うれ》しいな」

「頭打って、変な趣味に目覚めましたか？」

軽く言いあって、和歌子が頬をふくらませると、武嗣が面白そうに笑いながら、その頬を指先でつぶした。なにをしてくれるのだ。和歌子はさらにむくれる。

「せめて、オレのいないところでやるとか、そういう配慮はないんですかね。今、お父さんは仲間はずれにされて、悲しい気持ちでいっぱいですよ！」

圭仁が割って入ってきたので、和歌子は急いで両手で頬を覆い隠した。武嗣の無事が確認できて、気が緩んでいる。

周囲に、黒い靄《もや》が立ち込めた。平教経だけではなく、武者姿の悪鬼たちが、地面から這《は》い出るように現れている。数えるのも面倒だ。平家の旗印である赤まではためいており、まるで、地獄から押し寄せた軍勢だった。

もはや、悪鬼たちは清海の命令で動く軍隊である。

形勢は一気に不利だ。

「牛渕」

その先は想像がつく。

ここはまかせて、さがっていろ。武嗣の言いたいことが、和歌子にはわかっていた。けれども、和歌子は承諾するわけにはいかない。

「先生、わたしは大丈夫ですから」

守ってもらわなくても、いい。

一緒に戦える。

和歌子は急いで、本殿の横に立てかけてあった竹箒《たけぼうき》を持ち出した。悪鬼は斬れないが、役立たずではなくなる。薄緑は圭仁に持っていてもらったほうがいいだろう。

竹箒を構える和歌子を見て、なぜか武嗣が噴き出した。なにかおかしなことを言ったつもりはない。

「思っていた通りの牛渕で、安心したよ」

「？」

首を傾げるが、意味を聞いている暇《いとま》はない。

武嗣の背後から悪鬼が迫っていた。

武嗣も察知していたようだ。素早く身を屈《かが》める。

和歌子は武嗣の肩に足をかけ、竹箒をふった。遠心力と重力で充分な威力を出すために、身体をひねって跳びあがる。

横殴りの打撃に、悪鬼が仰《の》け反った。すかさず、武嗣が低い位置から工具で足を払う。

和歌子は着地と同時に、次の動作へ移った。横から斬りかかる悪鬼を、竹箒の柄で突いて牽制する。

悪鬼たちが本格的に迫ってきた。薄緑を持った圭仁は、平教経に追われて釘付《くぎづ》けにされている。これでは、悪鬼の数を減らしながら戦えない。

それでも、武嗣は和歌子に向きなおる。

「前に守ると言ったけど——」

——今世は、牛渕和歌子を御守りする。

武嗣は和歌子の肩に手を置く。守ると言ってくれたときと、同じ表情だ。一途に心を貫く眼だ。

意識せずとも魅入ってしまう。

「牛渕和歌子を支えて生きたい。牛渕が牛渕らしくいられるように、守っていきたい。お前がいると、俺も強くなれる気がする」

左右で少し形の違う両手。暴走する怪力の使い方を覚えるまで、彼が苦労していた証《あかし》だ。軽く広げながら、武嗣は和歌子に笑いかけた。

守るなんて、言ってほしくない。

でも、一緒に戦ってくれると嬉しい。

和歌子が考えていたことだ。口にしなくても、武嗣はわかっていた……。

「だから、そういうのはパパを通せっての」

地面から生え、和歌子の足をつかもうとしていた腕を、金色の閃光《せんこう》が切り裂く。目にも留まらぬ速さで圭仁が刃《やいば》をふり、悪鬼を滅していた。あいかわらず、和歌子には真似できない領域だ。同じ人間の記憶があっても、今世での運動能力や修練の差は大きい。

「和歌子ちゃん、頼みがある」

圭仁は真剣な顔つきで、和歌子を顧みた。

「兄ぅ……朝妃ちゃんがいない。たぶん、小烏を探しに行ったんだと思う」

「朝妃さん、一緒だったんですか」

圭仁は朝妃を避けていたので、意外だった。

「いろいろあってね、しゃーなし……ただ、あの子はたぶん……そんなに悪くないと思う。兄上と同じで臆病《おくびょう》なだけだ」

「やっぱり朝妃さんに、清海君を害する気はないんですね」

「今のところ。小烏を手元に置いて、今後自分を脅かす可能性を消したいだけ……嘘はついてないんじゃないかな……」

圭仁の言葉を受けて、和歌子は安堵《あんど》する。

だが、事態は深刻だ。今の清海は、和歌子に騙されたと思っているだろう。そこに朝妃が現れれば……朝妃に敵意があろうが、なかろうが、争いになるのは見えている。

「和歌子ちゃん、行ってあげて。ここはオレらで、なんとかするよ」

言いながら、圭仁は悪鬼を斬り伏せた。

和歌子は表情を引き締める。

悪鬼の軍勢には、平教経もいる。この場を離れることには不安があったけれど、朝妃の動きは気になった。清海は安貴と静流を連れているようだし、二人の安否も心配だ。

「……じゃあ、よろしくおねがいします」

和歌子は後ろ髪を引かれながらも、走り出す。

「朝妃ちゃんを、おねがい」

声にはふり返らなかった。

前を悪鬼が塞《ふさ》ごうとするが、動きが緩慢で、このくらいなら跳び越えられる。和歌子は勢いを緩めず、大股《おおまた》で地面を踏み切った。

身体が高く宙を舞った直後、地面から長い悪鬼の腕が伸びる。和歌子は竹箒を、その腕に叩《たた》きつけた。けれども、斬ったわけではないので、腕はどんどん伸びて、和歌子を追ってくる。

「行け！」

鈍器で殴りつける音。

武嗣が、和歌子を襲う悪鬼の腕を押さえ込んでいた。

「ありがとうございます！」

武嗣のおかげで、悪鬼の群れを抜けられた。和歌子がお礼を叫ぶと、武嗣は笑顔で送り出してくれる。

こんなにたくさんの悪鬼を相手にするのは初めてだ。いくら二人が強いと言っても、多勢に無勢にもほどがある。

しかし、走り去る和歌子に不安はなかった。

大丈夫。

自分のやるべきことをしよう。

2

足が震えて、立っているだけで精一杯だった。

悪鬼たちの蔓延《はびこ》る神社の境内で、安貴は呆然《ぼうぜん》とする。

目の前で和歌子の両親が倒れただけでも怖くて仕方がなかった。そればかりか、清海は悪鬼を呼び出して和歌子たちを襲わせている。

震えが止まらぬ身体を押さえて、安貴は項垂《うなだ》れた。

「あ、あの……こ、こんなのって……」

これは違う。間違っている。安貴は望んでいない。

ささやかな抵抗をしようと、声を絞り出した。

けれども、清海は安貴をふり返りもしない。ただ小鳥をふり、調伏した悪鬼たちを操っている。どれだけの悪鬼を従わせているのだろう。

「見たよね？　騙《だま》されてたんだよ。源氏に」

清海の声に色はなく、ただ冷静に現状を告げていた。足元には、静流がうずくまっている。

騙された。でも、そうだろうか。

和歌子を源義経だと誤認したのは、安貴が由比ヶ浜での出来事を見ていたからだ。そこで薄緑を見て、勝手にそう思っただけ。あのときの和歌子たちに、安貴を騙す意図なんてなかったはずだ。

形容し難い違和感が安貴の中で膨らんでいく。

「違う。和歌子はそんなつもりじゃ……」

「うるさい！」

否定しようとした静流を踏みつけて、清海は金切り声で叫んだ。清盛も、癇癪《かんしゃく》を起こすと手がつけられなかったことを思い出してしまう。

「白拍子風情が、ボクに意見するなって言ってるだろ」

「僕は白拍子じゃない。スケーターだ！」

口答えする静流の顔を、清海は容赦なく殴りつける。あんなに綺麗《きれい》な顔で、テレビにも映るのに。

「乱暴は……」

乱暴はよくない。やめて。清海を止めたいのに、安貴の言葉はどんどん引っ込んでしまう。

安貴の意見が正しくなかったら、どうしよう。もしも、安貴のせいで取り返しのつかないことになってしまったら。また間違えてしまう。そもそも、この状況を招いたのは安貴の勘違いだ。

そう考えると、なにも口にできなかった。

友達が目の前で殴られているのに。

前世の安貴は帝《みかど》だったが、政などしていない。周りの大人にまかせていれば、すべていい方向に取り計らってくれた。平清盛も、その一人だ。日の本を動かしていたのは、自分ではない。

でも、結果……どうなった？

昏《くら》い海の底を思い出すたびに、身の毛がよだつ。すべてを他人にまかせてしまった結果が——いや、あれは避けられなかった。安貴には、言仁には、なにもできなかっただろう。

だから、関係ない。

――わたしは、絶対に安貴君の味方。

――でも、最終的にどうしたいかは、安貴君が決めて。


自分で……。

胸元で、手をギュッとにぎりしめた。

「安貴君！　静流君！」

和歌子の声がして、安貴は弾《はじ》かれるように顔をあげた。あまりの間のよさに、心臓がバクバクと音を立てる。

和歌子の身体は、ひらりひらりと舞っていた。

実際は、悪鬼たちの間を跳躍しながら、こちらへ近づいているのだが、天狗《てんぐ》のようと形容するには、あまりに細身で華麗だ。制服なのに、その姿は天女と錯覚するほどだった。

「う……」

けれども、和歌子を見ても安貴の足は、後退《あとじさ》りするばかりで前に出なかった。

安貴には責任なんてとれない。

和歌子を見ていられなくて、安貴は目を伏せる。

「どいつもこいつも！」

清海が叫びながら、小烏をふる。明らかに冷静さを欠いて、落ちついた判断ができていない。でも、それも安貴の主観で、間違っているかもしれなかった。

悪鬼たちの数が増し、和歌子に襲いかかっていく。和歌子の武器は竹箒《たけぼうき》だ。とても、一人で相手ができるとは考えられなかった。

無理だと判断したのだろう。和歌子は悪鬼から逃げるように、神社の森へと駆けていった。和歌子がいなくなると、安貴の心臓が不安でいっそうつぶされそうになる。

「平清盛」

そんな中、清海を呼んだのは、凛《りん》とした声だった。朗々としているが、声質は若い女のものだ。

視線の先に現れたのは和歌子とは別の少女だった。始業式の日、和歌子と一緒に学校へ来ていた先輩で、たしか、湊本朝妃。

「やっと会えたな」

朝妃は静かな声で、清海に語りかける。

一方の清海は、奥歯を嚙《か》みしめて顔を歪《ゆが》めていた。怒りの滲《にじ》み出た表情は、これまでの比にならない。

「頼朝か」

「いかにも」

朝妃は清海よりも、ずいぶんと落ちついており、向かいあうと、対比がわかりやすかった。手には、白い鞘《さや》におさまる太刀がにぎられている。

「ボクの邪魔をするな……！」

先に踏み込んだのは、清海だった。

少年の身体には、真剣は重くて扱い難《にく》いように思われたが、その不利を感じさせない気迫である。

安貴の記憶に残る清盛は、すでに太政大臣となり政治の頂点に君臨していた。彼が武士であったという実感はほとんどない。けれども、今の姿はまさに武士だった。

「待て」

朝妃は戸惑った様子で、清海の刃を回避する。すぐに攻撃する気はなかったようだ。

なのに、清海は問答無用で斬りかかっていく。

「私は小鳥が欲しいだけで……」

「それが邪魔だって言うんだ！　やっぱり、お前らは信用ならない！」

朝妃の表情が曇る。清海は構わず、朝妃に刃を向けた。

正面からの斬撃《ざんげき》を、朝妃は鞘におさめたままの太刀で受け止める。手慣れているのは、冷静だからだけではない。身のこなしが流動的で、普段から鍛錬している人間の動きだった。

「そうか……話しあいなど、やはり生ぬるいかな」

朝妃の声は低かった。

清海の腹を蹴《け》り、無理やりさがらせ距離をとった。

不意打ちに、清海は前のめりになりながら地面に膝《ひざ》をつく。それでも、彼は武器を取り落とさなかった。

朝妃は静かに、自分の太刀を抜いた。草薙剣や薄緑と同じ金色に光る刃《やいば》だ。しかし、なにかに惹《ひ》かれるように明滅している。

「実力で手に入れるよ」

さきほどまでの戸惑いが一切消える。

そこにあるのは、相手を殺すという武士同士の殺意だけだ。

朝妃が刃をふり、清海が応じる。

二人とも、十代だというのに、刃をふるうことに躊躇《ちゅうちょ》がなかった。

安貴はどうすればいいのか迷い、辺りに視線を巡らせる。

和歌子の姿は、すっかり見えなくなっていた。静流は伏したままで、すぐに動けそうにない。

それ以外は、なにをしているのか、わからなかった。とにかく悪鬼たちが蔓延《はびこ》り、誰がどんな働きをしているのか。なにも把握できない。

それはさながら、合戦場。言仁が最期に見た海上の光景を思い起こさせた。

なにが起こっているのか。誰にまかせればよいのか。

なにを信じていいのか——あのときの再現。

「なんで」

どうすればいい。

どうしたい。

安貴には考えも方法もまとまらず、なにも決断できなかった。

3

「ありがとうございます！」

走り去る和歌子の背を見て、惜しいと感じてしまう。

武嗣が「行け！」と言ったのに。

やはり、うしろで大人しくしていてほしい。しかし、ふり返らずに駆けていく彼女の姿は、輝いても見える。

「ふ……！」

思考がそれたが、武嗣は迫り来る悪鬼の腕を工具で叩《たた》く。普通の人間ならば、これで骨まで砕けるのに、悪鬼たちはそうもいかない。鎧《よろい》を着込んだ武者が多いのもそうだが、身体が破損しようが、構わず向かってくるので厄介だ。

『義……経……』

うなるように、義経の名を呼ぶのは平教経だ。清海の命令で動いているが、多少は自我があるらしい。圭仁の背後に迫ろうとしていた。

義経に挑み、逃げられた壇ノ浦の再現でもしたいのだろうか。

「は！」

平教経が圭仁に斬りかかる前に、武嗣は後頭部を工具で殴る。それで悪鬼は怯《ひる》み、身体を仰《の》け反らせた。

「お、さんきゅ」

もっとも、圭仁は悪鬼の気配を察知していたのだろう。武嗣が助けた瞬間にはもう、ニカッとピースサインなどしていた。

「まかせていいよな？」

当たり前のように言われ、武嗣は内心息をつく。

「否と答えても無意味でしょう」

「そんな答えは想定してないんだよな」

やれと言ったら、なんとかしろ。前世でも、そうだった。無理であっても、納得させられてしまう。

実際、合理的な判断だ。平教経の相手は武嗣が引き受け、薄緑を持った圭仁が他の悪鬼を斬ったほうが効率よく数を減らせる。この場合、武嗣は時を稼いでさえいれば、勝つ必要もない。

「請け負いますよ」

武嗣は短く言って、工具を構えた。

平教経の悪鬼は、未《いま》だに義経の名を呼んでうなっている。お前など呼んでいないとでも言いたげだ。

一度負けてしまったが、今度は後れをとらない。

「行くぞ！」

気合いを入れながら、地面を踏みしめた。工具で太刀を受け止め、左手で顔を狙う。大鎧の武者と戦う場合、露出している顔や首を攻撃するのが手っ取り早い。

左は手負いだ。殴る瞬間、ズキリと刺激が走った。しかし、武嗣は構わずそのまま腕をふり切る。

悪鬼が頭を仰け反らせながら後退《あとじさ》ったが、痛みは感じないのだろう。すぐに武器をふりあげ、向かってくる。

武嗣はすかさず、身体をずらして上段の太刀を避《よ》けた。そのまま悪鬼の腕をつかみ、右手で首元を薙《な》ぐように払い除《の》ける。相手から武器をとりあげる合気道の型だ。前世の時代には発達していなかった体術である。

悪鬼は武嗣の動きに対応できず、呆気《あっけ》なくうしろに倒れた。

奪った太刀は、武嗣の手におさまったものの、瞬く間に霧のように消えてなくなってしまった。

悪鬼の武器や鎧は、厳密にはこの世に存在しない物質なのだろう。厄介なことだ。地面を転がり、立ちあがろうとする悪鬼の手に、再び刃が戻っていた。

やはり、武嗣の戦い方は通用しない。戦っても、同じ結果をなぞるだけだ。

『……義……経』

悪鬼は未だに義経との対戦を望んでいる。

当の圭仁は、悪鬼の集団を相手に大立ち回りをしていた。あちらには薄緑があるが、それでも、あれだけの数を一気に相手にするのは骨が折れるだろう。できれば、なるべく早く片づけて加勢したいところではある。

武嗣は左掌《てのひら》に右の拳《こぶし》をぶつけた。自らを奮起させて、姿勢を低くする。

「お相手仕《つかまつ》る！」

お前の相手は、俺だ。そう意気込んで、武嗣は悪鬼との距離を詰める。

姿勢は低いまま。素早く懐に飛び込み……胴丸を抱えるようにつかんだ。並みの人間ならば、その衝撃で後方へと転倒するだろう。

悪鬼は耐え、武嗣に対抗する。武嗣も押されまいと、全身に力をみなぎらせた。

こうなってしまえば、純粋な力比べである。先に倒れたほうが負けだ。

傷めた左腕がミシミシと軋《きし》んでいた。心拍があがり、血が巡っているせいか、頭部の傷口も痛みはじめている。縫合したはずなのに、血が滴る感覚があった。

今世と前世では、身体の出来が違う。武蔵坊弁慶と同じように、力まかせに戦えば身体が壊れる。幼少のときから、武嗣は嫌というほど経験していた。

だが、この悪鬼相手には全力でぶつかるほかない。身体の悲鳴を無視して、武嗣は力を込め続けた。

悪鬼が抵抗しようと、武嗣に刃を向けるので、攻撃を左手で阻止し、腕を押さえ込んだ。ここにもすさまじい怪力が加わるが、押し戻されぬよう踏ん張る。

食いしばりすぎて、奥歯が砕けそうだ。耳鳴りまでする。武器を押さえる左腕が限界を訴え、骨が軋んでいた。

今世でこんなに全力を出すことは、なかなかない。トラックを止めたときなど、突発的なケースに限定される。

「あああああ！」

叫んでいるのか、うめいているのか、自分でも判別がつかない。もう、どこが痛むのかも、あいまいになっていた。

『ぐ……が……』

悪鬼は痛みを感じているのだろうか。

だが、低いうなり声のあとに、悪鬼の姿勢がガクンッとさがる感覚がある。身体を支えていた両足が、地面にのめり込んでしまっている。否、そうではない。両足が持たず、折れているのだ。

踏ん張る力を失い、悪鬼の身体が崩れていく。それでも、悪鬼は抵抗して、右手の太刀をふりおろそうとした。

「…………ッ！」

斬撃《ざんげき》を阻止した武嗣の左腕から、嫌な音が響く。曲がった腕の先に力が入らず、言葉にならない激痛が全身へと伝播《でんぱ》した。

騙《だま》し騙し戦っていた左腕が限界を迎えたのだ。

それでも倒れるわけにはいかない。悪鬼の足は折ったが、一時的なものだろう。すぐに動けるようになる。

武嗣は闘志を絶やさず、踏みとどまった。まだやれる。

「無茶しやがって」

しかし、悪鬼の背後を金色の一閃《いっせん》が通り過ぎた。

「誰がそこまでやれって言ったんだよ。あとで、オレが和歌子ちゃんに怒られるじゃん」

薄緑の刃《やいば》が悪鬼の頸《くび》を正確に刈りとる。

軽口を叩く圭仁の顔を見て、武嗣はようやく地面に膝《ひざ》をついた。折れた左腕は痛むが、悶《もだ》えるほどではない。興奮して、感覚が麻痺《まひ》しているようだ。

「現代っぽくないことすんな。そこまで求めてねぇよ」

周囲を確認すると、厄介な数の悪鬼たちはほとんど一掃されていた。あれだけの悪鬼を短時間で相手にして、さすがの圭仁も息があがっている。頬や腕に細かい切り傷による流血も見てとれた。

「あなたに言われたくない」

「は？　オレのほうが軽傷だから、言ってもいいんですー。お前、ほんと生意気になったよな。可愛げも前世に置いてきちゃったか？」

武蔵坊弁慶に可愛げなどあっただろうか。まったく心当たりがなくて、武嗣は苦笑いで返した。従順という意味なら、口答えは増えたかもしれない。

風が吹くと、悪鬼の身体が崩れていく。

平教経。平家軍における猛将の一人。一騎当千の英傑。滅びゆく平家の中にあって、最後まで潔い武士であった。壇ノ浦で義経との一騎打ちがかなわなかったあとは、源氏の武士を二人道連れに海へと入水《じゅすい》している。

悪鬼になってまで、義経を求めていた。それほど、彼にとって義経は一騎打ちしたい相手だったのだろう。生まれ変わった身でも果たせず、このような卑怯《ひきょう》な討ちとられ方をして、無念かもしれない。

「平教経」

圭仁は平教経であった悪鬼に向けて、静かに語りかけた。もう半分以上、身体が消えている。聞こえているかどうかも、定かではない。しかし、その声音はどこか、前世の彼を思わせる落ちついた調子であった。

「感謝するよ」

圭仁は少しだけ笑みを浮かべながら、悪鬼の横に薄緑を立てる。

「オレは逃げたのに、ずっと武士として追っていてくれたんだな」

平教経の執念は義経にとって、喜ばしいことなのだろう。死してまで、自分との戦いを望んでくれた。その相手になれたのは、武士の誉れかもしれない。

圭仁の微笑は、かつての主《あるじ》を思い起こさせるものだった。

平教経は、崩れゆく唇に弧を描く。浄土へ導かれる救済の歓《よろこ》びではない。武者として誇らしいと言いたげな、満足した面持ちであった。

塵芥《じんかい》となって消える瞬間そのときまで、真の武者。

「変な空気になったわ」

悪鬼の姿が消滅し、圭仁が薄緑を鞘《さや》におさめる。

折れた腕が強烈に痛みはじめたため、武嗣は膝をついたまま微笑んだ。圭仁は武嗣から顔をそらし、目を伏せる。

「むしろ、普段が変なんですが、それは……」

「うるっせぇわ」

圭仁はぶつくさつぶやきながら、武嗣に手を差し出す。一応、怪我の心配をしてくれているらしい。

だが、武嗣は右掌を前に出して断る。

「牛渕が心配です。早く行ってやってください……この腕じゃ足手まといになる」

腕が痛いどころではない。あらぬ方向に曲がって、腫《は》れている。開放骨折ではないだけマシか。武嗣の身体中に、よくない汗がにじんでいた。

「本当は行きたいくせに、大人ぶるなよ」

圭仁は呆れた顔で武嗣を見つめていたが、やがて、周囲を見回す。いくらもしないうちに、手頃な枝を持って武嗣の傍らに膝をついた。

「応急処置ぐらいはするよ。それでも無理そうなら、途中で置いていく」

「ですが……」

「そんな未練がましい顔で見送られたら、オレが気持ち悪くて行きにくいんだよ」

圭仁は悪態をつきながら、自分のパーカーを脱ぐ。武嗣の腕に枝を添えて固定し、パーカーを三角巾《さんかくきん》代わりにした。

そこまで未練がましい顔をしただろうか。武嗣には自覚がなかった。思った以上に、自分はあきらめが悪いらしい。

だが、たしかに……和歌子の顔を思い浮かべると、まだやれそうな気がしてきた。

4

キリがない。

和歌子は内心で苛立《いらだ》っていた。

押し寄せる悪鬼たちに反撃できず、逃げるばかりだ。竹箒《たけぼうき》はあるが、こんなものは気休めであって武器ではない。

やむを得ず、和歌子はいったん、境内から離れて神社裏の森に入った。そのせいで、安貴たちを見失ってしまう。

朝妃が現れたところまでは確認している。が、斬り合う二人を止めることはできなかった。最悪の状態だ。せっかく圭仁が行かせてくれたのに。

二人に争う理由などない。

清海の目的は、おそらく――。

「急がないと」

清海には前世の記憶があるが、見たところ朝妃のように鍛錬はしていなかった。それに、まだ十歳で身長も低い。小烏をマトモに扱える背丈に達しておらず、体格的にも不利だ。

和歌子は悪鬼たちの群れを避けながら、清海たちを探す。どうやら、境内からは移動したようで、見当たらなかった。安貴と静流もいなくなっている。

「………………」

目を閉じて、五感を研ぎ澄ます。

風に揺れる木々と葉。羽を休める鳥の呼吸。悪鬼たちのうめき声。すべてが情報として耳から入ってくる。さらに集中すると、風の流れまで読めるようになった。

どこかから――聞こえる。

神社の裏手、森の奥から剣と剣が交わる音。戦う者の息づかい。

見つけた。

方向を確認し、和歌子はその先を見定める。さきほどから、悪鬼が多くて避けていた辺りだ。辿《たど》り着くだけで厄介そうだった。

それでも、行くしかない。

和歌子は竹箒を持って走り出した。

悪鬼に出会うと、和歌子に反応して追ってくる。

「よ……」

和歌子は一、二の三で勢いをつけて、地面を強く蹴《け》る。適当な木の幹を足場に、二段跳び。木から木へと、天狗《てんぐ》のように移って回った。悪鬼から黒い霧をまとった矢が放たれるが、竹箒で払い落とす。

そうしてしばらく行くと、闇の中で動く人影が視認できた。互いに刃を持ち、打ちあっている。

清海と朝妃だ。少し離れた場所に、安貴もいた。

森が途切れると、木を伝っていくのがむずかしくなる。眼下には無数の悪鬼が蠢《うごめ》いており、丸腰で捌《さば》くのは不可能と思われた。

これ以上、近づけない。

「和歌子！」

一陣の風が木々の間を抜けていく。同時に、誰かが和歌子を呼ぶ声が届いた。

「静流君!?」

ふり返る前に、和歌子の横を矢が通り過ぎていった。風にのった矢は、一直線に悪鬼の軍勢へと向かっていく。

矢が射た先を見ると、悪鬼が和歌子に弓を向けているところであった。助けられた。

「ありがとう」

お礼を言うと、静流は微笑で返した。

和歌子は静流のそばに降り立つ。

「どうしたの、その顔……」

静流の頬が腫れていた。鼻血を拭《ふ》いたあともあり、綺麗《きれい》な顔立ちが台無しだ。こんな顔、スケートリンク上では晒《さら》せないだろう。

「ちょっとね……大丈夫。オフシーズンだから問題ないよ」

なんでもないことのように言いながら、静流は平然と笑ってみせた。

「和歌子は心配してくれるの？」

「当たり前だよ。友達の怪我だもん」

「和歌子、違う」

静流は囁《ささや》きながら、和歌子の口元に人差し指を立てる。

「旦那《だんな》様だよ」

言っている内容は、いつもと変わらない。

なのに、顔が熱くなるほど恥ずかしいのは、どうしてだろう。「ヒモ」とか「自宅警備員」ではないからかもしれない。とにかく、静流と目をあわせていられなかった。

「け、結婚するなんて言ってないってば！」

「今の和歌子、とくに可愛いな。ずっと、そうしていてよ」

「からかわないで！　そんな場合じゃないんだから！」

「本気だよ」

軽く言いあったあとに、静流は矢を放つ。和歌子も、迫りくる悪鬼の頭を竹箒で殴りつけた。状況と会話がまったく嚙《か》みあっていない。

このままだと、じりじりと追い詰められる。

「和歌子」

静流は真面目な声で、改めて和歌子の名を呼ぶ。視線で確認すると、矢を番《つが》える手がわずかに震えていた。静流は今世でも、前世でも戦い慣れているわけではない。もう限界が近いのだ。

「あの子を止めて。僕じゃ無理だった……向こうまで辿り着いても、僕の言葉は届かないと思う」

このような局面にもかかわらず、静流の声音は穏やかであった。

「さっきも言ったけど、僕は和歌子に救われたんだよ。そうじゃなかったら、生まれ変わったのに、そこらにいる悪鬼と一緒。ずっと九郎様への未練ばかり引きずって、死んだみたいに生きてた」

「目を覚まさせてくれたのは、和歌子だから」

一年前のことを思い出す。静流は義経に会いたくて探し続けていた。和歌子と出会っても、答えあわせのように、義経の言動と比べられた。

だが、前世は前世だ。静流も苦しんだすえに乗り越え、改めて、義経ではなく和歌子が好きなのだと言ってくれた。結婚するとかヒモがどうとか、その辺りはともかく、和歌子も静流が前向きになったと思うと嬉《うれ》しかった。

もう違う人生を生きているのだ。前世になど縛られているべきではない。

それでも、前世からの才を発揮する静流のスケートは好きだ。すぐに世話を焼いて、甘やかそうとしてくるのは、彼を構成する根幹の部分だろう。いまさら変えられない本質であり、変わらなくてもいい個性だ。

折り合いをつけるとは、こういうことだと思う。和歌子も記憶に振り回されすぎないようにしているが、上手《うま》くいかないときもある。でも、そうやってチューニングしていけばいいのだと、静流を見ていて改めて学ぶ。

「あの子には、前の僕みたいにはなってほしくない……ううん、言浪君にも」

安貴も。安貴も、縛られている。

悩んでいたのは、和歌子だけではない。静流だって、武嗣だって、圭仁だって。みんなそうだった。それでも、前に進まなければならないのだ。

「静流君……」

清海も……朝妃も。

「和歌子、勝算はある？」

静流に問われ、和歌子は目を伏せた。

策はある。

しかし、成功するか否かは賭《か》けだ。これぱっかりは、和歌子にはコントロールできない。それでも、和歌子は賭けてみたいと思っている。

「ある」

和歌子はできるだけ力強く断言する。

義経だって、絶対成功する策ばかりではなかった。勝算が薄くとも、勝機があれば実行する。それだけの価値があると信じ、突き進んだ。

だから、和歌子も信じる。

「わかったよ。じゃあ、気をつけてね！」

静流は笑いながら言うと、両手を広げた。動作一つだけなのに、指の先まで気が通っており、洗練された美しさだ。どこからか、舞のはじまりを告げる鈴の音が聞こえてきそうだった。

その場でゆっくりと、流れるように静流の身体が回転した。風に運ばれる木の葉みたいに滑らかで、実際の身体よりも動作が大きく感じる。

「って……」

見惚《みと》れている場合ではない。和歌子は次になにが起こるか察して、急いで身構える。無駄かもしれないが、とっさに手がスカートを押さえてしまう。

最初はそよ風が。だが、次の刹那《せつな》には爆発的な上昇気流が発生した。

「せめて、予告してよー！」

和歌子の身体は風に煽《あお》られて、乱暴に空中へと放り出されていた。木々の枝葉が身体中にぶつかって痛い。竹箒《たけぼうき》はどこかに引っかかって、和歌子の手から離れていた。

「ひえ」

下からの風は慣れていない。妙な浮遊感と衝撃は、遊園地のアトラクションとも比べられなかった。和歌子は必死に体勢を整えようとする。怖くて閉じてしまいそうな目をこじ開け、辺りを見回した。

スカートの広がりはあきらめて、風になびくカーディガンの裾《すそ》を手で広げる。心なしか、風を受けて落下の速度が緩まった。まるで空中飛行だ。いつの間にか、夜空の雲が晴れ、優しい月と星空が見おろしていた。

「あそこだ」

和歌子は冷静に地上を見据え、狙いをつける。

月明かりのもと、長い刃《やいば》と刃が月光を反射していた。森が途切れて拓《ひら》けた場所。一寸先の斜面は崖《がけ》のようになっている。

朝妃が清海を追い詰めていた。距離があるのに、互いの闘志がここまで伝わってきそうだ。

少し離れたところで、安貴が腰を抜かして座っている。

「安貴君！」

和歌子は精一杯の声で叫んだ。

落下の風が耳元でうなっており、安貴に届いているかどうかも不安であった。それでも、和歌子は呼びかける。

「安貴君！　こっち！」

頬が痛み、雫《しずく》が飛ぶ感覚があった。さっき、枝で顔が傷ついたのだろう。けれども、今はそれを拭《ぬぐ》う余裕すらない。

安貴が放心した様子で、空を見あげる。視線がなかなか定まらなかったが、ほどなくして、和歌子に気づいた。

安貴はよろりとした動作で立ちあがり、両手を口で押さえている。

「…………！」

和歌子は黙って、右手を前に出す。

安貴はなにかを言いながら、首を横にふっていた。けれども、和歌子には届かない。

和歌子はただ安貴を信じるしかなかった。

地面が近くなってくる。

——聞いてほしいことがあるんだけど。

安貴が和歌子にだけ話してくれた秘密。清海も知らない。おそらく、皇室にも伝わっていなかった三種の神器の能力だ。

安貴を今世に生まれ変わらせるときに、草薙剣が安貴に教えたらしい。

「わたしは、安貴君を信じてる！　あなたの決断を守る！」

安貴は視線を泳がせていたが、やがて、まっすぐに和歌子を見あげる。長い前髪の間から、榛色《はしばみいろ》の瞳《ひとみ》がのぞいた。

「僕を信じて……くれる……？」

安貴の口が、弱々しく動く。

もう地面が近い。受け身の準備をしなければ、和歌子は頭から地面に落ちてしまうだろう。

「う、う……牛渕さん……ううん……」

だが、まだ和歌子は安貴を信じたい。

「牛渕和歌子！」

安貴が声を張りあげ、胸元に手を当てた。

金色の光が灯《とも》り、やがてあふれんばかりの輝きに変じる。その光は薄緑に似ているが、比にならないほど強烈だ。

安貴の手に、青銅の一振りが現れる。

「汝《なんじ》、我が剣、我が臣となるか」

草薙剣が、安貴の声に応じて光明を強める。目を開けているのがやっとの強烈さだ、和歌子の覚悟を問うているようだった。

和歌子は手を伸ばしたまま、安貴に応《こた》える。

「是《はい》！」

刹那、安貴の手から草薙剣が消える。

「…………っ」

和歌子の右腕に熱が集まるのを感じた。熱い炎……そうではない。熱した金属の塊が押しつけられているような。

右掌《てのひら》に金色の光が集束していく。和歌子は息を呑《の》み、強くにぎり込んだ。光は一振りの剣となり、実体化する。

地面に激突する寸前。和歌子の身体が金色に包まれた。

「牛渕さん……！」

心配する安貴の声がした。

衝撃で、和歌子の周りには土煙があがっている。外からでは、様子が見えないのかもしれない。

和歌子は大丈夫だよと言うつもりで、両足でその場に立ちあがった。

「すごい……」

金色の剣は、和歌子が持っている間も、灼熱《しゃくねつ》を帯びている。だが、決して和歌子自身は火傷《やけど》をしない。

ただ身体中を駆け巡る熱のようなものがあった。とにかく身が軽くて、自分ではないような感覚だ。いつの間にか、頬の切り傷も消えてなくなっていた。

草薙剣は三種の神器の一つ。神代より伝わり、天皇の正統性を証明するための神器だ。その能力は天皇だけが使用できる。

しかし、所有者である天皇が臣下として認めた者。力を代行し、帝《みかど》を守る剣となれる者には、草薙剣を貸与することができる。

今、和歌子は安貴から草薙剣の力を譲られている状態だ。所有者は変わらないが、一時的に和歌子が草薙剣を持っていられる。

安貴の剣として。

「安貴君、ありがとう……それで、安貴君はどうしたい？　わたしは、どうすればいい？」

和歌子は安貴に問い、微笑んだ。

決めるのは、あくまでも安貴である。和歌子はその代行として動くだけ。草薙剣も、それを望んでいるようだった。

「あ……」

安貴はパクパクと口を開閉させ、目を伏せる。頬には涙のあとが幾重にも残り、身体も立っているのがやっとのようだった。

しかし、安貴は袖口《そでぐち》で顔をごしごしとこする。

表情を改めて、拳《こぶし》をギュッとにぎりしめた。

「清海君を……助けて。二人を止めたい……」

まだ安貴は迷いを払拭《ふっしょく》できていない。自分ではなにも決められないという不安が色濃く残っている。それでも、安貴は自分の口で和歌子にはっきりと告げた。

「わかった」

和歌子は微笑んで、踵《きびす》を返した。

『あ……あ゛……』

地面から悪鬼たちが這《は》い出てくる。皆一様に餓えと渇きに苦しみ、和歌子に向かって牙《きば》を剝《む》いていた。地獄のような光景だ。

和歌子は草薙剣を構えた。薄緑よりも古い時代に造られた、直刀である。使い勝手が微妙に異なるが、なぜだか和歌子の手には馴染《なじ》んでいた。

剣をふると、光の粒が結集する。刀身が金色の炎をまとうように、燃えあがった。

『ぐ……が、が……』

『……ま゛……ぶし……』

悪鬼すら慄《おのの》いている。

踏み出す和歌子の足は、異様に軽かった。どこまでも速く走れる気がする。

和歌子は瞬足をもって悪鬼へと距離を詰め、軽々とその首を落とす。一人、二人と、連続で斬っても疲れない。手応えもほとんどなく、剣が羽根みたいに軽かった。

『あ……あ……り……』

和歌子に斬られた悪鬼たちが崩れていく。塵《ちり》となりながらも、顔面には笑みが刻まれていた。

「どうか、安らかに」

草薙剣にも、悪鬼を安らかに導く力があるようだ。和歌子は安堵《あんど》した。塵となった悪鬼たちは光の粒子となり、やがて空へと舞いあがる。蛍の送り火みたいで幻想的であった。

「う……」

けれども、和歌子の身体が急に重くなる。腕や足の腱《けん》が突っ張って、関節が軋《きし》んでいた。

どうやら、草薙剣で得られる身体能力の向上は、力の前借りのようだ。使えば使うほど、身体に負荷がかかるのだろう。これは、安易な使い方ができない。安貴が草薙剣を上手《うま》く扱えなかったのもうなずける。

視線の先では、清海と朝妃が刃《やいば》を向けあっていた。

満月に照らされる清海の顔には汗がにじみ、小烏を持つ手が震えている。対する朝妃は、なんの感情も読みとれない表情で髭切を叩《たた》きつけた。

甲高い音とともに、小烏がついに清海の手を離れる。

朝妃が清海を見おろし、髭切をふりあげた。

しかし、朝妃の刃は既《すんで》のところで止まる。

「邪魔をするな。一騎打ちだぞ」

刃がおろされる寸前、和歌子が草薙剣で止めたのだ。剣の力を使って全力で走ったため、また足が痛みはじめていた。息があがり、肩が上下してしまう。

冷徹な朝妃の視線が恐ろしい。背筋が凍りそうな一挙一動は、頼朝そのものであった。和歌子自身の記憶ではないのに、体験したみたいに鮮明に蘇《よみがえ》ってくる。

「いつまで、うしろを向いているつもりなんですか」

問いに、朝妃は不機嫌そうに目を細めた。

和歌子は臆《おく》さず、視線を返す。

「うしろ？　私が？」

「そうですよ、朝妃さんです」

和歌子はまっすぐに言葉を投げ、刃を押し戻した。朝妃は、いったんさがって距離をとる。

「清海君も」

和歌子は背に庇《かば》う清海にも目を向けた。

草薙剣をかざすと、清海は憎々しげに和歌子を睨《にら》む。その表情があまりに幼くて、和歌子の心がいっそう痛む。

「清海君がやりたいのは、平家一門の召喚。そのために、草薙剣を確保しながら、小烏も手放せない」

清海は和歌子に真の目的を語ってくれなかった。

しかし、彼の言動から和歌子にはわかっている。静流も、安貴も、同じ思いだ。

「なら、阻止する私に咎《とが》はないはずだが」

和歌子が事実を確認すると、朝妃は当たり前のように述べる。

朝妃にとっては、小烏は脅威だ。だが、悪用されないという確証さえあれば、こんな無益な戦いはしなくていい。清海が小烏を封印しておくならば、彼女に戦う理由はないのだ。

「清海君。平家一門を呼び寄せて、そのあとはどうするつもりか。きちんと答えて」

和歌子はゆっくりと言い聞かせるように、清海へ質問した。

けれども、清海は和歌子から目をそらすようにうつむいてしまう。

「お前らには言わない」

「じゃあ、わたしの考えを言うよ」

清海の住んでいたマンションを思い出す。子供が独りで暮らすには広すぎる部屋が散らかし放題で、ゴミ屋敷とも呼べる。清海は平気そうに振る舞っていたが、そんなはずがないのだ。

「家族が欲しかったんだよね。今世で得られなかったから、前世の絆《きずな》に縋《すが》りたかった」

清海が今世でどんな人生を歩んだのか、和歌子はすべてを知らない。彼が親から捨てられるまでに、どうしていたのか、そんなものは推測しかできなかった。

けれども、清海は「家族」をあきらめていない。

強がっているし、大人のように振る舞っている。それは全部、清海の子供らしい弱さや孤独の裏返しなのではないか。

静流の作ったごはんを食べていたときの清海は、心から笑っていた。逆に、白拍子の舞をながめる顔は、懐かしそうだが、どこか寂しげだった。

本気で平安の世を懐古しているのではなく……彼は家族が欲しいだけなのだと、和歌子は感じてしまった。

「なにを言うかと思えば、家族などとくだらない。そんなことで、三種の神器など使うものか」

嘲笑《ちょうしょう》したのは朝妃だった。武士としての栄華を極め、朝廷と渡りあった平清盛。生まれ変わりである清海が、そのような理由で草薙剣を求めたなど、馬鹿げている。そう言いたげであった。

実際、そうだ。子供らしい理由だが、平清盛は平家の棟梁《とうりょう》である。数々の苦境をはねのけて武士の世を拓《ひら》いた男だ。彼がいなくては平家の世は来なかったし、源氏を筆頭にした武家政権も成立しなかっただろう。

「勝手なことを言うなよ」

清海は不服を申し立てる。が、強い否定ではなかった。それが逆に和歌子の考えを裏づける結果となり、朝妃が顔を曇らせた。

「……ありえない」

非合理的だとでも言いたげだった。朝妃は髭切をにぎり、奥歯を嚙《か》みしめている。

「いや」

しかし、頑《かたく》なだった朝妃の瞳《ひとみ》が、わずかに揺れた。ぶつけようのない怒りや憎しみの行き場を探していたが、あきらめたようだ。

「もう変わってしまったのだな。誰も彼も……変わりたいのに、変われていないのは、私だけか……」

信じたいが、信じ切れない。変わろうとしているが、前世からの猜疑《さいぎ》心を捨てられない。保身のため、小烏を探した朝妃もまた同じだ。

朝妃の眼から闘志が消えていく。もともと、彼女には戦う意思はなかった。

「お前たちに、なにがわかるんだよ……」

清海は胸に手を当てた。顔は気丈に前を向いているが、声が大きく揺れている。

「この生を受けて、家族とはどういうものかよく理解したよ。ボクがいくら母をふり向かせようとしても、無駄。あの女にとって、ボクは父の気を引くための道具でしかなかった」

消えそうな炎を、必死で燃やし続けるかのようだ。

「娘を使って外戚《がいせき》となった前世の因果か。応報と言われて受け入れられる器なら、まだあきらめられたかもしれないな」

清海は、あきらめられなかった。

家族が欲しい。ささやかなねがいを叶《かな》えるために、自らの使える手を考えたのだ。幸い、手元には小烏がある。見つけた平家所縁《ゆかり》の悪鬼どもを、手当たり次第に調伏し、それでも足りず……。

「源氏なんぞには、わからんだろうが」

「そんな——」

そんなことはない。和歌子にだってわかる。きっと、朝妃も理解している。そう説明しようとした刹那《せつな》、和歌子は違和感に気づく。

地面に投げ出されていた小烏がない。

違う。清海の背後に悪鬼が現れ、刀を持ちあげていたのだ。

直感的に、来ると察した。和歌子が考えるよりも先に、身体が動く。

「どうして！」

これ以上、争っても無意味だ。

なのに、清海は悪鬼に小烏を拾わせ、朝妃を斬りつけようとしていた。和歌子は草薙剣で、これを防ぐ。

戦う理由なんてない。それなのに、清海は刃《やいば》をおさめられなかった。

いや……退《ひ》けないんだ。

武士は逃げず、果てるまで戦う。最後の一人まで、死力を尽くす。壇ノ浦で滅びた平家がそうだ。戦国以降の武士たちとも異なる考え方。現代では、到底理解できない――

しかし、これが常識であった。

清海が小鳥をふると、無数の悪鬼たちが集まってくる。そして、巨大な一塊へと変じていった。まるで、由比ヶ浜のときと同じ……ここでようやく、和歌子は由比ヶ浜の悪鬼が巨大化した理由を悟る。あれは安貴だけのせいではなく、清海が加担していたのかもしれない。

「宗盛……時子《ときこ》……重盛《しげもり》……どこにいる」

清海は平家の人々の名を呼び、うつむいている。

やめさせないと。斜面の下には民家もあるのだ。こんな悪鬼が暴れ回ったら、どうなってしまうか予想もつかない。

しかし、清海へ駆けようとする和歌子の前に、悪鬼の片足がおりてくる。悪鬼はみるみるうちに巨大化し、四階建てほどの高さを誇る武者となっていた。

踏まれただけで死ぬ。

和歌子は息を呑《の》むが、すぐに草薙剣を構える。この神剣であれば、巨大な悪鬼だって斬れるはずだ。

「う……痛ッ……」

けれども、草薙剣をふろうとした瞬間、腕に激痛が走る。筋肉痛の比ではない。身体が悲鳴をあげて、限界を訴えていた。

こんなに早く身体が駄目になるなんて。草薙剣は強い力を持っているが、もはや劇薬だ。今の和歌子では、これ以上、扱えない。

悪鬼の巨体は和歌子を無視し、朝妃に狙いを定めている。太刀をふりあげ、少女に向けておろしていた。

「朝妃さん……！」

落雷でもあったかのような轟音《ごうおん》と同時に、強烈な爆風が巻き起こる。砂塵《さじん》が吹き荒れ、なにが起きたのかわからない。和歌子は飛ばされないよう、その場で顔をガードして踏ん張った。

「うあ……ッ」

しかし、正面から打ちつける砂の粒に耐えられない。小石が当たるだけでも、弾丸を浴びせられた気分だ。和歌子の身体は、玩具《おもちゃ》みたいに後方へ投げ出される。

「牛渕！」

爆風に交じって、誰かの声が聞こえる。そのあとすぐに、和歌子の身体を打ちつける小石の勢いが弱まった。

「………」

風が止み、和歌子は薄《うっす》らと目を開けた。肩を抱きしめる腕が強くて逞《たくま》しい。人肌の温かさを求めて、和歌子は無意識のうちにしがみついていた。

「先生……？」

見あげると、武嗣の顔がすぐそこにあった。和歌子の身体を支え、庇《かば》うように抱きしめている。

すぐそこに、崖《がけ》の斜面が迫っていた。あのまま飛ばされていたら、和歌子はここを真っ逆さまだったかもしれない。

「大丈夫か、牛渕……ッたぁ」

武嗣は頼もしげに笑っていたが、すぐに顔を歪《ゆが》める。

「先生、腕どうしたんです！」

見ると、武嗣の左腕が固定されている。枝を添え、パーカーで急造の三角巾《さんかくきん》が作られていた。顔は青ざめているし、指先は色が変わって腫《は》れている。

この状態の怪我人に助けられたと思うと、ぞっとした。

「折れた」

「そんな枝が折れたくらいのノリで言わないでくださいよ！」

和歌子が叱咤《しった》すると、武嗣は弱々しく笑い声を転がした。余裕があるとアピールしたいようだが、いつもの覇気がなくて逆に心配だ。

「わたしのせい……」

武嗣はこんなにひどい怪我をしたのに和歌子を助けにきてくれた。和歌子が不甲斐《ふがい》ないから。

「牛渕のせいじゃないさ。牛渕がいたから、俺は勝てたし、ここまで来られた。全部、お前がいなきゃできなかったよ」

武嗣は右手で和歌子の頭をなでて、立ちあがらせる。

「それに、落ち込んでる暇《いとま》はない」

武嗣は和歌子の背中を押す。

目の前には、巨大化した武者の悪鬼がいる。なにかを探しているようだ。おそらく、朝妃だろう。

これをなんとかしなければ。

「でも……」

和歌子は草薙剣を見おろした。もう一度、ふってみようと手に力を込めるけれど、持ちあげるのでやっとだ。

「ううん」

和歌子は首を横にふった。

もう、ボロボロだ。けれども、ここだけは逃げられない。

和歌子は震える右手を支えるように、左手も柄《つか》に添える。両手でにぎると、少し構えが安定した。

巨大な悪鬼が動き出す。

辺りには砂煙が立ち込めていた。しかし、その一部に風が通り過ぎるような歪みが生じ、矢が一本、二本と連続で飛翔《ひしょう》する。

朝妃だ。悪鬼の初撃を回避したらしく、弓に矢を番《つが》えて悪鬼を狙っていた。

だが、朝妃の矢は悪鬼に命中するものの、大したダメージになっていないようだ。

「化け物」

朝妃は言い捨てて苛立《いらだ》ちを露《あら》わにする。

悪鬼の動作は緩慢だが、一振り一振りの威力がすさまじい。刃を叩きつけるたびに、戦車の砲撃があるのと同じだった。

悪鬼が朝妃に刃を向ける。朝妃は矢を向けるが、どちらに分があるかは明白だった。

それでも、朝妃は退かない。

「朝妃さん！」

和歌子は叫ぶが、今から行っても間にあわない。いや……草薙剣の力を使えば、届くかも——同時に、朝妃が悪鬼から逃げず、挑む理由を考える。

この悪鬼の動作は大きく緩慢で、一度攻撃をすると隙ができるのだ。朝妃は、わざと攻撃を誘っている。

朝妃は自分が囮《おとり》になるつもりだ。それが一番合理的だと考えているのだろう。

そんなことをさせられない。助けなくては。和歌子は草薙剣を強くにぎった。

悪鬼の刃が朝妃に迫る。

しかし、和歌子が踏み出す前に、砂煙に動きがあった。

疾風のごとく駆け抜けたのは、金色の閃光《せんこう》。

「させるかよ」

薄緑を携えた圭仁が跳躍する。

彼はそのまま、悪鬼の刃の下へと滑り込んだ。

「九郎!? やめろ！」

「っるせぇ」

圭仁は矢を番えている朝妃を、横から抱えて走り去る。悪鬼の攻撃が、ほぼ同時に地面を抉《えぐ》った。

爆音が響き、再び激しい風と砂塵が舞った。衝撃が離れた和歌子のところへも伝わってくる。

土煙のせいで、二人が逃げられたのかどうかわからない。

が、今は安否を確認するよりも、やることがある。

和歌子は草薙剣に力を込めた。身体中が痛むけれど、ここでやらなければいけない。

あんな攻撃、三度もさせるわけにはいかなかった。

光の粒子が、刀身に集まってくる。炎をまとうがごとき金色が、草薙剣を包み込んだ。

腕が痛い。足も震えている。

満身創痍《そうい》で挫《くじ》けそうな和歌子の右手に、武嗣の右手が重なった。うしろから抱きしめるように、和歌子を支えてくれる。

実際に、草薙剣を使うのは和歌子だ。なのに、一緒に力を込めているような感覚になる。二人ともボロボロなのに、強くなれる気がした。

草薙剣をゆっくりと掲げる。体力を全部持っていかれそうなくらい剣が重いけれど、和歌子は力をふりしぼって、剣をおろした。

草薙剣がいっそう強く輝く。

その瞬間、夜空を貫く光の柱が発生した。

光は草薙剣の動きにあわせて、悪鬼へと向かっていく。

辺りが輝きに塗りつぶされた。

5

周囲を悪鬼が埋め尽くす地獄は、跡形もなかった。

巨大な武者も消え去り、あとには蛍が旅立つかのごとき光景が広がっている。

晴れた夜空から見おろす月のほかに、惨状の目撃者はいない。

「清海君」

武嗣に支えられながら、和歌子は歩いた。もう全身にほとんど力が入らない。筋肉痛とも異なる脱力感に支配されていた。

視線の先には、地面に座り込む清海の姿がある。小烏を突き立て、放心しているようだった。

「手勢は全部出し尽くしたよ。詰みだ。首級がとりたければ、ご勝手に」

清海が自嘲《じちょう》する。

「そんな野蛮なことしない」

和歌子は首を横にふる。

さきほどまでの取り乱した様子は消え、清海は落ちついていた。自暴自棄というよりも、負けてすっきりしたと言いたげな面持ちである。

「あの……」

和歌子は一人で前に歩み出る。武嗣が心配そうに制止するが、清海に戦意はない。片手をあげて断った。

「草薙剣、使いますか？」

剣を地面に立て、和歌子は清海に提案した。

清海には草薙剣を悪用する意思はない。ただ家族を呼び出したいだけだ。前世に執着するのがよいとは思えないけれど……それで気が済むこともある。安貴も拒まないだろう。

「…………」

清海は草薙剣を一瞥《いちべつ》して、すぐにうつむいた。月下の横顔は、人形みたいに綺麗《きれい》で整っている。

「……考えておくよ」

赤銅色の目を伏せ、清海は静かにつぶやいた。

すぐに答えを出さず、保留にする。あんなに執着していたはずなのに、すっかり抜け殻みたいだった。

清海はゆっくり息を吐き、その場に寝転ぶ。

和歌子もそろそろ立っていられなくて、膝《ひざ》をついた。気が抜けてしまい、一歩も動ける気がしない。

鎌倉の夜は静かに続いていく。

幕引き　やり直せないならば

1

日曜の朝陽が射す浜辺に飛んでいるのは、カモメではなく無数の鳶《とび》だ。

そういえば、幼いころ。江ノ島で鳶に菓子パンを盗《と》られたことがあった。この辺りの海では、よくある光景で、観光客がお弁当を掠《かす》めとられるなど、日常茶飯事だ。

和歌子は鳶にそういう習性があるのは知っていたが、ぼんやりしていた。あーあ、食べたかったのに。次は気をつけよう。まだ五歳の時分で、泣きもせず淡泊にそう思うだけだった。

そんな和歌子を見る父の顔が、いまさら蘇《よみがえ》る。

聡史はすぐに和歌子に駆け寄って、「大丈夫だったか」と怪我の確認をした。血相を変えていて、いつもの父らしくないなと感じる。

和歌子は黙って、コクリとうなずいた。

恐怖はとくにない。遠い記憶の底で、鷹狩《たかが》りの経験があったせいだろうか。それとも、こんなものより、合戦場のほうが恐ろしいと知っていたからだろうか。とにかく、和歌子は聡史に問われるまで、「怖い」とは思わなかった。

あまりに平気そうな和歌子を見て、聡史は安堵《あんど》の息をつく。けれども、次の瞬間には、子供らしからぬ反応を不思議がっていた。

和歌子の中で、その顔が引っかかってしまう。和歌子は「よくないことをした」のだと感じた。今のは普通の反応ではなかった……両親が求める子ではない。

そう考えると、親との距離さえ迷う。

和歌子には、正解がよくわからなかった。

そんな記憶だ。

和歌子自身の体験。それなのに、こうやって機会がないと、すぐには思い出せなくなっていた。おぼろげで、あいまいなもの。それでも、まだ覚えている。

「ぼく……京都に帰ってみようと思ってて」

浜辺を歩きながら、安貴がぎこちなく笑った。

あれから三日。

今朝、安貴から話したいと連絡があり、こうしてトレーニングの時間に歩いている。

安貴は学校を休んでいたので顔を見るのは久しぶりだが、元気そうでよかった。

「京都……実家？」

問うと、安貴はコクコクとうなずく。が、すぐになぜだか首を横にふった。

「あ、ああ！　転校じゃないよ……！　夏休みに……帰省しようかなって」

安貴は慌てて説明しながら、両手を前に出す。その様が可笑しくて、和歌子はクスリと笑ってしまった。

「ずっと、怖くて連絡してなくて……昨日、がんばって電話してみたんだよ。そしたら……顔が見たいって……」

安貴は呪いのせいで、実家から追い出され、親戚《しんせき》を盥回《たらいまわ》しにされていた。呪いと言っても、草薙剣の能力によって、安貴の意思に関係なく悪鬼が呼び出されてしまうという現象だ。

草薙剣は、現在、和歌子に譲渡されている。

正確には、貸し与えられているだけなのだが、とにかく安貴の手を離れた。和歌子なら悪鬼が出現しても対応できるので、しばらく請け負うことにしたのだ。

安貴のもとに草薙剣がないならば、実家に帰っても安全だろう。

「ご、ごめん。剣を牛渕さんに押しつけて……」

「いいんだよ。わたしが、安貴君のお手伝いをしたいって、言ったんだし。適材適所」

「でも、あのあとは全然動けなくなってたんだよね……」

「筋肉痛とか、よくなるから大丈夫。もっと鍛えなさいってことだと思う」

和歌子は気が抜けないが、悪鬼退治は慣れている。ただ、草薙剣は身体的な負荷が大きすぎるので、使いどころは慎重に考えたい。基本的には、薄緑で対処するつもりだ。

とはいえ、身体に仕舞って、好きなときに取り出せるのは、とても便利だった。

「それよりも、安貴君が自分で実家に帰るって決められたの、本当にすごいよ。嬉《うれ》しい」

和歌子が言うと、安貴は頬を染めた。

「う、うん……自分で決めろ、って……牛渕さんが言ってくれたから」

「わたしが言ったけど、決めたのは安貴君だよ」

決断には責任が伴うものだ。和歌子だって、なにかを決めるのは怖い。いつだって、自分が正しかったかどうか迷う。

けれども、この先、いくらでも決断の機会はある。そのたびに、安貴は強くなっていくのだろう。

「安貴君見てると、わたしもなんだか勇気が出てくるな」

和歌子は言いながら、手を前に差し出した。

「改めて、よろしくおねがいします。お友達として」

安貴はポカンと、和歌子の手を見おろしている。

「う、うん……」

やがて、和歌子の手を弱々しくにぎり返してくれた。

「明日《あした》……月曜日から、学校も行こうと……思う。だから、よろしくおねがいします」

「うん」

朝陽を受ける安貴の顔は、清々《すがすが》しかった。前髪に隠れがちな榛色《はしばみいろ》の目は大きくて、愛嬌《あいきょう》がある。

「あ、あとね」

安貴はひかえめに目を伏せながら、ポケットに左手を入れた。そして、ていねいに折りたたんだ紙を取り出す。

「なにこれ?」

四つ折りにされた紙を受けとって、和歌子は首を傾げた。

「牛渕さんのために……」

安貴は顔を真っ赤にしながらうつむいてしまう。そんな渡され方をしたら、緊張するではないか。手紙だろうか。まさか……ね……ここのところ、立て続けに求婚だのなんだのされているせいで、妙に警戒する。

ともかく、和歌子は中身を確認しようと、紙を開いた。

「江ノ島……お散歩イベント?」

四つ折りされた紙の正体は、チラシだった。季節の花と、お散歩の文字。有名フリーイラストサイトの絵で、家族がニコニコ笑いあっている。

「うん……」

安貴は照れくさそうに、両手をうしろで組んでいた。和歌子は返答に困って、口をあんぐりと開けてしまう。

「ご家族と、行ったらどうかなって……牛渕さん、あんまりゆっくり話せてないって、言ってたから」

覚えていてくれたようだ。

「ぼくも、親と話すことにしたから……牛渕さんの役に立ちたい」

安貴の気持ちはどこまでも優しくて、なによりも和歌子のことを考えていた。

和歌子は微笑んで、チラシの日付を確認する。次の日曜日に開催されるようだ。江ノ島は何回か行ったことがあるけれど、親と訪れるのは久しぶりである。

「そうだね……ありがとう、安貴君」

聡史の冷たい視線を思い出す。だが、同時に和歌子を心配して取り乱している様子も頭に浮かんできた。

和歌子のほうから、歩み寄らなければならないのかもしれない。

安貴とのウォーキングを終えて、神社へ帰る。

明日からは、安貴も一緒に歩くことになった。家はそんなに近くないのだが、安貴がそうしたいらしい。将来的に、草薙剣を自分で使うために、体力づくりだ。

ちなみに、家から遠いのに初めて牛渕神社を訪れた理由は、草薙剣がこちらの方角を示していたからだった。

もしかすると、薄緑に反応していたのかもしれない。

「和歌子」

家へ歩くと、不意に声をかけられる。油断していたタイミングだったので、和歌子はビクリと肩を震わせた。

「お父さん……」

ふり返ると、聡史がこちらへ向かっていた。また得体の知れないものを見るような、和歌子の苦手な目で。

三日前の件について、聡史は和歌子にあまり深掘りしなかった。やはりあきらめて、和歌子と向きあうのを放棄したように思えてしまう。

心が頑《かたく》なに閉ざされる感覚。逃げたくなって、和歌子の表情も硬くなる。

けれども、ポケットに押し込んだチラシの存在を思い出す。

「あのさ……」

気がつくと、言葉が出ていた。

和歌子はとっさに口ごもるが、もう声を出してしまったものは遅い。ここは、勢いにのるしかないだろう。

「今度、江ノ島……行かない？」

辿々《たどたど》しくて、自分でも拙《つたな》すぎると感じる。

聡史は眉間《みけん》にしわを寄せ、黙って和歌子を凝視した。なにか言ってくれないと、こちらも困る。しかし、苦しい沈黙は続いた。

「お散歩イベントがあるって。友達から聞いて……今度の日曜日。お母さんも、一緒に」

チラシを広げてみせながら、和歌子は必死に言葉を継いだ。けれども、聡史はますます険しい顔をするばかりである。

やっぱり、三日前の説明がないままだし、順番ミスったかなぁ……そもそも、こんなもの興味ないのかも。

「それは」

聡史は、じっとチラシを見つめ続けている。

「去年のチラシだ。今年のは、もう終わった」

「へ？」

指摘され、間抜けな声が出た。

和歌子は急いでチラシを確認する。たしかに、去年の日付で書いてあったのに、まったく気づけなかった。安貴も同様だろう。こんな初歩的なミスをするなんて。どうして、カレンダーと照らしあわせて確認しなかったのか。

「ご、ごめん。忘れてくれたら嬉しいな！」

和歌子は熱くなった顔を両手で覆って、逃げ出そうとする。

「行こうか」

しかし、そんな和歌子にかけられたのは、思いのほか優しげな声であった。顔をあげると、聡史が微笑している。

笑った顔、久しぶりかも。

「江ノ島なら、適当に歩くだけでも楽しめるだろう。依子も喜ぶ」

はにかみながら言われて、和歌子は無意識のうちにコクコクとうなずいていた。

ずっと感じていた聡史との壁のようなもの。

ようやく薄くなった気がした。

「でも……いいのか？」

なのに、やがて聡史の口調も歯切れが悪くなる。気まずそうな素振りで、和歌子を横目でチラチラと確認していた。

和歌子はよくわからず、小首を傾げる。

「……彼氏とデートのほうが、楽しいんじゃないのか」

「か、かれし？」

彼氏はいない。意味不明な求婚はいろいろされたような気がするけど、誰にも返事をしていないのでノーカンだ。

「その、由比君……うちに連れてきてもいいんだぞ。この間の件も謝罪したい」

「!?」

一度、静流と遭遇してしまったのを思い出す。あれで勘違いしたのだろう。いや、勘違いする要素しかなかった。和歌子は頭を抱える。

「静流君はお友達だから！」

声高らかに否定するが、聡史は信じてなさそうだ。「気が向いたらでいい」と、苦笑いした。絶対にわかってもらえていない。和歌子は必死に静流はクラスメイトで、お友達だと主張した。

「お前にも、そういうところがあったんだな……」

聡史は改めて、まじまじと和歌子をながめた。意識すると恥ずかしくなって、和歌子は視線をさげる。

「安心したよ。ずっと、お前は……突然、いなくなりそうだったから」

「え？」

「いつも俯瞰《ふかん》していて、子供らしくないと思っていた。どこか、違う世界にでも帰っていきそうな……神社だからと、オカルトを信じているわけじゃないが」

子供らしく振る舞えなくて、両親と距離を置いていた。和歌子の態度が、聡史にそう思わせてしまっていたようだ。

得体の知れないものを見るような目。和歌子が嫌いなあの表情は、両親を突き放した自分自身が招いたものだった。

わかってしまうと、なにも怖くない。和歌子は笑みを作った。

「なに言ってるの。神隠しとか、チェンジリングとか、物語の中だけでしょ」

本当は、世の中には不思議なことが少しばかりある。鎌倉には悪鬼が蔓延《はびこ》っていたり、前世の記憶を持った人間がいたり。

けれども、そんなことは聡史たちが知らなくてもいいのだ。

「そうだな……依子が朝食を作っている。早く来なさい」

聡史は微笑みながら、家へと先に戻っていく。

「うん」

和歌子もあとをついて歩く。

その足どりは、いつもより軽い。

2

今日は、こんなところか。

買い物袋に詰まった食材を見おろして、静流は献立を頭に浮かべた。野菜も肉も買ったし、調味料も買い足している。

日曜日にわざわざ出向いたのは、数日前から訪れているマンションだ。軽い怪我をしたので、スケートの練習は大事をとって休んでいた。

オートロックがかかっていようが、カードキーがあるので問題ない。エレベーターをあがり、部屋へと進む足どりに迷いはなかった。静流はインターホンを押さずに、玄関の鍵《かぎ》を開ける。

「ただいま。いい子にしてた？」

できるだけ笑顔で呼びかけるが、中から声はしない。なので、静流は勝手に靴を脱いであがり込んだ。

部屋中に散乱していたゴミの山は、昨日すべて片づけてある。

「勝手に入るな！　誰の許可を得た！」

しかし、静流がリビングへ侵入すると、なにかが飛来した。反射的にキャッチしてみれば、テレビのリモコンである。

ソファーで胡座《あぐら》をかいているのは、平森清海。この部屋の住人だ。昨日、徹底的に片づけたはずなのに、床にはまた菓子袋やジュースが散乱していた。おそらく、わざとだ。

静流は清海に、ニコリと笑いかけた。

「許可なんて要らないよ。このマンション、僕が買ったから」

「は？」

静流の言った意味が理解できなかったらしい。清海はポカンと口を開けた。

「マンションのオーナーは、僕になったんだよ」

マスターキーを見せながら、静流は得意げに笑う。事実だ。マンションは即金で買い取り済みである。まあまあの出費だったが、CM出演が二本決まっているから、帳消しだろう。

「オーナーだからって、個人の部屋に入ってもいい道理はないと思うけど。どれだけ面の皮が厚いんだ」

「照れるよ」

「なにも褒めてない」

静流は涼しい顔でリビングを横切り、キッチンに立った。買っておいたエプロンを巻いて、鼻歌も口ずさむ。

「だから、勝手に触るな！」

再び、清海から物が飛んでくる。今度は、空のペットボトルだった。まったく痛くないね。

「なんで、ボクに構うんだよ」

「予行演習かな。和歌子と圭仁さんを養うとき、手慣れてたほうがいいでしょ。ヒモは二人になろうが、三人になろうが僕は余裕だからね」

「意味わかんないな。ボクを巻き込むなよ」

清海の抗議を聞き流し、静流は買い物袋から挽肉《ひきにく》を取り出した。

「今日はハンバーグなんだ」

「話聞いてる？」

上機嫌の静流に対して、清海は不機嫌だ。

「他のがよかったら、考えるよ。挽肉があるから、肉そぼろとか、ドライカレーとか」

献立を挙げてやると、清海は真面目な顔で考え込む。

「ハンバーグがいい」

「わかった、待っててね。おろしポン酢がいい？　ソースがいい？」

「……おろしポン酢」

だが、答えてからすぐに、顔を赤くしながら憤慨する。

「別に、食べたいわけじゃないからな！」

「うん。ボクが勝手にやっていることだから、気にしないでくれよ」

静流はハンバーグの準備をはじめた。冷蔵庫には、前日買ってきた食材も残っている。流し台を見ると、作り置きしておいたおかずのタッパーが浸《つ》けてあった。

これは静流のエゴだ。

清海には、親がいないも同然である。そのせいで、彼は前世の家族に逃れようとしていた。

同情、不憫《ふびん》――そんな気持ちが強かった。しかしながら、清海と接することで、静流の中にも明確な変化があったのだ。

「子供は子供らしく、甘やかされていればいいんだよ」

「白拍子風情が……」

「僕はスケーターだ」

こうして家族の真似をしていると、静流も自然と落ちつく。

折り合いがついたとはいえ、やはり、静流には母親であったころの記憶がある。生まれた子はすぐに殺されてしまったが、それでも身籠《みご》もっていた時間は掛け替えのないものだった。

清海と静の子を混同しているわけではない。ただ、自分は母になりたかったのだと思う。静の未練が、少しでも慰められる気がした。

もちろん、和歌子を養うときの予行演習でもある。これも本当のことだ。

「勝手にしろ」

清海はあきらめたのか、とぼとぼとリビングへ戻っていく。

「……今度はロールキャベツがいい……」

ボソッとつぶやかれた一言に、静流は笑顔で返す。

「わかったよ。時間かかるから、煮込んでから持ってくる」

草薙剣には、魂を呼び寄せる能力があり、上手《うま》く使用すれば、任意の人に会うことができる。

清海の目的は明らかになり、誤解は解けた。草薙剣を使って、清海は前世の家族と会ってもいいのだ。

しかし、清海はそうしようとしない。草薙剣を差し出した和歌子の申し出も保留にしたままだ。

今世を生きる気になってくれたのだと、静流は解釈していた。前世への執着ではなく、現在や未来を見ている。

もしかしたら、今世の親とも、はじめは上手くやろうとしたのかもしれない。だが思うようにいかず、あきらめていたのだろう。

でも、彼も前向きに歩きはじめている。

そう信じたかった。

3

夢を見るのは久しぶりだった。

自分にだけ都合がいい、気色の悪い妄想だ。

でも……醒《さ》めないでいてほしい。

そんな甘くてどうしようもない夢。


スゥッと、意識がスライドするみたいに切り替わった。

知らない天井と、点滴の棒が見えた。病院だと悟るのに、そう長い時間を要さない。

黒鵜圭仁は深く息を吸って、浅く長く吐き出す。

点滴棒の奥に見えるのは、病院の床頭台《ラック》だ。引き出しとテレビ、冷蔵庫がコンパクトにおさまっている。窓の景色から察するに、二階以上の病棟か。個室のようだ。

そこまで観察して、もう一度室内を確認する。

……見間違いだな。

圭仁は頭をパタンと枕に落とした。後頭部がとにかく痛くて、身体が重い。熱もあるようで、身体中が汗でじっとりとしていた。右足がギプスで固定されて、クッションで挙上《きょじょう》してある。あーこれ、折れたのか……。

「見間違いか……？」

三度見した段階で耐えきれず、圭仁は身体を起こした。

ベッドの脇で、すやすやと寝息を立てる少女がいる。患者用の椅子に座ったまま、マットレスに寄りかかる形で眠っていた。ごていねいに、圭仁の手までにぎっているものだから、なんの冗談かと疑ってしまう。

湊本朝妃は、まぶたを震わせた。

「ん……」

眠そうな目をこすって、朝妃が顔をあげる。寝起きはいつもよりぼんやりとした印象で、非常に無防備だった。どう見ても、普通の女の子である。

しばらくは焦点が定まっていなかったが、やがて、圭仁と目があった。すると、ハッとした様子で身体を起こしながら、圭仁から離れる。

「寝てないいんだからな！」

「いや、寝てたっしょ」

あれだけガッツリ眠っていて、「寝てない」は無理だ。圭仁は間を空けずに指摘してしまう。

「可愛い乙女の寝顔を盗み見るなんて。デリカシーに欠ける男だな！」

「勝手に見せつけてきたんだろ」

　圭仁は朝妃から目をそらした。頭を掻《か》こうとするが、包帯が巻いてある。動くたびに、後頭部がズキズキと痛んだ。

「いまさらだけど、なにがあったの？」

　記憶が飛んでいた。

　朝妃が悪鬼の注意を引きつけようとしていたのは、はっきり覚えている。気がつくと、圭仁は走り出し、朝妃を抱えていた。ずいぶんとギリギリのタイミングだったので、そのまま衝撃で身体が浮きあがったところまでは記憶がある。

「お前は……覚えていないのか？」

「あいまいでさ」

　朝妃は目をそらしながら口ごもる。しかし、やがてあきらめたように息をついた。

「私を庇《かば》ったんだよ。救急車で運ばれて、あれから三日経っている」

「三日。マジか……レポート提出してねぇ……」

　頭に「留年」の文字が浮かんでしまった。いや、さすがに怪我なので恩情があると期待したい。落ちつけ。

　圭仁が項垂《うなだ》れる一方で、朝妃の面持ちは暗かった。

「ずっと、看《み》ててくれたの？」

「……お前、ときどき起きて……私を呼んでいたじゃないか……だから、離れるに離れられなくてだな……」

「……そ、そうなの？」

朝妃が伏し目がちに答えてくれるが、圭仁はまったく覚えていない。夢を見ていた気がするが、それくらいだ。

こちらまで恥ずかしくなって、妙な沈黙がおりてしまった。どうやって、会話を続ければいいのかわからない。

気まずい空気は苦手だ。圭仁は誤魔化そうと、ヘラヘラ笑ってみる。顔に触れると、眼鏡がない。どうせ度が入っていない伊達《だて》だが、あると精神的に落ちつくのに。

「どうして、あんなことをしたんだ。こんな怪我までして」

どうして、朝妃を助けたのか。

そんな簡単すぎる問いに、圭仁は即答できなかった。

「どうしてって……」

とっさの判断で、ああなってしまったに過ぎない。もっと余裕を持ってスマートに助けていれば、病院送りは免れた。実に格好がつかない。

問題はそういう話ではなく、なぜ朝妃を守ってくれたのか――頼朝は、義経を殺したのに。

「……決まってんだろ」

それでも、圭仁は頼朝を嫌いではなかった。

血をわけた兄弟だから。それだけではない。

憧《あこが》れていたのだと思う。源氏の棟梁《とうりょう》として戦う頼朝の姿に。義経と頼朝は、同じ戦場で並ぶことはなかったけれど、自分と違う才を持つ兄が誇らしかった。心から、彼の役に立ちたいとねがったのだ。

変わりたくても、根本は変われない。朝妃の苦悩も、努力も、圭仁には理解できる。

あの場でこんなことを考える余裕はなかった。条件反射だ。一秒でも判断が遅れていたら、いまごろ朝妃は病院どころでは済まなかっただろう。

「だって……朝妃ちゃん、めちゃくちゃ可愛いじゃん。女の子のために身体張って、なにが悪いんだよ」

圭仁は適当な理由をつけて、朝妃に笑いかけた。

朝妃を信じられないと言ってしまった手前、いまさら本心を明かすのも憚《はばか》られてしまったのだ。

それにしたって、マシな言い訳があっただろう。こういうところが、和歌子から白々しいと言われるのだ。事実、圭仁の返答を聞いて、朝妃が「無」の表情になっている。

「馬鹿なんじゃないのか、お前」

「すっごい真顔」

「そのまま死んだほうがよかったかな」

「ドストレート過ぎか？」

遠慮が消失しているが、これくらい辛辣《しんらつ》なほうが、「らしい」気もした。

圭仁はなんでもないように笑って返す。

「ところで、その可愛らしい〝うさぎちゃん〟は、朝妃ちゃんが剝《む》いたの？　食べていい？」

床頭台に、お皿が置いてある。そのうえに、りんごの残骸《ざんがい》がちょこんとのっていた。八つ切りサイズのりんごだ。デコボコしていて、大きさも不揃い。分厚い皮が気休めに引っ付いているので、〝うさぎちゃん〟だと辛うじてわかる。

加えて、朝妃の右親指に絆創膏《ばんそうこう》が巻いてあった。

「私じゃない！」

朝妃はなぜか、声を大きくして否定する。それがおかしくて、圭仁はニヤリと表情を作った。

「そうなの？　じゃあ、その人にお礼言わなきゃ」

「……私だよ」

「ありがと」

ぐるぐると考えながら、圭仁はりんごを手づかみで口に入れた。シャリシャリと冷たい食感が熱で火照った身体に心地よい。

ムスッとした表情で足組みする朝妃を見ながら、圭仁はふと、さっき見ていた夢のことを思い出す。

あれは都合のいい夢だった。

怪我をして動けない圭仁を前に、泣いている女の子。「九郎！　しっかりしろ！」と、抱きしめながら必死に圭仁の身体を揺さぶっていた。

彼女は救急車が到着するまで、圭仁のそばを離れない。震える声で、何度も何度も、叫び続けていた。

圭仁は安心させたくて、ときどき笑って女の子の名前を呼ぶ。そうすると、女の子が手をにぎってくれるのだ。

――またいなくなるなど、許さないからな！

あれは、誰だったのだろう。和歌子だろうか。自分は誰の名を呼んでいたのか、全然思い出せない。

目の前にいる女の子……だといいな。と、思うのは、圭仁の都合のいい解釈だ。

4

桜は散って、すっかり若葉の色で染まっている。季節は着実に、春から夏へと移っていこうとしていた。

焼き菓子の箱が二つ入った袋をさげて、和歌子は病院の敷地を歩く。武嗣と圭仁が同じ病院に入院しているので、お見舞いだ。

「病院のお見舞いって、生花駄目なんだね。せっかく、圭仁さんの部屋に百本飾ろうと思ったのに」

隣でブツブツ言っているのは、静流だ。

「百本もあったら、さすがに迷惑じゃないかな」

「寂しくないようにさ。あの人、放っておいたら一日中、動画見てるか、ゲームしてるでしょ？」

「そうだろうけど、あれは好きでやってるんだよ」

「日々の彩りは大事なんだよ。あと、単純に僕の本気を見せたい」

「それ、また怖がられるだけ……」

圭仁に花を愛《め》でる趣味はなさそうだ。嫌いではないだろうが、味気ない部屋でも平気なタイプだろう。

「もちろん、和歌子のときもするよ」

「いや、生花持ち込み禁止って、今言ってたでしょ」

顔がどんどん近くなっていく静流から離れながら、和歌子はきっぱりと言い切る。

迫る静流から、和歌子はちょろちょろ逃げ回った。

「静流君、病院入ったら静かにしてよ」

「僕をなんだと思ってるのさ。院内では静かに、和歌子の耳元で囁《ささや》くよ」

「ベタベタする気でしょ……」

先が思いやられる。

病院のエントランスに入ると、前方から見覚えのある人が現れた。

「あ……」

奥津秀次。朝妃の同居人であり、藤原秀衡の生まれ変わりを名乗る男だ。

三日前の夜、和歌子が会ったのは、すべて終わって武嗣と圭仁を病院に運ぶときだった。生まれ変わってからは、インドアを貫いていたと主張し、車で大人しく待っていたらしい。

奥津のほうも、和歌子たちを見つけて軽く手をふった。

「やあ、お見舞い？」

問われて、和歌子は「そうです」と返事した。

「そっか。今ちょっと、圭仁たちはお取り込み中だから、先生のほうを先にお見舞いしてあげればいいよ」

「？　はい」

少し含みのある言い方だったので、和歌子はあいまいな返事をした。奥津がいるということは、朝妃もお見舞いに来ているのかもしれない。

奥津はそれだけ言って、「じゃあ、散歩に行くよ」と歩き去ろうとする。

「あ、待ってください」

だが、和歌子はふと気になった。

どうしても、朝妃がいないところで確認したい。

「なに？」

ふり返る奥津の前に、和歌子は向きなおる。

「奥津さんは、朝妃さんと同居しているんですよね」

「そうだよ」

奥津はにこやかに答える。

彼が朝妃を引き取った経緯は聞いていた。そこで和歌子は、引っかかりを覚えてしまったのだ。

「朝妃さんが鎌倉へ来るように仕向けましたか？」

和歌子の問いに、奥津はとぼけたように首を傾げた。

「圭仁さん、ときどき動画に顔出しもしてるんですよ。最近は少ないですけど、初期の動画はかなりの頻度で」

圭仁の動画チャンネルを辿《たど》ればわかることだ。和歌子が消すように求めた動画以外、ほとんどすべて残った状態である。

「奥津さんは……動画を見て、義経がいるって知っていたんじゃないですか？」

だから、朝妃を導いた。

鎌倉に小烏があると、朝妃が知った経緯が少々引っかかる。髭切を持ち歩いていたら、反応があったらしいが……なぜ、彼女は鎌倉で髭切を持っていたのだろう。普通は銃刀法違反だ。必要がないときは、仕舞っておくのが無難である。

あわよくば、二人が会えるように奥津が仕向けたのではないか。小烏が見つかったのは、副産物だった。

和歌子はそう考えている。

「なるほど。君って賢いね。結構好きだよ」

奥津はあまり変わらぬ表情で手を軽く叩《たた》いた。

前世の面影など消えているが……少し秀衡の影が重なる。秀衡も、義経がなにかをすると、「好ましい」と評価した。

「朝妃は不器用だからね。背中を押してやらないと、なかなか素直にならないんだ」

「それは……わかります」

圭仁と上手《うま》くやりたいのに、朝妃は踏み出せなかった。強気な態度で本心を覆い隠して、逆に圭仁を遠ざけてしまう。あの様子を見ていたら、奥津のお節介も納得した。

結局、上手くいっているようだ。

圭仁が怪我をしたとき、朝妃は誰よりも案じて泣いていた。圭仁に意識はなかったけれど、今二人で病室にいるのなら……きっと、大丈夫だろう。

「じゃあ、これで」

奥津は愛想よく手をふって、和歌子たちに背を向けた。

「まあ……先生のお見舞い行こうか。病室聞いてくるね」

奥津を見送り、和歌子は総合受付に向かう。けれども、静流は「大丈夫」と和歌子を引き留めた。

「もう調べてあるよ」

静流は得意げに病棟と病室をスラスラ答えてくれる。ちょっと待って、調べたって。患者情報って簡単に出てくるものなの？　んん？　と、引っかかりが何度もあった。

「……静流君、犯罪はよくないと思う」

「お金を出せば、全部合法なんだよ」

「絶対違うよね、それ」

「安心してよ。和歌子のことも、ちゃんと守ってあげるから」

「どうして、そこに繋《つな》がるの。今、どこにその要素あったの」

全然、ついていけない。和歌子は頭を抱えた。

「予行演習は、今やってるところだよ」

清海のことだ。

静流はあれから毎日、清海のマンションへ行っている。

血の繋がりは絆《きずな》だ。しかし、絶対ではない。清海は今世の家族との関係を修復できなかった。もう遅いのかもしれないし、今後なにかあるかもしれない。和歌子にはわからないことだ。

けれども、家族は作ることもできる。結婚も一つの形だろう。そして、静流も彼の穴を埋めようとしていた。静流の好意で、清海が救われるなら……それも、家族の在り方だと信じたい。

「今度、一緒に行ってもいい？」

和歌子が笑いかけると、静流はパァッと顔を明るくした。

「もちろん。和歌子も養われる練習になるし、一石二鳥だね」

「いや、なんでわたしも養われる感じになってるの」

隙あらば、こうだ。

和歌子は苦笑いしながら距離をとる。

しかし、静流はいつもよりも、グイグイと前に迫ってきた。和歌子の手を強引につかんで、顔をのぞき込む。

ここ、病院のエントランスだけど？　みんな見てますけど？

「和歌子は僕が幸せにする」

いつになく、強い口調だった。

顔が真剣すぎて、誓いのようだ。和歌子は気恥ずかしくなってきたが、目をそらすことができない。

「なんの不自由もさせないよ。お金の心配なんていらないし、家事も全部僕がやる。出産は代わってあげられないけど、育児ならまかせて」

めちゃくちゃ結婚する気満々じゃないの。了承した覚えはない。和歌子はツッコミたくて仕方がないのに、不思議となにも言い返せなかった。

静流の瞳《ひとみ》は黒くて、深い夜みたいだ。そこに、和歌子だけが鏡のように映っている。一途《いちず》過ぎる視線に吸い込まれそうだ。

完全にペースを掌握されてしまった。早く離れないと静流は、このまま公衆の面前で、恥ずかしい言葉を吐き続けるに違いない。

なのに、和歌子は動けなかった。逃げ方がわからない。

自然と心臓の鼓動が大きくなっていく。

「由比」

けれども、不意に低い声が聞こえた。静流のものではない。

和歌子はようやく、静流から目をそらすことが叶《かな》う。

武嗣だった。病衣を着て、左腕を三角巾《さんかくきん》で吊《つる》している。一目で骨折しているとわかる痛ましい見た目に反して、表情は怒りを帯びていた。

「なんですかー？　先生」

一方の静流は、唐突に現れた武嗣を煽《あお》るように、和歌子の肩を抱き寄せる。油断していた和歌子は「ひえっ」と変な声を出しながら、されるがままになってしまう。

「牛渕が嫌がってるだろ」

武嗣が右腕で和歌子の肩に触れる。怪我のためか、無理やり引き剝《は》がそうとはしなかったけれど、妙な圧力を感じた。

「怪我人は病室じゃないんですか」

「歩くのもリハビリなんだよ」

「じゃあ、さっさとお立ち去りください。邪魔しないでもらえませんかー？」

「お前ら、俺の見舞いに来たんじゃないのか」

「圭仁さんのついでです。自惚《うぬぼ》れないでください」

いつものごとく言いあいになって、和歌子は両手で耳を塞《ふさ》ぐ。このパターン、飽きた。おなかいっぱい。

「もう、ここ病院なんですよ。静かにしてくださいって」

和歌子の声に、静流が鼻で笑う。

「先生、怒られてますよ」

「由比だろ」

「両方ですけどー！」

このままでは、収拾がつかない。

和歌子は大きな声で叫んでしまった。

その声が高い天井のエントランスに木霊して、幾重にも響き渡る。周りにいた患者や病院スタッフが、驚いてこちらに視線を向けていた。

「あ……ご、ごめんなさい……」

和歌子は恥ずかしくなって、ペコペコと周りに頭をさげる。

そんな和歌子を見て、武嗣と静流が同時に噴き出した。

「せっかくだし、病院のカフェ行くか。病室より広くて明るいよ」

武嗣は言いながら、入り口横のカフェを示した。普通のカフェみたいにお洒落《しゃれ》な雰囲気で、とても病院とは思えない。広い窓ガラスからは、植木や花などをながめることができた。

「先生にしては気が利きますね。和歌子、席に座ってて。僕が注文してきてあげる」

静流が言うので、和歌子はカフェオレを頼む。なんだかんだと、武嗣のコーヒーも買ってきてくれるようだ。

和歌子と武嗣は、窓際の席に腰かけた。武嗣は左腕を骨折したが、右腕は自由に動かせる。和歌子が椅子を引かなくても、さっさと自分で座ってしまった。

「あれ、先生……？」

和歌子はふと、武嗣の首からさがった診察券に気づく。病院内の身分証明になるものなので、常に首からかけているのだろう。

そこに、いつものスマートウォッチを輪っかにして通していた。

「ああ、これ。片腕だと、つけられないから首からさげてんだ。ほとんど時計状態だよ」

いくら右手が自由でも、たしかに装着がむずかしい。左手はギプスで固定されている し、右手で右手首につけるのは難儀だろう。

「つけてあげましょうか」

和歌子は何気なく提案した。ランニングはできないが、心拍数や血圧の計測もできる し、手首につけているほうがいい。

「じゃあ……おねがいするか。病室で筋トレするとき便利だし」

「この状態でも筋トレするんですね……」

「他は折れてないからな」

和歌子の申し出に、武嗣は右手を差し出す。和歌子は診察券の紐《ひも》に通されたスマート ウォッチを外し、それを武嗣の右手首につけかえる。

武嗣の腕は細身だが、和歌子に比べて骨が太くて、しっかりと筋肉がついていた。逞《たくま》 しくて、頼もしい。体温が和歌子より高く、触れているだけで温かかった。

武嗣のスマートウォッチは、戦いのせいか液晶画面が傷ついている。そういえば、和 歌子のスマートウォッチにも、細かい傷が入っていてショックだったのを思い出す。

「きつくないですか？」

ベルトの締め具合を確認して、和歌子は手を引っ込めようとした。

けれども、その手首を不意に武嗣がつかんだ。

「心拍数、あがってるぞ」

ニヤリと唇の端をつりあげる顔が意地悪で、和歌子は顔が熱くなった。

「な……」

和歌子がスマートウォッチの液晶を確認すると、たしかに、いつもより心拍数が高い。いまさらになって、ドキドキと脈打つ鼓動に気がついた。それに伴い、数値がどんどん上昇していって——。

「調子が悪いみたいですね！　おかしいな！」

和歌子は無理やり手を引っ込めながら、武嗣から顔をそらした。

ちょうどいいタイミングで、静流がトレーを持って席に戻るのが見える。

「ちょっと！　先生今、和歌子に、なにかしただろ！」

目ざとく見ていた静流が声をあげ、ダンッと、トレーをテーブルに置いた。

買ってきた飲み物が波を立てる。

「時計をつけてもらっただけだよ。なあ、牛渕？」

「え？　あ……うん」

武嗣に同意を求められ、和歌子は視線を泳がせた。なにかあったと認めるのは面倒だ。

「えー……本当？　セクハラされてない？」

「さ、されてないよ！」

和歌子ばかりが必死になって、武嗣は何食わぬ顔でコーヒーを飲みはじめた。

なんだか、二人だけの秘密みたい……。

こっそりと、スマートウォッチを確認すると、また心拍数があがっている。和歌子はとっさに、画面を右手で隠した。

数値化された鼓動を見るのが恥ずかしい。

こうして、いつもと同じ騒がしい日常は続いていく。

《参考文献》

古川日出男 訳『平家物語（池澤夏樹＝個人編集 日本文学全集09）』河出書房新社
西田友広 編『吾妻鏡　ビギナーズ・クラシックス 日本の古典』角川ソフィア文庫
元木泰雄『源義経（歴史文化ライブラリー）』吉川弘文館
元木泰雄『源頼朝　武家政治の創始者』中公新書
元木泰雄『河内源氏　頼朝を生んだ武士本流』中公新書
元木泰雄『平清盛の闘い　幻の中世国家』角川ソフィア文庫
五味文彦『源義経』岩波新書
関　幸彦『源義経　伝説に生きる英雄〔新訂版〕（新・人と歴史　拡大版04）』清水書院
八條忠基『日本の装束解剖図鑑』エクスナレッジ
板野博行『眠れないほどおもしろい平家物語』王様文庫
板野博行『眠れないほどおもしろい吾妻鏡　北条氏が脚色した鎌倉幕府の「公式レポート」』王様文庫
矢部健太郎 監修『超ビジュアル！　源平合戦人物大事典』西東社
入間田宣夫『藤原秀衡　義経を大将軍として国務せしむべし（ミネルヴァ日本評伝選）』ミネルヴァ書房
上杉和彦『源平の争乱（戦争の日本史6）』吉川弘文館

本書は書き下ろしです。
この物語はフィクションであり、実在の人物・
地名・団体等とは一切関係ありません。

転生《てんせい》義経《よしつね》は静《しず》かに暮《く》らしたい　弐《に》

田井《たい》ノエル

令和4年 10月25日　初版発行

発行者●青柳昌行

発行●株式会社KADOKAWA
〒102-8177　東京都千代田区富士見2-13-3
電話　0570-002-301（ナビダイヤル）

角川文庫 23378

印刷所●株式会社暁印刷
製本所●本間製本株式会社

表紙画●和田三造

◎本書の無断複製（コピー、スキャン、デジタル化等）並びに無断複製物の譲渡および配信は、著作権法上での例外を除き禁じられています。また、本書を代行業者等の第三者に依頼して複製する行為は、たとえ個人や家庭内での利用であっても一切認められておりません。
◎定価はカバーに表示してあります。

●お問い合わせ
https://www.kadokawa.co.jp/（「お問い合わせ」へお進みください）
※内容によっては、お答えできない場合があります。
※サポートは日本国内のみとさせていただきます。
※Japanese text only

©Noel Tai 2022　Printed in Japan

ISBN 978-4-04-112955-5　C0193

◇◇◇

角川文庫発刊に際して

角川源義

第二次世界大戦の敗北は、軍事力の敗北であった以上に、私たちの若い文化力の敗退であった。私たちの文化が戦争に対して如何に無力であり、単なるあだ花に過ぎなかったかを、私たちは身を以て体験し痛感した。西洋近代文化の摂取にとって、明治以後八十年の歳月は決して短かすぎたとは言えない。にもかかわらず、近代文化の伝統を確立し、自由な批判と柔軟な良識に富む文化層として自らを形成することに私たちは失敗して来た。そしてこれは、各層への文化の普及滲透を任務とする出版人の責任でもあった。

一九四五年以来、私たちは再び振出しに戻り、第一歩から踏み出すことを余儀なくされた。これは大きな不幸ではあるが、反面、これまでの混沌・未熟・歪曲の中にあった我が国の文化に秩序と確たる基礎を齎らすためには絶好の機会でもある。角川書店は、このような祖国の文化的危機にあたり、微力をも顧みず再建の礎石たるべき抱負と決意とをもって出発したが、ここに創立以来の念願を果すべく角川文庫を発刊する。これまで刊行されたあらゆる全集叢書文庫類の長所と短所とを検討し、古今東西の不朽の典籍を、良心的編集のもとに、廉価に、そして書架にふさわしい美本として、多くのひとびとに提供しようとする。しかし私たちは徒らに百科全書的な知識のジレッタントを作ることを目的とせず、あくまで祖国の文化に秩序と再建への道を示し、この文庫を角川書店の栄ある事業として、今後永久に継続発展せしめ、学芸と教養との殿堂として大成せんことを期したい。多くの読書子の愛情ある忠言と支持とによって、この希望と抱負とを完遂せしめられんことを願う。

一九四九年五月三日

転生義経は静かに暮らしたい

田井ノエル

源義経が転生したのは鎌倉の女子高生!?

鎌倉の神社の娘、牛渕和歌子《うしぶちわかこ》には前世――源義経《みなもとのよしつね》の記憶がある。でも今世は普通の人生を送りたいと願っていた。なのに入学した高校には、元・武蔵坊弁慶《むさしぼうべんけい》だというヒーロー系体育教師、武嗣《たけつぐ》と元・静御前《しずかごぜん》だという王子様系男子高生、静流《しずる》がいた！　２人からいきなり求婚され、鎌倉をさまよう悪鬼退治にも奔走する騒々しい日々が始まる。でも実は和歌子にはある前世の謎があって……。笑って泣ける現代転生ラブコメ×青春成長物語！

角川文庫のキャラクター文芸

ISBN 978-4-04-112399-7

角川文庫
キャラクター小説大賞
～作品募集中～

この時代を切り開く、面白い物語と、
魅力的なキャラクター。両方を兼ねそなえた、
新たなキャラクター・エンタテインメント小説を募集します。

賞／賞金

大賞：100万円

優秀賞：30万円

奨励賞：20万円　読者賞：10万円　等

大賞受賞作は角川文庫から刊行の予定です。

対象

魅力的なキャラクターが活躍する、エンタテインメント小説。ジャンル、年齢、プロアマ不問。ただし、日本語で書かれた商業的に未発表のオリジナル作品に限ります。

詳しくは https://awards.kadobun.jp/character-novels/ まで。

主催／株式会社KADOKAWA